AF202163

Louise Bonì, Hauptkommissarin der Kripo Freiburg, erhält von einer Informantin den Hinweis, dass ein Mann zwei Pistolen bei russischen Kriminellen gekauft habe. Besorgt geht Bonì der Sache nach, um ein mögliches Gewaltverbrechen zu verhindern. Bald findet sie den Eigentümer des Autos, mit dem der Käufer die Waffen abgeholt hat. Der besitzt für den fraglichen Abend jedoch ein wasserdichtes Alibi. Der Fahrer war ein anderer – Ricky Janisch, Neonazi und Mitglied der rechtsextremen »Brigade Südwest«.

Louise Bonì und ihr Team beginnen, Janisch zu observieren, und stoßen auf weitere Mittelsmänner, die alle der rechten Szene angehören. Je tiefer sie graben, desto erschreckender wird das Szenario: Haben sie es mit einem weitverzweigten Neonazi-Netzwerk zu tun? Und wie sollen sie ein Attentat verhindern, wenn ihr Gegner ihnen immer einen Schritt voraus zu sein scheint und sie noch nicht einmal das Ziel kennen? Da stößt Louise auf das »perfekte Opfer«. Aber vielleicht ist es schon zu spät ...

Oliver Bottini
Im weissen Kreis

Ein Fall für Louise Bonì

DUMONT

Von Oliver Bottini sind bei DuMont außerdem erschienen:

Der kalte Traum
Ein paar Tage Licht
Mord im Zeichen des Zen
Im Sommer der Mörder
Im Auftrag der Väter
Jäger in der Nacht

November 2016
DuMont Buchverlag, Köln
Alle Rechte vorbehalten
© 2015 DuMont Buchverlag, Köln
Umschlaggestaltung: Lübbeke Naumann Thoben, Köln
Umschlagabbildungen: oben: © plainpicture/Westend61,
unten: © plainpicture/Glasshouse
Gesetzt aus der Garamond
Druck und Verarbeitung: CPI books GmbH, Leck
Gedruckt auf säurefreiem und chlorfrei gebleichtem Papier
Printed in Germany
ISBN 978-3-8321-6387-7

www.dumont-buchverlag.de

PROLOG

April 2004

Sie fuhren die übliche Strecke, in die Südstadt hinein, hielten hier und da, wechselten ein paar Worte mit den Leuten, »unseren Leuten«, wie Timo immer sagte, »unsere Straßen, unsere Leute«, sprachen über Fußball, als wäre alles wie immer. Und für Timo, dachte Stefan Bremer, war ja auch alles wie immer.

Gegen elf ging über Funk eine Meldung ein, versuchter schwerer Raub, Werderstraße, keine zweihundert Meter entfernt. »Endlich was los«, sagte Timo und schaltete das Martinshorn ein, er mochte das, mit Kampfgeheul vorfahren.

Bremer beschleunigte den Streifenwagen nur leicht, er hatte kaum geschlafen, und das grelle Vormittagslicht blendete ihn. Er hatte die Sonnenbrille am Morgen zu Hause vergessen, hatte minutenlang im Flur gestanden, auf die vertrauten Bewegungen und Geräusche gewartet, die nicht kommen würden. In einem Anflug von Panik war er aus der Wohnung geeilt, ohne Sonnenbrille, Geldbeutel, Handy.

Timo am Funk, Bremer hörte nicht zu.

Die erste Nacht ohne Nicky, ihre Wärme fort, ihr Körper, ihr unruhiger Atem. Nur ihr Geruch war noch da gewesen, im Stoff der Bettdecke und im Laken, der Duft von Frühling, wohin er den Kopf auch drehte. Gegen drei hatte er sich auf das Wohnzimmersofa gelegt, doch ihr Geruch war mitgekommen, an ihm, in ihm, in der Erinnerung an den Tag vor sieben oder acht Jahren, als sie das Sofa gekauft hatten. In den Bildern vor seinen Augen.

Irgendwann war er doch eingeschlafen.

»Da vorn«, sagte Timo. Ein älterer Mann wartete am Straßenrand, Gesicht gerötet, die Brust pumpte vor Aufregung, die Hände fuchtelten. Um den Leib trug er eine grüne Schürze.

Bremer bremste und ließ den Wagen ausrollen.

Ich gehe jetzt, hatte Nicky am Abend zuvor gesagt. Er hatte den Blick auf die Küchenuhr gerichtet, fünf vor halb neun. Aus einem unerfindlichen Grund war das wichtig gewesen. Um fünf vor halb neun am Abend des 29. April 2004 war Nicky gegangen.

Sie stiegen aus. »Mach du das«, sagte Bremer.

»Herr Fink, ja?«, sagte Timo zu dem aufgeregten Mann.

Versuchter schwerer Raub, der mit einem Messer bewaffnete Täter über alle Berge, Routine. Bremer wollte mitschreiben, doch seine Hand zitterte, und das weiße Papier reflektierte schmerzhaft das Sonnenlicht. Die Augen halb geschlossen, konzentrierte er sich auf das Wesentliche. *11.15 Uhr. Vermutl. Osteuropäer. Geschubst. Messer.*

»*Was* hat er gemacht?«, fragte Timo. Nach acht Monaten hatte er noch Probleme, wenn die Leute hartes Karlsruher Badisch sprachen, Brigantendeutsch, schwierig für einen aus Brandenburg an der Havel.

Bremer hatte ein Jahr gebraucht, um es problemlos zu verstehen. Ein Jahr und Nicky. »Er hat Herrn Fink gegen das Regal geschubst und mit einem Messer bedroht«, sagte er.

»Sind Sie verletzt?«

»Nein!«, rief Fink eher wütend als verängstigt.

Sie betraten den kleinen Laden. Zeitungen, Süßigkeiten, Tabakwaren, Lotto, ein paar Schreibwaren. Ein Kühlschrank mit Getränken, keine Lebensmittel. Bremer fragte sich, wozu Fink eine Schürze brauchte. Er blinzelte, das helle Licht von draußen lag noch wie ein Schleier über seinen Pupillen.

Timo ließ sich zeigen, wo und wie Fink mit dem Messer bedroht worden war. Bremer zeichnete, schrieb, zitterte.

Brandenburg, dachte er. Fast das Einzige, was ihn mit Timo verband. Zwei Brandenburger in Karlsruhe.

Kümmer dich um den, hatte der Chef gesagt. *Ist nicht ganz freiwillig hier, wenn du verstehst, was ich meine.*

Nein, verstehe ich nicht, hatte Bremer gesagt.

Egal. Vielleicht kennt ihr ja von früher dieselben Mädchen und so.

Bremer dachte, dass er jetzt gern heimfahren würde. Die Eltern und die Geschwister besuchen, die Mädchen von früher. Sich in einem Ruderboot auf dem Breitlingsee treiben lassen wie in dem Leben vor Nicky. Am Abend würde er ans Ufer zurückrudern, das Boot vertäuen, April 1994, keine Joggerin mit kurzem blondem Haar, die auf dem Weg über ihm ins Stolpern geriet und fluchend stürzte und immer irgendwie nach Frühling duftete.

»Hat er was angefasst?«, fragte Timo.

»Mich!«, sagte Fink.

»Sonst was?«

Bremer schrieb: *Türklinke außen/innen. Regalleiste unterhalb von GEO. Hemdkragen, Schulter Hr. Fink.*

»Und warum ist er weggelaufen?«

»Weil ich gesagt hab, er kriegt das Geld nicht, nur über meine Leich!«

»Nicht empfehlenswert, Herr Fink, wenn einer ein Messer hat.«

Bremer sah auf, fragte: »Wozu die Schürze, Herr Fink?« Schweigen legte sich über den Raum. Er hörte den Kühlschrank rauschen. Irgendwo tickte eine Uhr.

Schließlich hob Fink die Hände, zeigte ihnen die Innenseiten. »Weil ich immer so schwitz.«

Bremer schrieb: *Schürze – schwitzt.*

»Das ist jetzt mal eine Info«, sagte Timo freundlich.

Die Kollegen der Kripo betraten den Laden, ein Mann, eine Frau, übernahmen. Timo wurde einsilbig, Frauen bei der Kripo, das mochte er nicht.

Bremer trat auf den Gehsteig hinaus, dirigierte ein paar Schaulustige von Ladentür und Fenster weg. Sein Blick streifte einen Radfahrer in seinem Alter, um die dreißig, Jeans, schwarze Jacke, Basecap. Er stand, die Mittelstange zwischen den Beinen, neben einem Kiosk, las in einer Zeitschrift. Bremer war sicher, dass er den Mann schon einmal gesehen hatte, vor wenigen Minuten, irgendwo anders.

Unsere Straßen, unsere Leute.

Timo kam. »Falafel?«

»Ja«, sagte er.

Noch etwas, was sie miteinander verband. Falafel im Brot, jeden Mittag, wenn sie zusammen Dienst hatten.

Sie verließen die Werderstraße in Richtung Süden. An der nächsten Kreuzung warteten sie, eine türkische Familie eilte über die Straße, Vater, Mutter, drei kleine Töchter, alles ein bisschen chaotisch, die Mutter hektisch, eines der Kinder blieb mitten auf der Straße stehen.

»In fünfzig Jahren haben wir einen muslimischen Bundeskanzler«, sagte Timo. »Wetten?«

Bremer bog ab. »Nein.«

»Nein was?«

»Wetten.«

Aus dem Augenwinkel sah er, dass Timo die Schultern hob. »Mir ist es gleich, und meine Kinder können nach Neuseeland ziehen, wenn es ihnen nicht passt. Gibt in Neuseeland kaum Moslems, hab ich mir sagen lassen.«

»Das ging ja schnell mit den Kindern. Am Freitag hattest du noch nicht mal eine Freundin.«

»Rein hypochondrisch, meine ich.«

Bremer lächelte widerwillig, er mochte Timos Wortspielchen. Ähnlich klingende Fremdwörter austauschen, manchmal lustig, manchmal nicht. Vergangenen Monat war Timos Nachbarin gestorben. Er hatte einen Blumenstrauß für den Witwer gekauft und gesagt, er sei gekommen, um zu ondulieren.

Er hat wirklich »ondulieren« gesagt?, hatte Nicky gefragt.

Er wollte ihn aufheitern.

Komischer Kerl, dein Kollege.

Bremer lenkte den Wagen in eine Einfahrt nahe dem libanesischen Take-away und hielt.

»Wie immer?«, fragte Timo.

Bremer nickte, sah ihm nach. In den vergangenen zwei, drei Monaten hatte Timo sich einen langsamen, drohenden Gang angewöhnt, wie man es von Cops aus amerikanischen Krimis kannte, Kleinstadtbeamte in New Mexico oder Texas, die einschüchternd wirken mussten, wollten sie das Rentenalter erreichen. Weshalb Timo einschüchtern wollte, hatte Bremer noch nicht verstanden. Testosteron vielleicht. Oder das Gefühl, als Brandenburger hier nicht richtig anerkannt zu werden, das auch ihn manchmal noch überkam.

»Komisch« ist das falsche Wort.

Ach, und was wäre das richtige Wort?

Ich weiß nicht. »Unberechenbar« vielleicht.

Unberechenbar und freundlich, unangenehm und witzig, dachte Bremer und heftete den Blick auf Timos Rücken, um nicht mehr an Nicky zu denken. Doch in seinem Kopf sprach sie weiter, ein paar Wochen später, 29. April 2004, kurz vor halb neun am Abend: *Ich will nicht, dass du anrufst. Oder schreibst.*

Ja.

Ich will jetzt erst mal keinen Kontakt mehr.

Keinen Kontakt, dachte er. Von einem Tag auf den anderen so vollkommen aus seinem Leben verschwunden, als hätte es sie nie gegeben.

Sein Mund war trocken, Gänsehaut kroch ihm über die Arme. Er löste den Gurt, stieg aus dem Wagen, den obersten Hemdknopf öffnend. Das Sonnenlicht fuhr ihm von allen Seiten in die Augen, grelle Reflexe von Autodächern, Fensterscheiben. Unvermittelt spürte er Tränen auf den Wangen. Er zwang sich, an den See und das Ruderboot zu denken, allein auf dem Wasser, allein am Ufer, keine Joggerin damals, nur die Mädchen von früher, und heute war einfach der Tag nach damals.

Er kontrollierte den Atem, beruhigte sich. Alles vertraut, alles wie immer, dachte er, wenigstens das, die kreischenden Bremsen einer Straßenbahn am Halt Augartenstraße, der Geruch von Frittierfett. Timo, der wie so oft gegen zwölf den libanesischen Imbiss betrat. Der Radfahrer, der wieder da war, herüberblickte, das Rad lehnte an einem Laternenmast, nur das Magazin fehlte.

So ging es, dachte er. Nichts hatte sich geändert. Fast nichts.

Timo stand jetzt an der Theke, ein kantiger Hüne in schwarzer Lederjacke mit der weißen Aufschrift POLIZEI auf dem Rücken. Die Daumen im Hosenbund, der Oberkörper bewegte sich leicht, er wippte vor und zurück. Bremer dachte, dass sie reden mussten. Es war nicht ihre Aufgabe, die Menschen einzuschüchtern. Sie sollten ihnen Sicherheit vermitteln, nicht Angst.

Er wollte eben den Blick abwenden und wieder in den Wagen steigen, als unvermittelt ein Mann, der bis zu diesem Moment nicht zu sehen gewesen war, hinter Timo trat und die Hand an dessen Kopf hob, und Bremer fragte sich, warum er das tat und warum Timo mit einem Mal aus seinem Blickfeld verschwunden war, bis er begriff, dass der Mann eine Pistole mit Schalldämpfer hielt, die jetzt nach unten zeigte, auf den Boden vor ihm, wo Timo offenbar lag. Bremer öffnete den Mund, wollte um Hilfe rufen, brachte keinen Laut hervor. Er versuchte, sich zu bewegen, irgendetwas zu tun, aber es gelang ihm nicht, er war in einem bleiernen Schock gefangen, der am 29. April 2004 um fünf vor halb neun begonnen hatte und ihm noch immer den Atem raubte und jegliche Kraft. Verwirrt registrierte er, dass der Mann mit der Pistole mittlerweile nicht mehr dort war, wo er gerade noch gestanden hatte, sondern draußen vor dem Imbiss, und dass er in seine Richtung blickte und dass sich links der Radfahrer in Bewegung gesetzt hatte und zu Fuß auf den Streifenwagen zueilte, auf ihn, auch er mit einer Pistole in der Hand.

Als Bremer gedämpfte Schüsse hörte, raste ihm die Todesangst in die Glieder, und es gelang ihm endlich, sich zu bewegen und in die Knie zu gehen. Aber es war zu spät, er kam nicht einmal mehr an seine Waffe. Er sah, dass das Fahrerfenster barst, dann krachte er gegen das Wagenblech und hörte und spürte nichts mehr. In einer seltsam knisternden Stille lag er auf dem Rücken, das silbrige Funkeln des Streifenwagens im Augenwinkel, über sich den Abendhimmel, Wellen schaukelten das Boot, und er dachte, dass es an der Zeit war, ans Ufer zu rudern. Als er das Boot vertäute, wurde ihm bewusst, dass etwas fehlte, und er sah zum Fußweg hinauf, da war niemand, keine Joggerin, die stolperte, mit einem unterdrückten Fluch fiel, zu ihm herabrollte und den Duft nach Frühling in sein Leben brachte. Der Frühling war nun für immer vergangen, dachte er noch, dann verlor er das Bewusstsein.

Zwei Jahre später

I

1

Ein Sonntagabend auf dem Balkon, die Nacht kam schon über den Annaplatz. Im Hintergrund lief Klaviermusik, im Kopf ein Film, Erinnerungen voller Schwermut. Kein Moment, in dem man sich Besuch wünschte.

Erneut klingelte es.

Louise Bonì zog die Decke von den Beinen und stand auf. Ihre Bewegungen ließen die Flamme der Kerze zittern, die halb heruntergebrannt war. Eine Geburtstagskerze, stämmig und blau umrandet, fast ohne Geruch. Hin und wieder spuckte sie ein bissiges Knistern in den Abend, das zum Anlass passte.

Geburtstag eines Toten.

Sie zwängte sich an dem Tischchen vorbei und blickte über die seit jeher leeren Blumenkästen zum Hauseingang hinunter. Im Dunkeln war erst nichts zu erkennen, dann ein Schemen, der sich langsam ins Licht der Straßenlaterne bewegte. Lederjacke, schulterlanges Haar, ein Männergesicht, das sie monatelang nicht gesehen hatte, ein halbes Jahr, um genau zu sein.

Sie ging zur Tür, öffnete. Kilian kam lautlos und schnell herauf.

»Hey«, sagte er leise.

»Ich hab Telefon«, erwiderte sie.

Er schob sie in die Wohnung und schloss die Tür, und sie begriff, dass er nicht gekommen war, um den Geburtstag mit ihr zu begehen. Seine Augen wirkten erschöpft und unruhig, die Haut spröde, er sah abgemagert aus. Kein Surferboy mehr wie noch vor einem halben Jahr, da hatte sie ihn um seine Jugendlichkeit und Abenteuerlust beneidet.

Sie folgte ihm in die Küche. Kein Licht, bedeutete er ihr.

»Okay«, sagte sie angespannt.

Er stand dicht bei ihr, sprach mit gedämpfter Stimme. Ein Mann, vermutlich aus Freiburg, habe vor ein paar Wochen illegal Waffen bestellt, zwei Pistolen samt Schalldämpfern, eine Makarow, eine Tokarew. Am gestrigen Abend seien sie abgeholt worden.

»Langsam, langsam«, sagte Louise. »Von vorn.«

»Ist eine lange Geschichte.«

»Kürz sie ab, ich will wieder auf den Balkon.«

Kilian rieb sich mit zwei Fingern die Nasenflanken. »Du weißt, dass ich gewechselt habe?«

Sie nickte. Vom Fahndungsdezernat zur Organisierten Kriminalität, ein Akt jugendlicher Verzweiflung, er hatte bei Ermittlungen vor einem halben Jahr Fehler gemacht. Im Winter hatte sie sich gelegentlich gefragt, weshalb er ihr in der Polizeidirektion nie über den Weg lief, in der Cafeteria, im Treppenhaus, nicht einmal bei der Weihnachtsfeier der Freiburger Kripo. Jetzt verstand sie. Er war im Dezember undercover gegangen und mittlerweile ans Landeskriminalamt abgeordnet.

»An wem seid ihr dran?«

»Russen oben in Baden-Baden.«

»Haben die Namen? Es gibt viele Russen in Baden-Baden.«

»Vergiss es«, sagte er. »In zwei, drei Wochen lassen wir sie hochgehen, bis dahin darfst du nicht mal mehr an Russen in Baden-Baden *denken*.« Er strich sich die strähnigen Haare zurück. »Aber darum geht es nicht.«

»Die Waffen hängen nicht mit deinem Fall zusammen?«

»Nein.«

»Woher weißt du davon?«

»Von meinem Informanten.«

»Kennt er den Käufer?«

»Nein.«

»Woher weiß er, dass er aus Freiburg ist?«

»Freiburger Kennzeichen. Er hat es aufgeschrieben. Jedenfalls einen Teil.«

»Weiß er, was der Käufer mit den Pistolen vorhat?«

»Nein.« Kilian drehte den Kopf, das Flurlicht fiel auf sein Gesicht. Für einen Moment meinte sie in seiner Miene noch etwas anderes wahrzunehmen als Erschöpfung: Angst.

Kilian und Angst, auch das war neu.

»Vielleicht bloß einer, der Waffen sammelt.«

»Nein«, sagte er wieder. Ein Mann hatte die Pistolen telefonisch bestellt, ein weiterer hatte sie abgeholt – zwei Freaks? Kaum. Die Waffen wurden für einen anderen Zweck gebraucht. Und wofür brauchte man illegal erworbene Pistolen mit Schalldämpfern?

Louise schwieg. Sie spürte, wie die Gedanken und der Körper auf Touren kamen. Die Seele hinkte hinterher, saß noch auf dem Balkon, erinnerte sich an einen Bären von Mann, der nicht mehr war. Sein Tod im Oktober letzten Jahres hatte die Flure der Freiburger Polizeidirektion still werden lassen, das Herz der Kripo schlug langsamer seitdem. Nein, eigentlich schlug es gar nicht mehr. Nicht nur sie empfand so, auch viele Kollegen. Ein Großteil der Kraft und der Energie des Organismus waren von diesem Mann ausgegangen, der immer da gewesen war und nun nicht mehr. Man hatte sich ihm unterworfen oder widersetzt, das Ergebnis war dasselbe gewesen: der Wille, alles zu geben.

»Kümmerst du dich darum?«

Sie seufzte. »Hast du noch was?«

»Nein.«

»Das reicht mir nicht.« Ratlos hob sie die Hände. »Ich müsste mit dem Informanten reden.«

Kilian lächelte vage. »Na dann, fahren wir.«

»Nach Baden-Baden?«

Er nickte, legte ihr die Hand auf den Arm. Für einen Moment war die Vertrautheit von früher wieder da, doch die Angst und die Erschöpfung in seinen Augen blieben. Er sagte, sie müssten sehr vorsichtig sein, dürften den Informanten nicht in Gefahr bringen. Fliege er auf, sei sein Leben keinen Pfifferling mehr wert und die Operation gescheitert, eine Katastrophe für alle Beteiligten. »Fünf Minuten, nicht eine Sekunde länger. Und niemand darf mitbekommen, dass du mit ihm sprichst, nicht die Russen, nicht unsere Leute.«

»Okay.«

Er zog die Hand zurück. »Hast du was zu trinken?«

»Wasser.«

»Tut's auch.«

Er nahm das Glas, das sie mit Leitungswasser gefüllt hatte. Seine Hand zitterte leicht.

Als er es abgestellt hatte, trat sie zu ihm und umarmte ihn. Sein Körper kam ihr kalt und knochig vor und seltsam scheu. »Du siehst beschissen aus«, sagte sie. »Riechst beschissen. Deine Haare, meine Güte.«

Sie hörte ihn atmen, seine Hände an ihrem Rücken waren verkrampft. Nach einer Weile murmelte er: »Nur noch ein paar Wochen.«

»Oder Monate oder Jahre.«

»Dann ist es eben so.«

»Willst du duschen?«

»Keine Zeit.«

Im Flur wandte sie sich dem Balkon zu. Die Kerze war ausgegangen, im Zug vielleicht, als sie die Wohnungstür geöffnet hatte.

Sie dachte, wie das Leben so spielte – ausgerechnet an Rolf Bermanns Fünfzigstem tauchte Kilian wieder auf, der vor einem halben Jahr im Ermittlungsteam gewesen war und den sie bei Bermanns Beerdigung zum letzten Mal gesehen hatte.

Sie langte nach ihrer Tasche, doch Kilian sagte: »Keine Waffe, kein Dienstausweis. Gar kein Ausweis.«

»Nackt also.« Sie legte die Tasche zurück.

»Wie Gott dich schuf.«

Sie lachte. »Gott hat mich mit Dienstausweis erschaffen, Kilian.«

Kurhäuser, Thermalquellen, Casino, Festspielhaus, Parks und natürlich die Russen seit dem 19. Jahrhundert, sehr viel mehr fiel Louise zu Baden-Baden nicht ein. Eine der wenigen Städte mit über fünfzigtausend Einwohnern in Baden, die sie nicht kannte, nicht ein Mal betreten oder durchfahren hatte.

Und eine bemerkenswerte Zahl aus der Kriminalstatistik: null Straftaten gegen das Leben im vergangenen Jahr, 2005, als einziger Stadt- oder Landkreis in Baden-Württemberg. Im fünfmal größeren Freiburg waren es zehn gewesen.

Sie waren über die A 5 gekommen, hatten sie vorsichtshalber erst bei Rastatt verlassen und waren von Norden nach Baden-Baden zurückgekehrt. Auf labyrinthischen Umwegen war Kilian in eines der Villenviertel gefahren, seit zehn Minuten parkten sie in einem stummen Sträßchen im Schutz eines dicht belaubten Baumes und warteten. Hinter Hecken sah Louise vereinzelt Lichter, doch die meisten Häuser lagen im Dunkeln, die Herrschaften schliefen bereits.

»Erzähl mir von dem Informanten«, sagte sie.

»Später. Ich will, dass du unvoreingenommen bist.«

»Dann erzähl von dir.«

»Geht nicht. Im Moment gibt's mich nicht.«

»Auch privat nicht?«

»Vor allem privat.« Er zuckte mit den Schultern. »Na ja, Urlaub wär nicht schlecht.«

»Freundin?«

»Weg, glaube ich.« Er lächelte kurz. »Und du? Ben?«

»In Potsdam, glaube ich.«

»Ihr seid nicht mehr zusammen?«

»Er kommt manchmal runter, dann sind wir zusammen.«

Kurz vor Mitternacht traf eine SMS ein.

»Schnell jetzt«, sagte Kilian.

So leise wie möglich liefen sie einen schmalen, gepflasterten Weg zwischen Hecken entlang, der im kühlen Schein einiger Parklampen lag. Nach etwa einhundert Metern bogen sie ab, bewegten sich auf schwarze Hänge zwischen helleren Giebeln zu. Gedämpfte Stimmen irgendwo, Kilian blieb sofort stehen, legte den Arm um ihre Schultern, und Louise umfasste seine Hüfte. Schweigend schlenderten sie weiter, sie spürte sein Herz hämmern, angespannte Muskeln. Erneut bogen sie ab. An einem mannshohen Gartentor, das in die Hecke eingelassen war, hielt Kilian inne, umarmte sie zögernd.

Ben, dachte Louise, die Augen schließend. Kannst wieder öfter runterkommen.

Aber es funktionierte nicht. Sie liebte ihn nur, wenn er da war. War er fort, fehlte er nicht. Was fehlte, war die große Liebe, der Partner für die zweite Hälfte des Lebens. Als kehrten die Träume der Jugend zurück, wenn man Mitte vierzig war. Ein bisschen Hoffnung.

Sie hörte die Scharniere des Tores leise quietschen und begriff, dass sie nicht allein waren. Wortlos zog Kilian sie in einen Garten, an einer dunkel gekleideten Frau vorbei, die das Tor rasch wieder schloss.

Die Frau führte sie an der Hecke entlang, weg von einer filigranen Villa hinter Bäumen und Büschen. An der Rückwand eines Gartenschuppens hielt sie inne und drehte sich um. Sie mochte Mitte dreißig sein, das Gesicht so hell, dass Louise ihre Züge auch ohne Licht deutlich erkannte.

»Irina«, flüsterte Kilian. »Der Informant.«

Louise nickte überrascht, spürte im selben Moment Irinas Hand an ihrer. Ein Zettel, das Autokennzeichen.

»Die letzten zwei Zahlen fehlen«, wisperte Irina. »Ein weißer Polo oder Golf, sehr sauber, wie sagt man … gepflegt.« Ihr Atem roch nach Alkohol, Rotwein vielleicht, nach Espresso, die Stimme war belegt, sie schien erkältet zu sein. Eine auf klassische Weise schöne Frau, Hollywood in den fünfziger Jahren, nur auf Russisch, alles ein wenig kräftiger, stolzer, selbstbewusster.

Aber auch ängstlich.

»Fragen Sie!«

»Der Käufer …«, begann Louise.

»Schmal, groß wie Alex, maximal zweiunddreißig.«

Sie wollte nachhaken, besann sich rechtzeitig. Kilian war wohl Alex. »Deutscher?«

»Von hier, Baden-Württemberg.«

»Er hat Dialekt gesprochen?«

Irina nickte. »Weiter, fragen Sie schnell!«

»Wie sieht er aus?«

Irina hob die Hände an die Kopfseiten. »Haare hell und kurz, fast Glatze, aber nicht ganz. Einfacher Mann, bisschen nervös. Ein … Bote, kein Chef.«

»Wann und wo hat er die Waffen geholt?«

»Gestern Abend, vielleicht halb zwölf, in einem Restaurant von meinem Mann in Altstadt, ›Iwan und Pauline‹. War schon geschlossen, ich habe Abrechnung gemacht, mein Mann war unterwegs, da ist er gekommen.« Ein Leibwächter hatte den Käufer zum Sicherheitschef ihres Mannes geführt, Niko. Nur wenige Worte waren gefallen. Ein Umschlag mit Geldscheinen wurde auf den Tisch gelegt, dann ein fest verschlossener Schuhkarton mit den Pistolen, die Niko zuvor hineingetan hatte, eine Makarow, eine Tokarew, wie bestellt. Der Käufer öffnete den Karton nicht, nahm ihn nur und ging.

»Telefonisch bestellt?«

»Ja, Anfang April.«

»Von wem wissen Sie nicht?«

Irina schüttelte den Kopf, die Hände signalisierten Bedauern. Sie wusste nur, dass zumindest Niko den Anrufer kannte und sich für ihn verbürgt haben musste. Andernfalls hätte ihr Mann das finanziell unbedeutende Geschäft niemals erlaubt. Den »Boten« wiederum, der die Waffen geholt hatte, kannte Niko nicht.

Kilian war zur Ecke des Schuppens gegangen, kam nun zurück, sagte: »Du musst rein.«

Irina erwiderte seinen Blick, sah dann Louise an. »Schnell!«

»Wenn Niko den Anrufer kennt, liegt es doch nahe, dass er …«

»Kein Russe. Kein Geschäftspartner. Niko hat zu meinem Mann gesagt: ›Ein deutscher Bekannter, du kennst ihn nicht.‹«

Aus der Villa drang gedämpft das Lachen zweier Männer. Dann ein leises Surren, eine elektrische Jalousie.

»Irina«, drängte Kilian, die Hand an ihrem rechten Arm. Irina legte die linke Hand auf seine, trat einen Schritt zurück.

»Können Sie herausfinden, wer der Anrufer ist?«

»Wie? Ich kann nicht fragen!«

Bevor Louise sich bedanken konnte, hatte Irina sich abgewandt und lief auf das Haus zu.

»Komm«, flüsterte Kilian.

»Kennst du Niko?«

Ohne zu antworten, schob er sie in Richtung Gartentor. Seine Hand blieb an ihrem Rücken, als wollte er sicherstellen, dass sie nicht stehen blieb.

»Also?«, sagte sie draußen auf dem Fußweg.

Ein verärgerter Seitenblick, dann legte er den Finger an die Lippen und zog sie mit sich.

Als sie wieder im Wagen saßen, sagte er: »Er heißt nicht Niko. So wie Irina nicht Irina heißt.«

»Ein ›deutscher Bekannter‹, Kilian. So viele werden da nicht infrage kommen.«

»Vergiss es.«

»Und nachdem ihr sie hochgenommen habt?«

»Wenn Niko dann noch lebt, kannst du ihn vernehmen.«

Auf anderen labyrinthischen Umwegen verließen sie Baden-Baden, und Louise dachte, dass sie nun ein wenig mehr wusste über diese kleine Stadt. Baden-Baden hatte jetzt ein Gesicht, ein blasses, schönes Gesicht voller Sanftmut und Angst.

»Irina und Alex«, sagte sie, als sie auf der Autobahn waren.

Kilian reagierte nicht.

»Hast du dich in sie verliebt?«

Sein Blick streifte sie. »Versprich mir, dass du sie nicht kontaktierst. Dass du nicht allein herkommst. Wenn du was brauchst, schick eine SMS.«

»Ja, ja, versprochen. Hast du?«

Er hatte sich wieder der Straße zugewandt, schwieg. Kilian, sperrig und unnahbar, wie er früher nicht gewesen war. Die Angst um Irina allein war dafür keine Erklärung. Natürlich lag es auch an den zehrenden Ermittlungen, undercover gegen die organisierte

Kriminalität, und das über Monate. Vor allem aber, dachte Louise, lag es an Kilian selbst, der in seinem Enthusiasmus für den Beruf nicht gegen eigene Fehler gewappnet gewesen war. Vor einem halben Jahr hatte eine Zeugin, deren Haus er observierte, nachts einen Suizidversuch unternommen. Drei Stunden lang brannte das Licht in ihrem Bad, Kilian unternahm nichts, weshalb auch, wer hatte nicht schon einmal vergessen, das Badlicht auszuschalten? Der Mann, den sie damals suchten, holte die Zeugin aus dem roten Badewasser, und Kilian sagte: Ich hab's vermasselt. Und weil er ein Draufgänger war, stürzte er sich in den schwärzesten Job, den die Kripo zu vergeben hatte, um seinen Fehler wiedergutzumachen.

In Freiburg sagte Louise: »Lass mich im Stühlinger raus, beim ›Babeuf‹.«

»Wolltest du nicht auf deinen Balkon zurück?«

»Die Chefs sind im ›Babeuf‹.«

»Du nimmst es also ernst?«

»Keine Ahnung. Ja.«

»Gut«, sagte Kilian zufrieden.

Sie hatten die Egonstraße erreicht, hielten vor dem »Babeuf«. Quer über der Eingangstür hing ein Schild, GESCHLOSSENE GESELLSCHAFT. Hinter den Fenstern inmitten von Rauchschwaden ein paar bekannte Gesichter, ein paar vertraute, man schien sich zu amüsieren. Louise war froh, dass sie nicht mitgegangen war.

»Hat jemand Geburtstag?«

»Rolf.«

»Rolf? Welches Dezernat?«

»Rolf Bermann.«

Kilian musterte sie überrascht.

»Wäre heute fünfzig geworden.«

Er wandte den Blick ab, sagte: »Die Kerze auf dem Balkon?«

Louise antwortete nicht. Es ging ihn nichts an, fand sie. Den Kilian von früher schon, den von heute nicht, mit dem wollte sie nicht über diese Dinge reden.

»Kannst du meinen Namen raushalten?«

»Mal sehen«, erwiderte sie. »Graeve wird fragen.«

»Okay. Solange nur er es weiß.« Als sie die Autotür öffnete, berührte er ihre Hand. »Menschen sterben. So ist das eben.«

»Es gibt Menschen, die nicht sterben *dürfen*, weißt du das nicht, Kilian?« Sie stieg aus, beugte müde lächelnd den Kopf. »Doch, ich glaube, du weißt es.«

Zwei angetrunkene Chefs, nach Zigarettenrauch stinkend, das hatte man nicht alle Tage, den distinguierten Reinhard Graeve mit verrutschter Krawatte und hochgekrempelten Hemdsärmeln schon gar nicht. Den anderen, Leif Enders, kannte Louise noch nicht lange genug, um überrascht oder nicht überrascht zu sein. Er war erst vor einer Woche aus Aachen in den Südwesten gekommen, hatte die Nachfolge Bermanns als Dezernatsleiter angetreten. Vier Monate lang hatten die Herren an der Spitze gesucht, ohne recht suchen zu wollen, bis Louise zu Graeve gesagt hatte: Es gibt keinen zweiten Bermann, lassen Sie das Elfer doch einfach schließen.

Eine Woche später hatte sie Enders' Namen zum ersten Mal gehört.

Sie standen vor dem »Babeuf«, Enders mit Bier und Zigarette in den Händen, während der große, schmale Graeve sichtlich irritiert die Ärmel hinunterrollte. »Ziemlich viele Unbekannte«, sagte er mit gedämpfter Stimme.

Louise nickte ungeduldig. »Ist nun mal so.«

»Ein Kollege ohne Namen. Ein Informant ohne Namen. Eine Organisation ohne Namen. Ich meine ja nur.«

»Nüchtern sind Sie nicht so umständlich.«

Er lachte verkniffen.

»Alkohol, gefährliches Terrain«, sagte sie zu Enders.

»Ich weiß, hab Ihre Akte gelesen.« Er hatte eine angenehme Stimme, warm, ein wenig heiser.

»Hier im Süden sagen wir ›du‹.«

»Leif.« Er stieß Rauch aus. »Mir egal, was da drinsteht, in deiner Akte.«

»Wir werden sehen.«

Enders schmunzelte, seine Hände gerieten in Bewegung, er verschüttete Bier. Louise und Graeve wichen rasch zurück, Enders trank, um künftige Gefahren zu bannen. Eine kurze Pause trat ein, Graeve war mit seinen Ärmelknöpfen beschäftigt, Enders mit seinem Bier. Louise musterte ihn, seine Züge, seine Augen. Irgendetwas stimmte nicht mit diesem Gesicht. Etwas fehlte.

Der Schnurrbart. Der Leiter des D 11 ohne Schnauzer – schier undenkbar. Und er trank anders als Bermann, selbstvergessen, ein wenig zu genüsslich.

Sie traten wieder näher zueinander. »Der Kollege und der Informant sind zuverlässig?«, fragte Enders.

»Soweit ich es beurteilen kann.«

»Und wenn du benutzt wirst?«

Louise hob die Schultern. »Ich will es nicht ausschließen, aber ich glaube es nicht.«

»Wie soll es jetzt weitergehen?«, fragte Graeve, der Mühe hatte, die Knöpfe zu schließen, weil er das Sakko umständlich zwischen Ellenbogen und Rippen geklemmt hielt. »Die halbe Direktion ist mit der WM beschäftigt. Die Niederländer werden in Hinterzarten wohnen.«

»Ich brauche erst mal nur Natalie.« Louise nahm ihm das Sakko ab, legte es sich über den Arm, strich darüber wie eine Hausfrau in Filmen aus den Fünfzigern.

»Meinen Segen hast du«, sagte Enders.

Graeve, der Leiter der Kripo, war langsamer, vielleicht betrunkener. Sie spürte, dass er sich in der Situation nicht zurechtfand – dienstliche Belange an einem solchen Abend, der wohl ein wenig außer Kontrolle geraten war. Seine große Stärke war seine Vernunft, die wie der Lichthof des Mondes in jede Richtung strahlte und schier alles berücksichtigte. Im Moment taugte sie nicht allzu viel, das wusste er, und es verunsicherte ihn. »Was genau befürchten Sie, Louise? Ein … Attentat? Einen Mord?«

»Hat keinen Sinn zu spekulieren, Chef, in Ihrem Zustand.«

»Könnte mit der WM zu tun haben«, sagte Enders. »Der Verfassungsschutz warnt schon jetzt vor Anschlägen.«

»Dann müssten wir Stuttgart informieren.«

Louise seufzte. »Lasst uns doch erst mal den Wagenhalter ermitteln.«

»Ich will den Namen des Kollegen«, sagte Graeve und strich die Krawatte glatt. »Morgen reicht.«

»Okay. Aber nur Sie, niemand sonst.« Wieder musterte sie Enders, der gelassen reagierte, die Augen flüchtig schloss, mit den Achseln zuckte. »Nichts gegen dich«, sagte sie.

»Ich kenne den Kollegen nicht, was soll ich also mit seinem Namen?«

»Gut.« Graeve zog das Sakko von ihrem Arm, schlüpfte hinein. »Taxi?« Er langte nach dem Handy.

Louise nickte.

»Wir sehen uns«, sagte Enders, ging wieder ins »Babeuf«.

Graeve bestellte das Taxi, fragte dann: »Was halten Sie von ihm?«

»Er wird's schwer haben.«

»Geben Sie ihm eine Chance, ja?«

Sie musste schmunzeln. Ein Chef, der ihre Andeutungen verstand.

Halb drei am Montagmorgen, die Nacht lag schwer über dem Annaplatz. Louise blickte auf die erloschene Kerze, dann trat sie ins Zimmer zurück. Sie begann, sich auszuziehen, das Telefon zwischen Ohr und Schulter, lauschte dem Freizeichen, wählte erneut, doch Ben nahm nicht ab.

2

Natalie, dreiundzwanzigjährige IT-Expertin und Kommissaranwärterin, ein fröhliches, fleißiges Mädchen, liebte das Leben und die Männer und stand doch jeden Sonntagmorgen um acht auf einer Wiese nahe dem Rhein, um mit einem schlichten Langbogen geduldig Pfeil um Pfeil in Zielscheiben aus Stroh zu jagen. Louise war im vergangenen Sommer einmal mitgefahren, hatte es sich zeigen lassen. Um neun war sie in der Sonne eingeschlafen. Um elf hatte Natalie sie geweckt, eine Art vollkommene Zufriedenheit um die Lippen, die Louise auf ewig versagt bleiben würde.

»Drei«, sagte Natalie, legte Ausdrucke auf den Schreibtisch.

Louise nahm sie, stand auf, zog die Jacke von der Stuhllehne. Drei weiße Polos oder Golfs, weniger, als sie befürchtet hatte. Ein Frauenname, zwei Männernamen, der Mann war vierundachtzig. »Passt nicht ganz zu der Beschreibung.«

»Vielleicht hat sich der Informant getäuscht«, sagte Natalie.

»Spiel ein bisschen rum. Zahlen drehen und so.«

»Bis ein männlicher Halter um die dreißig rauskommt?« Natalie öffnete die Tür, murmelte: »Oh!« Leif Enders stand da, war offenbar im Begriff gewesen zu klopfen. Sie ging, Enders trat ein. Ab dem Hals aufwärts sah er verkatert und zehn Jahre älter aus, als er war, Ende vierzig. Doch sein Hemd war faltenfrei und blütenweiß.

»Wie viele habt ihr?«

»Drei.«

»Fahren wir.«

Louise stutzte. »Wir?«

»Du und ich.«

»Hier im Süden sind wir hierarchisch organisiert. Einer leitet das Dezernat, das bist du, die anderen fahren herum, das bin ich.«

»Die Hierarchien werden jetzt flacher«, sagte Enders.

Sie gingen den Flur entlang, die Wände leuchteten weiß im künstlichen Licht. In den ersten Wochen nach Bermanns Tod hatte Louise in diesen Gängen permanent damit gerechnet, dass er um irgendeine Ecke biegen würde. Rolf Bermann, das war ein düsteres Gesicht im Neonlicht, eine kräftige Stimme hinter halb geöffneten Bürotüren, ein bedrohlich zuckender Schnauzer. Keiner, der einfach nicht mehr da war.

»Mir liegt das nicht, dieses Teamgetue«, sagte sie.

Enders lächelte. »Willst du auf eine Fortbildung?«

»Fortbildung in Teamgetue?«

»Stärkung der sozialen Kompetenz, Konfliktmanagement, Umgang mit Vorgesetzten.«

Sie lachte. »Hab ich so einen schlechten Ruf?«

»Du verbreitest Angst und Schrecken.« Im Hof gab Enders ihr seinen Wagenschlüssel, zeigte auf einen silbernen Daimler. »Restalkohol, du fährst.«

Sie stiegen ein. Louise ließ den Motor an, das Fenster herunter, sagte: »Wenn du jemals wieder nach Alkohol stinkst, setze ich mich nicht mehr mit dir ins selbe Auto.«

Marie Heim, wohnhaft in Merzhausen, nicht zu Hause. »Marie und Nina Heim« stand auf dem Klingelschild, Nina ist das Baby, sagte der Hausmeister, nannte ein Reisebüro im Zentrum. Sie fuhren in die Stadt zurück. Auf dem Firmenparkplatz fanden sie den weißen Wagen, einen Polo, der Louise allerdings eher verwahrlost als sauber und gepflegt vorkam. Enders schoss Fotos, dann gingen sie ins Gebäude. Sie hatten sich nicht abgesprochen, doch Louise spürte, dass er ihr nicht hineinpfuschen würde. Er wollte sie nicht kontrollieren, sich nicht profilieren, er wollte einfach dabei sein, warum auch immer.

Marie Heim war mager und völlig übermüdet. Blass saß sie vor dem Computer, eine Hand auf dem Bauch des Babys, das neben ihrem Stuhl in einer Tragetasche schlief. Als Louise sich und Enders vorstellte, erhob sie sich hastig, stand schräg da, um die Hand nicht von Nina nehmen zu müssen. Ihre Augen waren voller Sorge, sie hatte zu zittern begonnen. Ein Windhauch hätte genügt, um sie ins Wanken zu bringen.

Louise stellte ihre Fragen, hakte nach. Angeblich war Marie Heim am fraglichen Abend mit dem Polo bei ihrem Bruder in Lahr gewesen.

»Niedlich«, sagte Enders, auf das Baby deutend.

»Ja«, sagte Louise. »Sehr niedlich.«

Marie Heim nickte erschrocken.

Draußen rief Enders Lahr an, schickte Kollegen zu dem Bruder. Sie warteten in der Sonne.

»Angst und Schrecken, ja?«

»Gelegentlich auch Bewunderung.« Er lachte.

In etwa so hatte Rolf Bermann all die Jahre auf sie reagiert, dachte sie. Verschreckt, bewundernd.

Enders' Telefon klingelte. Die Bestätigung aus Lahr.

»Da waren's nur noch zwei«, sagte er.

Friedrich Krüger, der Vierundachtzigjährige, lebte in einer kleinen, verqualmten Dreizimmerwohnung in der ECA-Siedlung Haslach, neun zweistöckige Gebäuderiegel im südlichen Freiburg, 1962 von der amerikanischen Economic Cooperation Administration mit

Geldern aus dem Marshallplan errichtet und längst sanierungsbedürftig. Krügers Erdgeschosswohnung kam Louise auffallend ordentlich und sauber vor, als hätte er sich dem langsamen Verfall seiner Umgebung mit aller Kraft entgegengestemmt. Doch die Substanz hatte er nicht verbessern können – durch die Fenster zog es, in der Luft lag der Geruch nach Moder, aus anderen Wohnungen waren deutlich Stimmen und Geräusche zu hören.

Missmutig hatte Krüger sie ins Wohnzimmer geführt. Die Deckenleuchte brannte, vor einem der beiden Fenster stand draußen ein wuchernder Busch, ließ kaum Licht herein. Die Einrichtung war die eines anspruchslosen, desinteressierten alten Menschen, funktional, vage aufeinander abgestimmt, aus anderen Epochen. An den Wänden ein paar verblasste Reproduktionen von Landschaftsgemälden, auf Regalborden zahlreiche Fotos, die auf frühere Zeiten verwiesen und auf eine Frau, die es vermutlich nicht mehr gab.

»*Wo* soll ich gewesen sein?« Krügers Stimme klang empört, die Wangen hatten sich gerötet. Er war eher groß, das Haar glatt gekämmt, hellblaues Hemd, beigefarbene Strickjacke.

Enders hob beschwichtigend die Hände. »War nur eine Frage, keine Behauptung.«

»Baden-Baden«, sagte Louise. »Samstagabend gegen elf, halb zwölf.«

»Und was genau unterstellen Sie mir?«

Enders seufzte. »Nichts, Herr Krüger.«

Mit starrem Blick zog Krüger ein Päckchen Zigaretten aus der Brusttasche des Hemdes, zündete sich eine an, ließ sie warten. Die Fingerkuppen seiner rechten Hand waren bräunlich-gelb verfärbt, auch seine Gesichtshaut und die weißen Haare wiesen gelbliche Flecken auf, ob vom Rauchen oder nicht. »Samstagabend spiele ich Skat.«

»Mit Freunden?«, fragte Louise.

»Skat spielt man nicht allein.«

»Hier?«

»Selbstverständlich *nicht* hier.« Krüger stach mit dem Zeigefinger in ihre Richtung. »Glauben Sie wirklich, ich bitte Freunde in dieses lumpige Viertel, das die Roten verfallen lassen, damit sie es irgendwann abreißen und den Grund teuer verkaufen können?«

»Die Wohnung ist doch hübsch«, murmelte Enders.

»Sind Sie mit dem Auto gefahren?«

»Wie sollte ich sonst nach Zähringen kommen? Zu Fuß?«

»Wir brauchen einen Namen und eine Telefonnummer.«

Enders machte eine vage Handbewegung in den Raum. »Sauber und nett geschnitten, vermutlich nicht zu teuer …«

»Jeder Pfennig, den man in dieser Siedlung zahlt, ist einer zu viel.«

»Herr Krüger«, sagte Louise.

»Einzelöfen, kosten mich ein Vermögen!« Der Zeigefinger stach wieder, Asche fiel auf den Teppich, ohne dass Krüger es bemerkte. »Wenn Sie mich dann in Ruhe lassen, gebe ich Ihnen einen Namen und eine Telefonnummer, unter Protest, es ist eine *Zumutung*, dass Sie meine Freunde belästigen!«

»Wer ist J. Krüger?«, fragte Enders.

»Mein Sohn.«

»Er wohnt über Ihnen?«

»Wie Sie dem Klingelschild entnehmen konnten: ja. Mit seiner Frau und meinem Enkelsohn.«

»Steht Ihr Auto in der Garage?«, fragte Louise.

»Ich kann mir keine Garage leisten.« Krüger ging in den Flur. Louise hörte ihn telefonieren, er kündigte einem »Herbert« ihren Anruf an, entschuldigte sich für die Belästigung.

Kurz darauf fiel die Wohnungstür hinter ihnen ins Schloss.

Am Straßenrand ein weißer Golf, so gepflegt wie die Wohnung.

Im Wagen wählte Enders die Telefonnummer, Herbert bestätigte die Angaben – Samstagabend Skat in Freiburg-Zähringen bis Mitternacht.

Langsam fuhren sie an den schräg zur Straße stehenden gelben Gebäuden der Siedlung entlang. Die Balkone dunkel verfärbte Waben, an einer Markise fehlte die Hälfte des Stoffs, unten an den Häusersockeln bröckelte der Putz. Die Garagentüren waren aus Holz, der Platz davor nicht asphaltiert, Unkraut und Gebüsch überall. Viel Grün, ausgetrocknete Wiesen, auf einer spielten farbige Jugendliche Fußball. Louise war, wie alle Freiburger Kollegen, gelegentlich in der Gegend, gegenüber lag die Akademie der Polizei. Bermanns zweites Zuhause, er hatte dort in jeder freien Minute im Fitnessraum trainiert und die kleinen Zimmer stundenweise für Stelldichein mit seinen Blondinen genutzt.

Ben hatte einst an der Akademie unterrichtet.

Ben, der nicht zurückgerufen hatte. Der auf eine ganz andere Weise weg war als Rolf Bermann, doch eben auch weg.

»Trotzdem«, sagte Enders. »Krüger bleibt auf der Liste.«

»Definitiv«, erwiderte Louise.

Zwanzig Minuten später standen sie im Flur einer teuren Altbauwohnung in Herdern, sprachen mit der Frau des dritten Halters, der dienstlich in Stuttgart war, am Wochenende dienstlich in Wuppertal gewesen war, erst am Donnerstag nach Hause kommen würde, weil er dienstlich noch nach Heidelberg und München musste.

»Was macht er denn?«, fragte Enders.

»Er verkauft.« Die Frau, füllig, hübsch, vom Kochen erhitzt, legte den Kopf schräg. »Versicherungspolicen.«

»Wer könnte bestätigen, dass er am Samstagabend in Wuppertal war?«

»Sicher einige.«

»Haben Sie eine Adresse? Einen Ansprechpartner?«

»Sie meinen, eine Ansprechpartnerin? Nein.«

Während Enders sich die Handynummer des Ehemannes notierte, blickte Louise durch geöffnete Türen in die hellen, hohen Räume. Im Esszimmer war für zwei gedeckt, weiße Tischsets, Sektgläser, Blumen.

Die Frau hatte ihren Blick bemerkt, lächelte. Auch sie hatte einen Ansprechpartner.

Im Treppenhaus sagte Louise: »Den streichen wir.«

»Sie betrügen sich. Vielleicht will er sie erschießen. Oder sie ihn.«

»Mit zwei Pistolen?«

Sie lachten.

»Und jetzt?«, fragte Enders draußen.

»Herbert in Zähringen.«

»Du zweifelst an Krügers Alibi?«

»Sein Auto war am Samstagabend in Baden-Baden. Mit ihm oder ohne ihn.«

Als sie im Wagen saßen, klingelte Enders' Telefon. Ein kurzes Gespräch, dann sagte er: »Verdammt, vergessen«, und steckte das Handy weg.

»Richtig«, sagte Louise, »jeden Montag um zwölf, die Dezernatsleiter, ihre Stellvertreter, der Chef.«

»Ein Tipp wäre nett gewesen.«

»Wenn der Bus gleich kommt, schaffst du es rechtzeitig.«

Enders lachte, rieb sich die Augen, schüttelte den Kopf.

Sie bremste vor der Haltestelle, und er stieg aus, sagte: »Also dann.«

»Steig wieder ein«, entgegnete sie lächelnd, »liegt auf dem Weg.«

Herbert, Nachname Nickel, war zwei Jahre älter als Friedrich Krüger und saß im Rollstuhl. Ein einfacher, schmaler Mann, sprach leise und in kurzen Sätzen, und wenn er einmal einen Satz zu wenig sagte, ergänzte seine Frau.

Sie saßen zu dritt am Küchentisch, Wassergläser vor sich.

»Eher bis Viertel nach zwölf«, sagte Nickels Frau.

»Spielen Sie auch mit?«

»Nein, nein.«

»Der Ewald spielt mit.« Nickel deutete auf die Küchenwand. »Der Ewald von nebenan.«

»Aber er ist gestern weggefahren. Er ist noch jung und verreist gern.«

»Der Ewald, der Fritz und ich«, sagte Nickel. »Seit fünfzehn Jahren fast jeden Samstag von sieben bis Mitternacht.«

»Um acht bringe ich ein paar Stullen und Bier.«

Louise trank einen Schluck. »Und Friedrich Krüger ist mit dem Auto gekommen?«

»Er kommt immer mit dem Auto.«

»Er wohnt ja doch recht weit von hier«, erklärte Nickels Frau.

»Fährt er selbst?«

»Bis sie ihn ins Armengrab legen, wird er selbst fahren, sagt er immer.« Sie lächelte.

»Haben Sie ihn am Samstag mit dem Auto kommen gesehen?«

»Das nicht, nein«, erwiderte Nickel.

»Aber er war den Abend über hier?«

»Ja.« Seine Hände lagen reglos im Schoß. Der ganze Mann wirkte reglos, abgesehen von Gesicht und Kopf. Er bemerkte ihren Blick, missdeutete ihn. »Kriegsverletzung.«

»Eher Nachkriegsverletzung«, sagte seine Frau. »Ein Unfall 1947 im Lager von Uljanowsk, fragen Sie nicht.«

»Nein«, sagte Nickel, »fragen Sie nicht.«

»Die haben ihn drei Tage lang verletzt liegen gelassen.«

Nickels Hände bewegten sich. »Vielleicht wollen Sie den Ewald auch sprechen? Ich habe eine Mobilnummer.«

»Nein.« Louise erhob sich. »Danke.«

Sie kehrte nicht gleich zum Wagen zurück, sondern ging ein paar Schritte, im Schatten unter hohen Bäumen. Sie fühlte sich ruhig, eine Andeutung von Gelassenheit, die neu war. So sehr Bermanns Tod schmerzte, ohne ihn war die Zeit der Kämpfe vorbei. Sie musste niemandem mehr etwas beweisen, niemanden überzeugen. Sie tat, was zu tun war, und niemand würde sie stoppen, Graeve nicht, Enders nicht, sie vertrauten auf ihr Urteilsvermögen.

Abgesehen davon war nun sie das Urgestein im Elfer.

Sie wechselte auf die andere Straßenseite, blieb stehen und hob das Gesicht in die Sonne, während das Handy die Verbindung aufbaute. »Noch einen gefunden?«

»Nein«, erwiderte Natalie. »Bloß die drei.«

»Check die Taxiunternehmen. Samstagabend halb sieben hin, kurz nach Mitternacht zurück.« Sie nannte die Adressen von Krüger in Haslach und Herbert Nickel in Zähringen, dann wartete sie, die Augen halb geschlossen, spürte die Wärme in ihre Wangen kriechen, in ihre Knochen. Sie dachte an Irina, die Frau in der Dunkelheit von Baden-Baden, die so viel Mut besaß. An Kilian, um den man bangen musste, weil er glaubte, für eine Unachtsamkeit Buße tun zu müssen. Wie schwer Vergangenheit wog, wenn man es zuließ.

Aber wer wusste das besser als sie?

Loslassen, dachte sie. Lohnt sich.

Friedrich Krüger fiel ihr ein, dessen Wohnung von der Vergangenheit dominiert war. Vielleicht gab es für alte Menschen ohne Partner nicht viel anderes. In der Gegenwart verloren, die Zukunft trübe. So schleppten sie alles mit sich, was vergangen war, Fotos, Tote, Erinnerungen, Mobiliar, bessere Welten. Erinnerungen.

Passten da Waffen ins Bild?

Eine Makarow, eine Tokarew, beide mit Schalldämpfer, beide aus Russland. Irina zufolge hatte der Anrufer genau diese Modelle verlangt. An einen Sammler glaubte Louise nicht. Wer die Pistolen verwenden wollte, hatte Erfahrung mit diesen beiden Modellen und sie deshalb bestellt.

Hatte Friedrich Krüger Erfahrung mit einer Makarow, einer Tokarew?

Enders' Frage fiel ihr ein. Wurde sie benutzt? Sie konnte sich nicht vorstellen, dass Kilian sie manipulierte. Andererseits hatte er sich verändert. Wer wusste schon, was in dem Abgrund, in den er sich begeben hatte, mit ihm geschehen war? Was Irina wirklich im Sinn hatte? Sie musste noch einmal mit ihm sprechen.

Natalie rief zurück.

Friedrich Krüger war mit dem Taxi zum Skat gefahren.

3

Diesmal gab Krüger den Weg in die Wohnung nicht frei, sondern ließ sie vor der Tür stehen. Seine Pupillen waren reglose schwarze Steine, die Stimme schneidend, ein Mann voller Hass auf Frauen, Polizisten, die Welt, vielleicht auch auf sich selbst. »Haben Sie wirklich nichts Besseres zu tun? Kein Wunder, dass dieses Land vor die Hunde geht.«

»Warum mit dem Taxi, Herr Krüger?«

»Das geht Sie nichts an!«

»Wenn Sie hier nicht antworten, dann in einem Verhörraum in der Polizeidirektion, gern mit einem Anwalt.«

Er beugte sich zu ihr, zischte: »Ich habe manchmal Herzrhythmusstörungen, zufrieden?«

»Zum Beispiel am Samstag?«

Er deutete ein Nicken an.

»Warum haben Sie das Treffen nicht abgesagt?«

»Ich habe in fünfzehn Jahren kein Treffen abgesagt. Wenn es zu Ende ist, dann ist es egal, wo.«

»Und weshalb haben Sie das Taxi vorhin nicht erwähnt?«

»Weil es unwichtig ist, guter Gott!«

»Könnte jemand anders Ihr Auto benutzt haben?«

»Wer sollte das gewesen sein?«

»Ihr Sohn? Seine Frau?«

»Mein Sohn hat selbst ein Auto.«

»Ich nehme an, er hat einen Schlüssel für Ihre Wohnung.«

»Natürlich.«

»Ist er zu Hause?«

»Sie wollen noch mehr Menschen belästigen? Noch mehr Zeit verplempern?«

»Wo ist er, Herr Krüger?«

»In seinem Gartenbetrieb«, sagte Krüger und schloss die Tür.

Sie saß auf einer Bank in der Wiehre gegenüber von Julius Krügers Gartencenter, eine Styroporbox mit rotem Curry auf dem Schoß, beobachtete. Ein Schotterplatz diente zum Parken, dahinter schloss sich ein schmales, lang gestrecktes Gebäude mit Flachdach und Seitenwänden aus Glas an. Ein paar Autos vor dem Eingang, darunter zwei grüne Lieferwagen mit der Aufschrift KRÜGER – FÜR HAUS UND GARTEN, umringt von bunten Blüten. Das Center lag nicht weit vom Annaplatz entfernt, sie war im Sommer ein paarmal hier gewesen, hatte wahllos Grünzeug gekauft, weil sie gedacht hatte, dass in die Wohnung einer normalen Frau mit einer normalen Beziehung und folglich einer normalen Zukunft Pflanzen gehörten.

Wenn du etwas nicht bist, dann normal, hatte Ben gesagt.

Das wird jetzt anders, hatte sie erwidert.

Bermanns Tod war dazwischengekommen.

Sie konnte nicht umgehen mit dem Tod.

Leif Enders rief an. »Mit dem Taxi also?«

»Wie sonst?«, erwiderte sie mit vollem Mund. »Das Auto war ja in Baden-Baden.«

»Wo bist du?«

Sie sagte es ihm.

»Bleib sitzen, ich komme.«

Gegenüber verließ einer der Lieferwagen den Parkplatz, eine Frau in Grün am Steuer. Aus dem Center rannte ein kurzbeiniger

42

brauner Hund, bellte dem Wagen oder der Frau hinterher, rannte zurück.

Zehn Minuten später kam Enders im Fond eines Streifenwagens. Natalie, sagte er, habe den Versicherungsverkäufer angerufen, eine Nummer in Wuppertal bekommen, eine Frau, eine »Kundin«. Er habe tatsächlich ein Alibi, das Auto auch. Louise nickte desinteressiert, den Versicherungsverkäufer hatte sie längst abgehakt.

»Hat sie Julius gecheckt?«

»Nicht mal ein Strafzettel. Sie sucht weiter.«

»Und der Vater?«

»Ist vierundachtzig und hat Skat gespielt, Louise.«

»Du bist zu leichtgläubig. Wie wird man Dezernatsleiter, wenn man so leichtgläubig ist?«

»In Freiburg kein Problem.«

Sie lachten.

Louise rief Natalie an, bat sie zu überprüfen, ob der Vater Verbindungen zu den Russen hatte oder zur Stasi oder zur NVA. Laut Internet waren sowohl die Tokarew als auch die Makarow bei den Landstreitkräften der NVA in Verwendung gewesen. »Und überprüft die Aufnahmen der Verkehrsüberwachung.«

Sie überquerten die Straße. »Wie macht man das eigentlich, von Nordrhein-Westfalen aus mal eben eine Dezernatsleitung hier im Süden übernehmen?« Polizei war Ländersache, Wechsel in andere Bundesländer selten und eher kompliziert.

»Die haben niemanden gefunden.«

»Ist nicht dein Ernst! Keiner, der nach Freiburg wollte?«

»Keiner, der Nachfolger von Rolf Bermann werden wollte. Da kommst du ins sonnige Freiburg und stehst erst mal in einem riesigen Schatten.«

»Dich scheint das nicht abgeschreckt zu haben.«

»Richtig«, sagte Enders.

Sie gingen über den Vorplatz, betraten das Gartencenter. Enders fragte eine junge Kassiererin, sie zeigte auf einen dünnen, mittelgroßen Mann im grünen Kittel, der im Eingangsbereich vor einem Tisch mit weißen Schnittblumen stand, versunken zupfte, ordnete, prüfte. Als er hochsah, bemerkte Louise eine vage Ähnlichkeit mit dem Vater, die Augen ebenso starr und durchdringend. Doch dann tauchte Julius Krüger aus der Versunkenheit auf, wandte sich ihnen mit einem zuvorkommenden Lächeln ganz zu, und die Ähnlichkeit verflog.

Er wusste, wer sie waren, warum sie kamen, der Vater hatte ihn informiert. »Ich muss mich für ihn entschuldigen«, sagte er mit leiser Stimme, »er ist manchmal ein wenig … kurz angebunden.« Er hatte die Hände halb in die Kitteltaschen geschoben, die Daumen blieben außen, der Rücken war ein bisschen rund, ein schüchterner, in sich gekehrter Mensch, der neben dem virilen Leif Enders noch unscheinbarer wirkte.

Der Hund, ein Terrier, kam angelaufen, richtete sich an Julius' Bein auf, bekam irgendetwas aus der Kitteltasche, lief davon. Julius sah ihm nach und schien wieder in sich zu versinken. Abwesend sagte er: »Und Sie sind sicher wegen dem Auto? Es war das Auto von meinem Vater?«

»Ja«, erwiderte Louise.

Er sah Enders an. »Aber wie kommt sein Auto nach Basel, wenn er …?«

»Nicht Basel«, unterbrach sie ihn. »Baden-Baden.«

Julius warf einen flüchtigen Blick in ihre Richtung, dann schaute er wieder Enders an, als wäre der sein natürlicher Verbündeter, obwohl er nach wie vor schwieg. »Ich kann mir das nicht erklären.«

»Sie haben es nicht benutzt?«, fragte Louise.

»Nicht in letzter Zeit. Ich würde sagen, seit Wochen nicht mehr. Eher seit Monaten.«

»Am Samstagabend?«

»Nein. Wir hatten Gäste am Samstagabend. Freunde aus Staufen.« Julius' Blick und Hände wanderten zu den Blumen, die in Louise flüchtige Schatten einer unangenehmen Erinnerung heraufbeschworen. Doch da sie ihr Gedächtnis passabel auf Verdrängung eingestellt hatte, fielen ihr weder der Name der Blumen noch die Umstände ein.

»Sie waren die ganze Zeit dabei?«

»Aber ja.«

»Wer war mit dem Hund draußen?«, fragte Enders.

Julius hob den Kopf, musterte ihn. »Ich. Am Abend gehe immer ich. Man weiß nicht, was für Leute unterwegs sind.«

»Wie lange waren Sie draußen?«

»Nur kurz, fünfzehn Minuten vielleicht. Wahrscheinlich nur zehn.«

»Nur kurz wegen der Freunde aus Staufen«, sagte Louise.

»Eher Bekannte als Freunde.«

»Sie waren also *nicht* die ganze Zeit dabei.«

»Wenn Sie so wollen … Zehn Minuten nicht. Aber in zehn Minuten schafft man es nicht nach Baden-Baden, oder?« Er schmunzelte, und Louise ertappte sich dabei, dass sie dieses Schmunzeln sympathisch fand. Es hatte etwas Jungenhaftes, Unschuldiges, zugleich Mutiges. Ein stiller, scheuer Junge, der einmal im Jahr den Mut fasste, im Pausenhof einen Witz zu machen.

»Jedenfalls nicht ohne Führerscheinentzug«, sagte Enders.

Julius lachte verhalten.

»Sehen Sie mich an«, sagte Louise. Er gehorchte, richtete den Blick auf ihren Mund, die Augen gingen offenbar nicht. »Ist vielleicht jemand anders mit dem Auto Ihres Vaters gefahren?«

»Aber wer sollte das gewesen sein?« Die Stimme war noch ein wenig leiser geworden.

»Ein anderer Freund?«

»Bekannte, es sind wirklich eher Bekannte … Ich weiß es nicht. Ich habe nicht darauf geachtet, ob der Wagen da war.« Julius wandte sich ab, die Hand strich zärtlich über Blütenblätter.

In diesem Moment kam die Erinnerung zurück.

»Chrysanthemen«, sagte Louise und konnte ein Seufzen nicht unterdrücken. Andenken an den in die Wüste geschickten Exmann, der nicht nur willfährige Geliebte geschätzt hatte, sondern auch Blumen und besonders Chrysanthemen. Um die Jahrtausendwende hatte er Louise drei Jahre hintereinander zur »Chrysanthema« nach Lahr gezerrt, um sie wie eine Trophäe mit bunten Blumen zu schmücken und aus der längst geschändeten gemeinsamen Wohnung ein überfrachtetes Scheinidyll zu machen.

»Die Blume der japanischen Kaiser«, sagte Julius.

»Kaum zu glauben.«

Er nickte. »Das Kaisersiegel ist eine goldene Chrysanthemenblüte.«

»Der Chrysanthemen-Thron«, warf Enders ein.

»Was ihr alles wisst.«

»Sonne und Unsterblichkeit«, sagte Julius. »Rein und schlicht und vollkommen.«

»Wir brauchen den Namen Ihrer Freunde aus Staufen, Herr Krüger.«

»Bekannte«, korrigierte Enders sie sanft.

Good cop, bad cop, dachte Louise auf dem Weg zum Wagen. Albern, aber warum nicht? Befremdlich fand sie nur, dass die Rollenverteilung ohne Absprache klar zu sein schien.

Jeder so, wie er konnte.

Sie stiegen ein, fuhren los. Im Rückspiegel sah Louise den Terrier, der ihnen vom Gehweg aus hinterherbellte. Enders sagte, er habe früher in Berlin viel mit russischen Kollegen zu tun gehabt. Er werde ein paar Telefonate führen. Vielleicht habe jemand etwas gehört. Louise nickte, überrascht, weil sie zufrieden war. Sie tickten ähnlich, der neue Chef und sie. Irina und die Russen in Baden-Baden, zwei russische Pistolen, ein russisches Kriegsgefangenenlager – zu viel Russland, um diese Spur nicht zu verfolgen.

»Was denkst du«, sagte Enders, »Julius wie Cäsar?«

Sie hob die Schultern. »Leber hieß auch Julius.«

»Leber?«

»Ein Widerstandskämpfer gegen die Nazis.«

Er wandte ihr den Kopf zu, aus dem Augenwinkel sah sie helle Zähne, Schmunzelfalten. »Was du alles weißt.«

»Gute-Nacht-Geschichten meiner Mutter.«

»Statt Pu der Bär Julius Leber und, wie hieß er, Stauffenberg?«

»Auch, aber vor allem Frauen. Hanna Solf, Elisabeth von Thadden und so.«

»Sagen mir nichts.«

»Anne Frank, Sophie Scholl.«

»Ja, natürlich … Anregende Geschichten, warum nicht?«

»Bis auf das Ende.«

»Lies *Pu der Bär*, da stirbt keiner.«

»Dann würde mir was fehlen«, sagte Louise.

4

Natalie hatte Neuigkeiten. Fotos, einen Namen.

Sie standen um ihren Schreibtisch, Louise, Enders, Natalie, blickten konzentriert auf Schwarz-Weiß-Ausdrucke von vier Fotos, die aus Aufzeichnungen von Verkehrskameras stammten. Der Datumsstempel war identisch, Samstag. Alle vier zeigten den weißen Golf von Friedrich Krüger, der anhand des Nummernschildes eindeutig zu identifizieren war. Auf zwei der Fotos saß Julius Krüger am Steuer, auf zwei ein anderer Mann.

»Ricky Janisch«, sagte Natalie und legte ein Polizeifoto auf den Tisch. »Keine Vorstrafen, aber eine vorläufige Festnahme vor zwei Jahren wegen Körperverletzung. Er kam aus Mangel an Beweisen frei.«

Louise drehte das Foto zu sich. Janisch war Anfang dreißig, das Gesicht blass und hager, das helle Haar stoppelkurz. Spitzes Kinn, der Mund stand offen, zeigte schiefe Zähne, die Augen leicht schräg, senkten sich zur Nasenwurzel. Sie dachte an Irinas Beschreibung: ein Bote, kein Chef.

Sie fotografierte das Gesicht mit dem Handy ab, schickte es als MMS an Kilian, schrieb: *Ist das der Bote?*

Dann wandte sie sich wieder den Aufnahmen zu, ging sie ein weiteres Mal der Chronologie entsprechend durch.

21.32: Krüger fuhr die Basler Straße entlang.

21.33: Krüger an der Ampel Ecke Eschholzstraße. Hinter ihm war ein Hundekopf zu erkennen.

21.40: Ricky Janisch bog von der Eschholzstraße auf die B 31a Richtung Autobahn ab – allein.

21.47: Janisch ein paar Kilometer weiter westlich auf der B 31a, immer noch allein.

Ganz offensichtlich hatte Julius Ricky Janisch den Wagen seines Vaters gebracht, während er offiziell mit dem Hund draußen gewesen war.

»Gibt es noch mehr Fotos von Janisch und dem Auto?«

»Ich bin dran«, erwiderte Natalie.

»Die A 5, Baden-Baden. Das ›Iwan und Pauline‹ in der Altstadt. Die Basler Straße ein paar Stunden später, irgendwann muss er das Auto zurückgebracht haben.«

Natalie nickte, notierte.

»Was wissen wir sonst noch über Janisch?«, fragte Enders.

»Er ist einunddreißig, wurde in Lörrach geboren, lebt seit zwei Jahren in Freiburg. Mats Benedikt kommt gleich, er kann euch mehr erzählen.«

»Mats Benedikt?«

»Ein Kollege aus dem D 13«, erklärte Louise ein wenig überrascht. Körperverletzung reichte für den Staatsschutz nicht aus. Es musste andere Hintergründe gegeben haben.

»OK?«, fragte Enders.

»Nein, das ist das 23er. Das 13er ist der Staatsschutz. Was hat der Staatsschutz mit Janisch zu schaffen, Natalie?«

Ihr Telefon brummte, Kilian hatte geantwortet: *Melde mich.*

Da klopfte es an der Tür, Mats Benedikt trat ein, nickte in die Runde, reichte Enders die Hand, die weichen braunen Augen hinter der Brille konzentriert wie immer.

»Ricky Janisch«, sagte Louise.

Mats Benedikt verteilte Papier. »Gehört der ›Brigade Südwest‹ an. Zwei Dutzend Rechtsradikale aus dem Breisgau, auch ein paar

Frauen sind dabei. Gewaltbereit, aber sie halten sich zurück, bleiben unauffällig, meistens jedenfalls.«

Schweigend blickten sie auf die Informationen zu Janisch, die Körperverletzung vom August 2004, während Mats Benedikt zusammenfasste. »Ein Kamerad aus der Brigade wollte aussteigen. Sie haben ihn übel zugerichtet, haben mit Stangen auf ihn eingeschlagen und ihm Arme und Beine gebrochen. Aber sie trugen Masken, und er konnte sie nicht hundertprozentig identifizieren.« Der Aussteiger hatte geglaubt, Janischs Stimme erkannt zu haben, und so war der vorläufig festgenommen worden. Doch der Haftrichter hatte ihn am nächsten Tag auf freien Fuß gesetzt, andere aus der Brigade hatten sein Alibi bestätigt.

»Noch mal für die Begriffsstutzigen«, sagte Louise. »Ricky Janisch, der Kerl auf den Fotos, ist ein Neonazi?«

»Durch und durch«, sagte Mats Benedikt.

Hektik war ausgebrochen im D 11. Reinhard Graeve wurde gerufen, informiert, verschwand. Marianne Andrele, die Staatsanwältin, rauschte durch die Flure und Büros, im Schlepptau den Leiter der Polizeidirektion, Hubert Vormweg. Neonazis, die im »grünen« linken Freiburg möglicherweise einen Anschlag planten? Vor oder während der WM? Schlimmeres war kaum vorstellbar.

Um Louise, Leif Enders und Natalie herum wurde ein Ermittlungsteam aus acht Mitgliedern gebildet, dem auch Mats Benedikt angehörte. Fahndungsteams wurden instruiert – fürs Erste sollten die Krügers und Ricky Janisch nur observiert, noch nicht mit den Fotos konfrontiert werden. Ein Kollege wurde nach Dortmund geschickt, wo Anfang April zwei Türken erschossen worden waren, vermutlich weitere Morde der Česká-Killer. Später sollte er nach Nürnberg weiterreisen, denn federführend war die dort ansässige Soko »Bosporus«. Enders verschwand im Hurrikan der Aufregung.

Natalie saß an ihren Rechnern, durchsuchte das Internet nach Hinweisen auf potenzielle Opfer. Alle halbe Stunde brachte sie Louise Namen, Daten, Drohungen. Farbige Fußballspieler. Homosexuelle. Politiker mit Migrationshintergrund. Grüne. Feministinnen. Abtrünnige Neonazis. Nein, sagte Louise wieder und wieder, vielleicht, nein, keine Ahnung, was weiß ich.

Der Nachmittag verging. Sie wartete, ohne zu wissen, worauf.

Enders schaute vorbei, brummelte: »Bisschen hysterisch seid ihr ja schon hier im Süden.«

»Ich nicht. Ich bin die Ruhe selbst.«

»Die Ruhe vor dem Sturm.«

Sie lächelte. »Geh ein Bier trinken, Leif.«

»Ich muss nach oben, Telefonkonferenz mit der Landespolizeidirektion.«

»Was erzählt ihr denen? Wir haben nichts.«

»Die wollen *uns* was erzählen.«

Enders ging, Natalie kam, legte Papier vor sie. Gesichter, Namen, Hinweise.

»Hör auf damit«, sagte Louise.

»Womit?«

Louise deutete auf die Ausdrucke. Die Nadel im Heuhaufen. Anderes war jetzt wichtiger. Vor allem die Krügers und Janisch. Wenn sie erst einmal alles über die drei wussten, die Berührungspunkte kannten, würden der Heuhaufen zu schrumpfen und die Nadel zu leuchten beginnen.

»Eine halbe Stunde noch«, sagte Natalie. »Dann gehe ich.«

»Ja«, sagte Louise. Sie legte die Gesichter, Namen, Hinweise auf den Stapel »Potenzielle Opfer«.

Wartete und begriff immer noch nicht, worauf.

Um kurz nach sechs kam Natalie zurück, schon mit Jacke und Schal, frisch aufgesprühtem Parfüm, der dunkelblonde Zopf gelöst, die Haare gekämmt. »Es wird gruselig«, sagte sie und legte Papier auf den Schreibtisch.

Louise zog den Ausdruck heran. Ein Zeitungsartikel, in der Mitte ein leicht verschwommenes Foto von Friedrich Krüger, verbissene Miene, blass. Titel: AUSCHWITZ-MÖRDER IN FREIBURG? Sie las.

Krüger war 1940 als Achtzehnjähriger der SS beigetreten. Von Mitte 1943 bis Ende 1944 hatte er als Wachmann in Auschwitz gedient. Im Sommer 2002 war er wegen des Verdachts, dort an der Tötung Deportierter beteiligt gewesen zu sein, verhaftet worden. Aus gesundheitlichen Gründen war er am Tag darauf aus der Untersuchungshaft freigekommen. Zum Prozess hatte es nicht gereicht, aus Mangel an Beweisen und Zeugen hatte die Staatsanwaltschaft das Verfahren eingestellt. Krüger selbst hatte die Vorwürfe bestritten.

Nazis und Neonazis, dachte Louise, lehnte sich zurück, die Hände im Schoß. »Gibt es über das Auto hinaus Verbindungen zwischen Janisch und den Krügers? Gemeinsame Aktivitäten? Gemeinsame Freunde? *Kameraden?*«

»Bis jetzt habe ich im Netz nichts gefunden.«

»Such weiter.«

»Nicht mehr heute, bitte.«

»Hast du eine Verabredung?«

Natalie nickte, strich sich die Haare aus der Stirn.

»Erzähl.«

»Nein.« Sie lächelte ihr Mädchenlächeln, legte den Kopf schräg, entzückend blümchenhaft. »Du bist der Job.«

»Und siebzehn Dienstgrade über dir. Erzähl!«

Sie lachten.

Der Job, dachte Louise, nachdem Natalie die Tür hinter sich geschlossen hatte. Der Job und noch was anderes?

Nein. Sie war der Job und umgekehrt, nicht mehr. Sie hatte es nie anders gekonnt oder gewollt. Der Job kam mit, wohin sie ging. Er war in ihr, er war, was sie sah und dachte und fühlte.

Von Anfang an, seit 1983. Dem Jahr, in dem ihr erster Bruder Germain auf einer vereisten französischen Landstraße mit dem Auto vom Leben in den Tod gerast war.

Ob das eine mit dem anderen zu tun hatte? War sie Polizistin geworden, weil Germain ums Leben gekommen war?

Sie schüttelte den Gedanken ab, fuhr den Rechner herunter, nahm die Jacke. Im Flur stand Enders, tippte auf dem Handy herum. Das weiße Hemd zeigte Knitterspuren, das Gesicht auch, unter den Achseln Schweißflecken.

»Was sagt die LPD?«

»Wir sollen uns nicht zu früh auf Neonazis konzentrieren, sondern auch andere Möglichkeiten in Betracht ziehen.«

»Nichts lieber als das. Gehen wir auf ein Getränk? Ich zahle.«

Er schüttelte den Kopf. »Besprechung beim Direktor oben, dann ein Bier mit einem Freund.«

»Du hast schon Freunde hier? Nach einer Woche?«

Er lächelte vage, rieb das Display am Ärmel sauber. »Ein Schulfreund aus Aachen, Wolfgang, lebt seit ein paar Jahren hier.«

Louise schlüpfte in die Jacke. Der Tod und die Lüge, dachte sie, da machte ihr keiner was vor. »Quatsch.«

»Was Quatsch?«

»Wolfgang aus Aachen, dass ich nicht lache.«

Enders schmunzelte, hob die Hand, nach oben deutend.

Im Hof, im leichten Regen, verstand sie, worauf sie den ganzen Nachmittag lang gewartet hatte: dass Rolf Bermann auftauchte und Anweisungen gab, denen sie sich widersetzen konnte.

Wie einfach die Dinge manchmal waren.

Um vier Uhr nachts kam Kilian. In T-Shirt und Shorts stand sie ihm in der dunklen Küche gegenüber, konnte die schlechte Laune nicht unterdrücken, er hatte sie aus dem Tiefschlaf gerissen. »Das muss anders werden«, sagte sie. »Das nervt mich.«

Er lächelte freudlos. »Dann hör auf, Fragen zu stellen.« Er sah noch schlimmer aus als am Sonntagabend, völlig erschöpft, die Augen schwarze Höhlen. Er blinzelte vor Müdigkeit, roch nach Alkohol.

»Du musst schlafen, Kilian.«

»Vielleicht morgen.«

»Leg dich aufs Sofa. Nur ein paar Stunden. Ich weck dich um sechs.«

Er schüttelte den Kopf. »Hab zu tun.« Er brachte den Mund an ihr Ohr. »Sie sagt, das ist der Kerl.«

»Sicher?«, flüsterte Louise zurück.

»Neunzig Prozent, das Foto ist nicht ganz scharf.«

»Ricky Janisch, ein Freiburger Neonazi.«

Sie schwiegen für ein paar Momente. Dann sagte Kilian: »Was noch nichts heißen muss, oder? Vielleicht hat er Geld gebraucht. Holt hier mal was, dort mal was. Waffen, Drogen, Mädchen für irgendwelche Auftraggeber.«

»Es kann alles heißen. Gibt es unter deinen Russen Neo…?«

»Gibt es«, unterbrach er sie. »Spielt aber keine Rolle.«

»Wie kannst du dir so sicher sein?«

Weil sie, erwiderte Kilian, seit Monaten an den Russen dran seien, sie verwanzt hätten, beobachteten. Wenn da ein Zusammenhang bestünde, wüssten sie es. »Lass die Russen in Ruhe, klar? Wenn sie was merken, haben wir ein richtiges Problem.«

Sie nickte müde. Von allen Seiten Vorschläge, Bitten. Nicht die russische OK, sagte Kilian. Nicht nur die Neonazis, sagte die Landespolizeidirektion. Sie dachte an Leif Enders, der russische

Gewährsleute kontaktieren wollte. Sie musste ihn zur Vorsicht verpflichten.

»Wisst ihr schon, auf wen er es abgesehen hat? Janisch?«

»Nein. Falls du was hörst bei den russischen Neonazis …«

»Klar.« Kilian wandte sich ab, sagte im Flur, in den nächsten Tagen sei er unterwegs, vielleicht nicht erreichbar, dann war er fort. Louise starrte ins finstere Treppenhaus, hörte nicht mehr als gelegentlich ein leises Schaben von seinen Schuhen, schließlich ein Klicken, als er die Haustür ins Schloss zog.

Sie kehrte ins Bett zurück, konnte nicht einschlafen, weil sie an Ben dachte, der sich nicht gemeldet hatte. Ben Liebermann, das hängt am seidenen Faden, verstehst du das nicht? Man muss sich doch nah sein bei einer Fernbeziehung, sonst wird die Distanz zu groß, und man findet nicht zurück.

Vor ein paar Monaten hatten sie noch über Perspektiven gesprochen. Seit Potsdam gab es keine Perspektiven mehr. Keine Zukunft, nur Vergangenheit und gelegentlich ein bisschen Gegenwart.

Sie stand wieder auf, zog sich an. Halb fünf, im Osten erstes Licht, Regenlicht, der richtige Moment, um auszuscheren und sich auf einen eigenen Weg zu machen.

5

Zähringen, Alban-Stolz-Straße, die Hochhäuser. Louise parkte zwischen den Gleisen und der Siedlung vor der dunklen Gebäudefront, griff zum Telefon. »Bin da«, sagte sie. »Der rote Peugeot vor der 21.«

Zwei Minuten später tauchte neben der Beifahrertür ein Schatten auf, einer der beiden Fahnder, Gerd, Mitte fünfzig, klein und rund, dämmerte nachts in dunklen Straßen der Pensionierung entgegen und wurde dabei ungern gestört. Er ließ sich neben sie sinken, schloss die Tür fast lautlos. Seufzend sagte er: »Mann, Mann, Mann, Bonì.« Sein Atem roch nach Kaffee und Bier, nach Zwiebeln und Zigarettenrauch. »Es ist fünf Uhr am Morgen, was machst du hier?«

Sie lächelte freundlich. »Welche Wohnung?«

»Siebter Stock in der 23, ganz rechts.«

Sie lehnte sich nach vorn, sah vom Haus nicht viel, nur abgesetzte Rechtecke weißer Farbe, mit der die Balkone und Loggias gestrichen waren. »Erzähl.«

»Gibt nichts zu erzählen«, sagte Gerd.

»Dann erzähl das, was es nicht zu erzählen gibt.«

Sie hörte ihn kichern. Janisch, berichtete er, sei gegen 16.30 Uhr nach Hause gekommen. Um neunzehn Uhr habe er sich in einer nahen Pizzeria mit einem Freund, dessen Identität noch nicht geklärt sei, getroffen. Anschließend hätten sie in einer Kneipe getrunken. Um halb zwölf sei er deutlich alkoholisiert zu Fuß nach Hause gegangen.

»Hat er dem Freund was gegeben? Eine Schachtel? Irgendwas?«

»Nein.«

»Habt ihr Fotos?«

»Drüben im Wagen.«

Sie nannte ihm ihre E-Mail-Adresse, und Gerd versprach, die Fotos »rüberzuschicken«.

»Der Freund, ist das auch ein Neonazi?«

»Eher linksautonom. Schwarzer Kapuzenpulli, Basecap, Turnschuhe. Antifa.«

»Die Autonomen Nationalisten ziehen sich so an«, sagte sie.

»Die wer?«

Sie erklärte ihm das Konzept der »Freien Kameradschaften«, kleiner Gruppen unabhängiger Neonazis, die sich seit Ende der neunziger Jahre vor allem in Großstädten verbreiteten. Daraus waren Anfang der Nullerjahre die Autonomen Nationalisten entstanden, seit 2005 kannte man sie auch in Baden-Württemberg. Keine Skins, keine straff organisierten Kader, aber extrem gewaltbereit, hatten Auftreten und Aktionen der radikalen Antifa übernommen und boten einen jungen, coolen Lebensstil an. Die Feinde sollten sie nicht mehr so leicht erkennen – sie benutzten den Gegner, um weniger aufzufallen

»Nein, nein«, sagte Gerd, rieb sich die Augen, während er weitersprach. »Ein Linksradikaler. Das ist doch das Problem bei uns, Bonì, die Antifa. Die Rechten trauen sich nicht nach Freiburg. Als Rechter zeigst du dich einmal in der Öffentlichkeit, schon stehen dein Name und dein Foto und deine Adresse im Internet. Und jetzt sitzen *in Freiburg* gleich zwei Neonazis im selben Lokal? Nein, du siehst Gespenster. Unser Problem ist die Antifa, nicht die Rechte.«

Louise nickte schweigend, wollte nicht diskutieren, nicht mit Gerd, der zu Hause niemanden mehr hatte, um zu diskutieren, und manchmal nicht zu bremsen war. Die Frau vor einer ganzen Weile weg, angeblich mit einem Kollegen vom LKA, ein Kripomann musste es schon sein. Die Kinder längst ausgezogen, nur ein Wellensittich war geblieben. Im Sommer hatte Bermann Gerd mit dem Vogel im Seepark gesehen, er hatte auf einer Bank gesessen, den Käfig mit dem zwitschernden Wellensittich neben sich.

»Du siehst Gespenster«, wiederholte er sanft.

Ja, dachte sie, gelegentlich. Hin und wieder auch Dämonen. Die hockten im Supermarkt in Flaschen mit bernsteinfarbener Flüssigkeit und schrien: Trink, trink, trink! Saßen noch immer auf der Lauer und warteten, drei Jahre nach dem letzten Schluck. »Wann fängt Janisch an zu arbeiten?«

»Halb sieben, sagt DHL, Sortierung und Verladung. Gegen acht, halb neun fährt er los.«

»Oben in Hochdorf?«

Gerd nickte, klopfte mit dem Finger gegen die Windschutzscheibe. »Licht.«

Sie beugte sich wieder vor. Das Fenster von Janischs Wohnung war erleuchtet. Sekunden später ging auch im Raum danebem das Licht an. Milchglas, das Bad.

»Du solltest dann mal«, sagte Gerd. »Sicherheitshalber.«

Sie schüttelte kurz den Kopf. »Ich übernehme ihn. Fahrt nach Hause.«

Gerds Stirn legte sich in Runzeln. »Das ist *unser* Job, Bonì, und wir können das gut. Ich mach seit fünf Jahren Fahndung, der Marek seit neun, also. Kümmer du dich um die Antifa, die planen was, jede Wette. Schicken irgendeinen Neonazi-Deppen nach Baden-Baden, um Waffen abzuholen, und dann knallen sie im Juni einen FIFA-Funktionär ab oder so. Darum solltest du dich kümmern, nicht um den da.« Er wies in Richtung Gebäude. »Den haben wir im Blick.«

»Ich bleibe«, sagte sie.

»Na dann, auf deine Verantwortung, fahren wir eben Konvoi.« Mit einem vagen Grunzen verabschiedete er sich und stieg so leise aus, wie er eingestiegen war, jede Bewegung trotz des Bauches kontrolliert und ohne unnötige Geräusche. Draußen wurde er wieder zum Schatten, verschmolz mit den Dingen, den Wänden, der Nacht, nur noch zu erkennen an der Zigarettenglut, die für einen Moment kraftlos aufleuchtete.

Fünf Minuten später kamen die Fotos, eine Auswahl, dreizehn Stück. Janisch beim Betreten, beim Verlassen des Gebäudes. Janisch im Nieselregen vor den Hochhäusern, dunkler Blouson, klobige Schuhe, Stiefel wahrscheinlich, sollte martialisch aussehen, männlich, aber der Gesamteindruck konterkarierte das, er ging leicht gebückt, hatte die Hände in den Jackentaschen, dürre Beine.

Janisch in der Pizzeria, der Freund wartete schon, sie klatschten sich mit einer Hand ab. Der andere, wie Gerd ihn beschrieben hatte, dazu bunte Tattoos an den Armen, Kinnbart, aus der hinteren Hosentasche ragten schwarze Handschuhe. Sie aßen, sprachen, lachten, tranken Bier.

Janisch und der Freund in einer leeren Eckkneipe, nur eine Aufnahme, unscharf, das Risiko, beim Fotografieren erwischt zu werden, war offenbar zu groß gewesen. Auf dem letzten Foto, beim Abschied vor der Kneipe, erkannte Louise am Revers des Freundes einen Sticker mit schwarzem Rand, zwei schwarzen Flaggen auf weißem Grund. Ein Logo, das ursprünglich von der Antifa stammte. Dort allerdings war eine der Flaggen rot. Zwei schwarze Flaggen im schwarzen Kreis: eines der Symbole der Autonomen Nationalisten.

Sie legte das Handy zur Seite, ließ sich gegen die Lehne sinken.

Janisch bei der »Brigade Südwest«, der Freund zumindest Sympathisant der AN, Friedrich Krüger einst bei der SS – zu viele Rechtsextreme für einen Zufall.

6

Ein langer, langweiliger Vormittag. Ricky Janisch fuhr im Westen Freiburgs, lieferte im Regen Paket um Paket aus, die Jacke rot mit gelben Schultern und Ärmeln, gelbes Basecap, der rote Schirm im Nacken. Hin und wieder eine Zigarettenpause, drei Kaffeepausen mit To-go-Bechern hinter dem Steuer, manchmal tippte er auf seinem Handy, einmal rief jemand an. Mehr geschah nicht.

Gerd schrieb, sie verhalte sich auffällig wie ein Nilpferd. *Deine Verantw., wenn er was merkt.*

Sie antwortete nicht, ließ sich aber ein wenig zurückfallen. Der silberne Wagen der Fahnder verschwand für Momente im Dunst. Weiter vorn setzte sich ein gelber Fleck in Bewegung, schoss davon, bremste hart. Die Heckklappen flogen auf, schwer beladen sprang Janisch auf die Straße, verschwand in einem Hauseingang.

Enders rief an. »Hat das irgendeinen Sinn?«

»Weiß ich noch nicht.« Sie hörte ihn atmen, sich räuspern, die schöne Stimme blieb stumm. Auf diese Weise also wartete Leif Enders auf Erklärungen. »War eben so eine Idee. Ein Bauchgefühl.«

»Morgens um halb fünf sagt dein Bauchgefühl: Zwei Fahnder sind zu wenig, fahr hin, mach das selbst, scheiß aufs Büro und den Papierkram und alles andere, wird schon einen Sinn haben?«

»Ja«, sagte sie erstaunt. »Du fasst das gut zusammen.«

Er lachte. »Gib das nächste Mal Bescheid.«

Der Regen war stärker geworden, lärmend schlugen die Tropfen aufs Dach, auf die Windschutzscheibe. »Der Informant hat bestätigt«, sagte Louise. »Janisch ist der Bote.«

»Apropos«, sagte Enders. »Die LPD will Namen, ich vermute, das kommt aus dem Innenministerium. Der Kollege, der Informant, sie wollen wissen, wer die sind. Graeve hat sich rausgeredet, ich weiß nicht, wie lange das noch klappt.«

Louise spürte in sich Wut aufsteigen, aber auch ein bisschen Angst. Die Dinge drohten unkontrollierbar zu werden. »Er wird es ihnen nicht sagen. Er weiß, dass er das nicht tun kann.«

»Sie werden Druck machen, erst ihm, dann dir.«

»Wir werden es aushalten.« Der gelbe Wagen fuhr weiter, der silberne hinterher, sie folgte mechanisch. Ein unangenehmer Gedanke beschäftigte sie, und ehe sie sich zurückhalten konnte, sagte sie: »Und du?«

»Ich weiß ja nichts.«

»Das meine ich nicht.«

Er schwieg, fragte schließlich kühl: »Zweifelst du ernsthaft an meiner Loyalität?«

»Deiner Loyalität wem gegenüber?«

»Graeve und dir. Den Kollegen hier.«

»Ich frage nur. Dir werden sie auch Druck machen.«

»Leck mich.« Er hatte schon aufgelegt, als sie überrascht zu lachen begann. Ein Satz aus den Scharmützeln mit Rolf Bermann, allerdings *ihr* Satz, und Bermanns Antwort jahrelang: *Nicht in diesem Leben.*

Um zwölf machte Janisch Mittag. Der Transporter stand in einer trägen Wohngegend am Straßenrand, dreißig Meter davon entfernt parkte der Wagen der Fahnder rückwärts ein. Louise passierte sie, fuhr auch an Janisch vorbei. Im Rückspiegel sah sie ihn in der

Kabine sitzen, Arme auf dem Lenkrad, mit beiden Händen hielt er ein Riesensandwich, der Kopf schwebte dicht darüber, schwarze Kabel hingen von den Ohren herab.

Vor der nächsten Kreuzung fand sie einen Parkplatz.

Hast du sie noch alle, Boni?, schrieb Gerd.

Sie stieg aus, eilte unter einem Regenschirm in die Querstraße. Auf der anderen Seite eine Bäckerei mit Stehtischen am beschlagenen Fenster, Wärme und Dunst empfingen sie.

Hastig aß sie Focaccia. Der gelbe Transporter zeigte sich nicht.

Das Telefon, Natalie.

Ein Dutzend weitere potenzielle Opfer, Natalie hatte zwei »Favoriten«. »Ein linker Aktivist aus Berlin, Schwarzer Block, 1. Mai und so. Übermorgen ist hier eine Zusammenkunft von Antifa-Leuten.«

Louise rieb sich mit dem Handrücken den Mund sauber, unterdrückte die Ungeduld. »Was soll das bringen, Natalie?«

»Herr Graeve sagt, Cord will, dass ich weitermache.«

Das eher freundlich als despektierlich gemeinte »Cord« war der Spitzname Hubert Vormwegs, des Leiters der Polizeidirektion, eines sanftmütigen Schwaben und Altachtundsechzigers, der an kaum einem Tag *nicht* in Cord gekleidet war, Anzüge in sämtlichen erdenklichen Brauntönen besaß, selbst die Krawatten waren aus Cord. »Na dann«, sagte Louise. »Wie war dein Date?«

Natalie lachte fröhlich. »Der andere ist ein schwuler türkischstämmiger Grünen-Politiker aus Bremen. Er hält nächste Woche eine Rede bei …«

»Erspar's mir, ja?«, unterbrach Louise kauend. »Schon was Neues zu Janischs Trinkkumpan?«

»Nein, noch nicht.«

Eine gelbe Schnauze schob sich in ihr Blickfeld, der DHL-Transporter rollte zur Kreuzung. Im Schutz des Regenschirms eilte sie zu ihrem Wagen, zwei weitere lange, langweilige Stunden folgten, deren Höhepunkte die Ablösung von Gerd und Marek durch Kolleginnen in einem schwarzen Polo und eine SMS von Gerd waren: *Na dann bis morgen, Boni.*

Und Ricky Janisch lieferte Paket um Paket aus.

Gegen halb drei schien er fertig zu sein. Aber er fuhr nicht zurück nach Hochdorf im Norden der Stadt, sondern bog nach Süden ab in Richtung Merzhausen.

Verließ Freiburg.

Janisch hatte Au durchquert, folgte dem Hexental in Richtung Wittnau. Eine der Fahnderinnen meldete sich über Funk, Birte, tiefe, harte Stimme, die von Jahr zu Jahr brüchiger wurde, sie war dreifache Mutter und brüllte daheim zu oft, *sonst spuren die nicht.*

»Und jetzt?«

»Wir bleiben dran«, sagte Louise.

Das Handy klingelte.

»Keine andere Zustellbasis«, sagte Natalie, »nur Hochdorf. Südlich von Freiburg hat er nichts zu suchen, ist nicht sein Bereich.«

»Verwandte?«

»Nur in Lörrach, wie's aussieht.«

»Wo sind die Krügers?«

Natalie hatte mit den Fahndern vor Ort telefoniert. Friedrich Krüger war zu Hause, putzte Fenster; sein Wagen stand am Straßenrand. Julius war in der Gärtnerei, trank im Stehen Kaffee, sprach dabei mit dem Hund. Ein Treffen mit Janisch südlich von Freiburg war also unwahrscheinlich. »Übrigens«, sagte Natalie, räusperte sich. Erneut sei Herr Graeve bei ihr gewesen – in einer halben Stunde würden zwei Vernehmungsteams ausrücken, Friedrich Krüger zu Hause, Julius im Gartenbetrieb befragen. Sie würden sie mit den Fotos und Ricky Janisch konfrontieren. Dampf machen.

»Wie bitte?«

»Vorschlag aus der LPD, Anordnung von Cord.«

»Die übergehen mich?«

»Du bist nicht da, es ist leicht, dich zu übergehen.«

»Gib mir Enders.«

»Ist bei Cord.«

»Dann den Chef.«

»Sind alle bei Cord. Neonazis im Ländle, das schreckt sie auf.«

»Schickt Stuttgart Leute rüber?«

»Noch nicht, sagt Herr Enders. Solange Cord und Herr Graeve spuren.«

Janisch hatte Wittnau passiert, wurde vor einer Kreuzung langsamer, einhundert Meter bis Bollschweil. Louise legte das Handy zur Seite und ließ sich wie die Kolleginnen zurückfallen.

Birtes raue Stimme über Funk: »Er biegt ab, Kreisstraße nach St. Ulrich.«

»Ja, ich seh's. Fahrt weiter und wartet in Bollschweil.«

Janisch verließ die Hexentalstraße, fuhr auf den Schwarzwald zu, verschwand rasch zwischen Hügeln und Wäldern im Tal der Möhlin. Sicherheitshalber blieb Louise hinter Birtes schwarzem Polo. In Bollschweil wendete sie, raste zurück und bog ab. Mit einhundert Stundenkilometern folgte sie der schmalen Straße, bemerkte den Transporter im leichten Nebel nur mit Glück, im Wald linker Hand ein flüchtiges gelbes Flimmern – Janisch war auf eine Schotterstraße ins Nirgendwo abgefahren.

Sie bremste hart, drehte um, parkte auf dem Grünstreifen. An der Einmündung der Querstraße stand im kniehohen Gras ein Holzpfosten, daran ein selbstgezimmertes Schild. Ein blauer Pfeil wies in den Wald, darunter zwei Wörter, ebenfalls in Blau: HUNDE PARCOURS.

Sie rief Natalie an. »Kein Name, keine Adresse.«

Während sie Natalie auf der Tastatur tippen hörte, lief sie die Schotterstraße entlang, versuchte, leise aufzutreten, den zahlreichen Pfützen auszuweichen und gleichzeitig den DHL-Wagen im Blick zu behalten, der im dichter werdenden Nebel zu verschwinden drohte.

»Ich hab's«, sagte Natalie. »Hundert Meter weiter kommt eine Lichtung, eine Hütte am Waldrand, auf der Lichtung sieht man ein paar Hindernisse.«

»Hast du einen Namen?«

»Moment.«

Wieder das rhythmische Tippen, während sie weiterhastete, dazu Natalies Murmeln, »Na komm schon« und »Ist doch nicht so schwer …«. Abrupt hielt Louise inne, der Transporter war stehen geblieben. Sie fand hinter Bäumen Schutz, beobachtete, wie Janisch, ein Paket unter dem Arm, einem Weg folgte, der nach ein paar Metern in die Lichtung mündete. An deren Rand erkannte sie die Holzhütte, an die sich Hundezwinger aus Maschendraht anschlossen. Ein Teil der Lichtung war durch einen einfachen Balkenzaun abgetrennt, dahinter der Parcours. Das Gebell mehrerer Hunde setzte ein, nicht aggressiv, eher beiläufig, manche der Tiere verstummten wieder, andere begannen.

»Walczak«, sagte Natalie. »Thomas Walczak.«

»Check die Datenbank, ich melde mich wieder.« Louise unterbrach die Verbindung und eilte über den weichen Waldboden zu dem Transporter, während Janisch auf die Hütten zuging. Noch immer sah sie außer ihm keinen Menschen. Das Paket schien nicht besonders schwer zu sein, war breiter und höher als ein Schuhkarton, zwei Pistolen samt Schalldämpfern und Munition passten leicht hinein. Aber war es möglich, dass Janisch die Waffen erst heute überbrachte? Drei Tage waren seit Baden-Baden vergangen.

Ein heller Ruf erklang, den sie nicht zuordnen konnte, Janisch möglicherweise. Kurz darauf antwortete eine tiefere Männerstimme. Janisch änderte die Richtung, verschwand zwischen der Hütte und dem ersten Zwinger aus ihrem Blickfeld.

Sie langte eben nach dem Griff der Fahrertür des Transporters, als er wieder auftauchte, ohne Paket. Schemenhaft sah sie eine zweite Gestalt hinter ihm, ein Mann, Walczak vielleicht, größer, breiter als Janisch. Sie glaubte bloße Arme zu erkennen, eine Weste aus hellem Fell, die Gesichtszüge von einem Vollbart verborgen. Langsam schritt er, das Paket auf einer Handfläche, zur Hütte.

Sie trat den Rückzug an, eilte halb gebückt von Baum zu Baum, immer wieder zur Lichtung zurückblickend. Als der Mann die Hütte erreicht hatte, blieb er an der Tür stehen, wandte das Gesicht in ihre Richtung. Obwohl es unmöglich war, meinte sie, seine Augen auf sich zu spüren, über eine Entfernung von fünfzig Metern, durch den Regen, den Nebel, das Dickicht des Waldes. Gänsehaut lief ihr über die Arme, sie hielt den Atem an.

Während Janisch in den Transporter stieg und der Unbekannte in der Hütte verschwand, schoss ihr ein Gedanke durch den Kopf: Niemals diesem Mann zu nahe kommen.

Sie fingen Janisch an der Einmündung der Schotterstraße ab. Birtes Polo blockierte ihn mit stummem Blaulicht, Louise kam von der Seite. Sie riss die Fahrertür auf, die andere Hand auf dem Hüftholster, sagte, was zu sagen war, illegaler Handel mit Schusswaffen, die entsprechenden Belehrungen.

Konsterniert starrte Janisch sie an. Sein Gesicht war spitzer und schmaler als auf Gerds Fotos, der Mund entblößte die schiefen Zähne. Die Hände blieben am Lenkrad, als klammerte er sich an dessen Stabilität. »Was?«, raunzte er schließlich grob, und die Augen gerieten in Bewegung. Er hatte angefangen nachzudenken.

Louise wedelte mit der Hand. »Na los, raus.« Sie griff nach seinem Handgelenk, zog ihn aus dem Transporter, hielt ihn fest, als er zu stürzen drohte. Die DHL-Kappe fiel ihm vom Kopf. Stolpernd kam er hoch, der Rücken leicht gekrümmt, in den Augen glühten Angst und Wut.

Birte war ausgestiegen, eine kleine, drahtige Frau mit schnellen Schritten und kompromisslosen Bewegungen. Sie legte Janisch Handfesseln an und durchsuchte ihn nach Waffen. Auf der Motorhaube des Polos sammelte sich der Tascheninhalt: Schlüssel, zwei Handys, ein Taschenmesser, eine vor Münzen, Plastikkarten und Zetteln fast platzende Geldbörse, ein rechteckiger brauner Umschlag, Kaugummis, Kleingeld, am Ende Schlägerhandschuhe mit Quarzsandfüllung an Fingerknöcheln und Handrücken, die Birte mit einem verächtlichen Lachen dazuwarf.

Louise streifte Einweghandschuhe über und nahm den Umschlag, der bereits aufgerissen war. Sie sah hinein. Ein Bündel Geldscheine, Fünfziger und Hunderter, insgesamt vier-, fünftausend Euro. Zu viel für eine Tokarew und eine Makarow mit Schalldämpfer und Munition.

Sie hielt Janisch den Umschlag vor die Nase. »Wofür?«

»Keine Ahnung, woher Sie das haben.« In seiner Stimme mischten sich wie in seinem Blick Unterwürfigkeit und Aggressivität. Sie war hoch und monoton, die Stimmbänder zitterten vor Anspannung, badischer Einschlag.

Louise hob die Kappe auf, setzte sie ihm auf den Kopf. Dann nickte sie Birte zu, die ihn in den Polo schob.

Rasch verlor sich das Blaulicht im Nebel, der hier draußen immer dichter zu werden schien, je weiter der Tag voranschritt. Louise warf einen Blick in den Wald, aus Walczaks Richtung keine Geräusche oder Bewegungen. Schließlich trat sie an den DHL-Transporter heran, stieg ein, wohlwissend, dass die Techniker ihr die

Vernichtung von Spuren vorhalten würden; wichtiger war aber jetzt, dass Walczak den Wagen nicht zufällig sah.

Sie fuhr ihn um die nächste Kurve Richtung St. Ulrich, kehrte zu Fuß zurück, die Gänsehaut war wieder da, der Anblick Walczaks vor der Hüttentür, das bärtige Gesicht, die Stimme in ihrem Ohr: Niemals diesem Mann zu nahe kommen.

7

Zwanzig Minuten später schoss Enders' Wagen aus dem Nebel, zu schnell, er verpasste die Einfahrt. Louise hörte die Bremsen, das Wendemanöver. Als sie einstieg, begegnete sie seinem Blick. Sie wusste, da war noch was zu klären, aber das musste warten. »Haben wir einen Durchsuchungsbeschluss?«

»Noch nicht.« Enders bog auf die Schotterstraße ab, sagte kühl: »Wenn du an mir zweifelst, wechselst du das Dezernat.«

Sie nickte, er nickte ebenfalls, geklärt.

Regen hatte eingesetzt. Gegen den Unterboden knallten Steine, Enders fuhr zügig, sie wollten Walczak nicht zu viel Zeit lassen, falls er sie kommen hörte.

»Was wissen wir über ihn?«, fragte Louise.

»Wenig bis jetzt.«

Thomas Walczak, fünfundvierzig, in Frankfurt/Main geboren, Ausbildung zum Tischler, zweimal Jugendknast, Körperverletzung. Nach der Lehre Bundeswehr, hatte sich für ein paar Jahre verpflichtet. Mit Ende zwanzig war er zu fünf Jahren Haft verurteilt worden, schwere Körperverletzung, seit der Entlassung verhielt er sich unauffällig, hatte sich irgendwann hierher zurückgezogen. Kein Festnetzanschluss, keine Handynummer, kein Treffer bei den Suchmaschinen. Das Grundstück war gepachtet, gehörte der Gemeinde Bollschweil.

»Hat der Staatsschutz Walczak in der Datenbank?«

»Nein. Auch das LKA nicht. Falls er zur rechten Szene gehört, ist es nicht aktenkundig.«

Der Wald öffnete sich für ein paar Meter, die Lichtung schälte sich aus dem Nebel. Enders hielt, rasch stiegen sie aus. Hundegebell setzte ein, in den vage sichtbaren Zwingern bewegten sich Schatten. Linker Hand lag die Hütte, eine dunkle Fläche im weißlichen Grau. Sie gingen darauf zu, zwei Meter auseinander, die Schritte fast lautlos auf dem nassen Boden.

»Noch was«, sagte Louise. »Er sieht speziell aus.«

»Heißt?«

»Verwildert. Brutal.«

Enders nickte, sah nicht herüber.

Hinter dem einzigen, kleinen Frontfenster der Hütte schien mattes Licht. Als sie noch zehn Meter entfernt waren, öffnete sich die Tür, und der Mann in der Fellweste trat heraus. Reglos sah er ihnen entgegen. Unter der Weste trug er ein T-Shirt, muskulöse Arme, von Tätowierungen übersät. Der Vollbart war ungepflegt, die Haare nicht allzu lang und ohne Schnitt. Eine dunkle Stoffhose, alt, zerschlissen, verdreckte Stiefel, deren seitliche Reißverschlüsse geöffnet waren.

Drei Meter vor ihm blieben sie stehen.

»Enders und Bonì, Kripo Freiburg«, sagte Louise. »Sind Sie Thomas Walczak?«

Er nickte vage, beachtete die Dienstmarken nicht. »Waltsak, nicht Waltschak.«

»Nur ein paar Fragen, Herr Walczak«, sagte Enders.

Walczak musterte ihn desinteressiert.

»Ricky Janisch«, sagte Louise.

»Kenne ich nicht.«

»Der Mann, der vor einer halben Stunde bei Ihnen war.«

»Hier war keiner. Nur ein Paketbote.«

»Ja«, sagte Louise. Ihr Blick wanderte zu den Tätowierungen, die aus der Nähe dilettantisch wirkten. Die Motive waren zum Teil nicht zu identifizieren, die Linien zittrig, miserabel ausgeführt. Figuren wie Strichmännchen, in der Mehrzahl Frauen mit großem Hintern, großen Brüsten, ein Mann mit Erektion, ein paar Tiere, die eine entfernte Ähnlichkeit mit Hunden hatten. Fast hatte es den Anschein, als hätte Walczak sich selbst tätowiert.

»Was hat er Ihnen gebracht?«

»Ein Paket.«

»Und was war drin?«

»Medikamente für die Hunde.«

»Können wir es sehen?«

Ein freudloses Stirnrunzeln, dann wandte Walczak sich ab, verschwand in der Hütte, kam mit dem ungeöffneten Paket zurück, das Louise bei Janisch gesehen hatte. Zwei Hunde begleiteten ihn, ein Collie und ein junger Schäferhund. Auf einen kaum hörbaren Befehl hin setzten sie sich dicht neben ihn. Schwänze wedelten, der Collie gähnte.

Walczak zog ein schwarzes Klappmesser aus der Westentasche und öffnete es, ein taktisches Einsatzmesser, leicht gebogen, pyramidenförmige Spitze. Instinktiv legte Louise die Hand auf das Hüftholster, sah aus dem Augenwinkel, dass Enders es ihr gleichtat.

Walczak bemerkte es, reagierte nicht. Zügig schlitzte er das Paketband auf und hob eine der Klappen an. Grüne Verpackungschips kamen zum Vorschein, dazwischen Medikamentenschachteln, Fläschchen.

»Stecken Sie das Messer bitte wieder ein«, sagte Enders.

Walczak gehorchte.

Louise hob die freie Hand. »Darf ich?«

Sie trat ein paar Schritte zurück, wühlte sich durch Styropor, kleine Schachteln, Glas, las Aufschriften, tastete nach. Keine Pistolen, keine Schalldämpfer, keine Munition, aber sie hatte auch nicht damit gerechnet. Janisch war nicht gekommen, um die Waffen zu überbringen, sondern um seinen Lohn zu holen.

»Interessiert Sie nicht, was wir suchen?«, fragte Enders.

»Nein«, erwiderte Walczak.

Sie reichte ihm das Paket. Seine Augen lagen reglos auf ihr, ließen nicht ab, nur sie und er, dachte sie, niemand sonst, nichts sonst. Sie spürte, dass er sie in die Kategorie »gefährlich« eingeordnet hatte, spürte Wachsamkeit und dunkle Aggressivität. Aber er hatte sich unter Kontrolle und würde sich nicht provozieren lassen.

Nicht in Gegenwart von Leif Enders.

»Haben Sie Janisch was gegeben? Dem Paketboten?«, fragte sie.

»Eine Unterschrift.«

»Einen Umschlag?«

»Nein.«

»Wir haben einen Umschlag mit mehreren Tausend Euro bei ihm gefunden. Sind Ihre Fingerabdrücke darauf, Herr Walczak?«

»Das wäre seltsam, oder?«

»Wofür ist das Geld?«

»Fragen Sie ihn, nicht mich.«

Der Schäferhund stand auf, schnüffelte fiepend an Walczaks Hosenbein, setzte sich wieder. Der Collie legte sich hin und bettete den Kopf auf seine Vorderpfoten.

Enders sagte: »Sind das Ihre?«

»Ja.«

»Die anderen auch? Die in den Zwingern?«

Walczak nickte.

»Wie viele haben Sie?«

»Neunzehn.«

»Züchten Sie Hunde?«

»Nein.«

»Woher stammen sie?«

»Aus Tierheimen.«

»Kostet sicher einiges, neunzehn Hunde zu ernähren.«

Walczak wies mit dem Kopf auf die Lichtung. »Leute kommen, wollen, dass ich ihre trainiere.«

»Und das reicht?«

»Meistens.«

Die Hunde, die Lichtung, die beiden Hütten, dachte Louise, das war für Walczak die Welt, nichts sonst, niemand sonst. Gelegentlich ein Paketbote, ein Kunde, ein Nachbar. Kripoleute.

Enders fragte weiter, hatte sich im Dickicht der Routine verfangen und kam nicht wieder heraus. Verpasste, dachte sie, möglicherweise Wesentliches.

Sie hatte keine Ahnung, was das sein könnte.

Doch vielleicht wussten sie es schon. Jugendknast, Körperverletzung. Neunzehn Hunde aus dem Tierheim.

»Sind Sie arbeitslos gemeldet?«, fragte Enders.

»Nein.«

»Kein Hartz IV?«

»Ich brauche kein Geld vom Staat.«

»Warum nicht?«

»Bin gern mein eigener Herr.«

So ging es weiter, Routinefragen, die Walczak knapp, aber geduldig beantwortete, manchmal mit einem angedeuteten Lächeln. Enders empfand er nicht als Gefahr, dachte Louise, mit Routinefragen trieb man ihn nicht in die Enge.

Schließlich kapitulierte Enders, bedankte sich formell.

»Jederzeit«, sagte Walczak.

Sie wandten sich ab, gingen in Richtung Auto zurück. Kein Geräusch hinter ihnen, er schien unverändert dazustehen, ihnen nachzublicken.

»Das war's mit dem Durchsuchungsbeschluss«, sagte Enders.

Louise nickte. Selbstgewählte Isolation und der Besuch eines Paketboten, der nicht für Bollschweil-St. Ulrich zuständig war, genügten nicht.

Sie drehte sich im Gehen um. Vage die dunkle Hütte, ein Lichtschimmer, Walczak war nicht mehr zu erkennen. Aber sie spürte, dass er noch dastand und ihnen mit dem Blick folgte.

»Du hattest recht«, sagte Enders, die Augen schmal, gerunzelte Stirn. Walczak saß ihm in den Knochen, das war ihm anzumerken. Er konnte ihn nicht einschätzen, verstand ihn nicht, verstand nichts.

Ihre Blicke begegneten sich.

»Auf wen haben die's abgesehen, Louise? Janisch, Walczak. Der Käufer.«

»Und die Krügers.«

»Du denkst, die Krügers wissen auch Bescheid?«

»Die und andere.«

»Verflucht«, sagte Enders.

Im Auto fragte sie: »Was soll das mit Stuttgart?«

»Keine Ahnung.«

»Ihr müsst Cord beruhigen. Die von der LPD.«

»Cord?«

»Den Direktor.«

»Wird nicht gelingen. Das Ministerium in Stuttgart und ein Bundesanwalt haben ihn angerufen.«

»Dabei ist noch nicht mal was passiert«, sagte Louise irritiert. Aber sie ahnte, was die hohen Herren mit Sorge erfüllte. Ein rechtsextremistischer Anschlag vor oder während der WM wäre eine Katastrophe. Das, was um keinen Preis passieren durfte.

»Und keine Presse«, sagte Enders.

»Schon klar.«

Er hielt, sie hatten die Kreisstraße erreicht.

»Wer ist bei den Krügers?«, fragte Louise.

»Niemand. Solange mein Dezernat zuständig ist, schicke *ich* die Kollegen los, nicht Stuttgart.«

Sie musterte ihn, ein leises Gefühl der Verlegenheit im Nacken. »Ich schätze, das beantwortet meine Frage von vorhin.«

»Ist das deine Art, dich zu entschuldigen?«

Mit einem knappen Lachen stieg sie aus. »Keine Interaktion, die mir geläufig ist, Leif.«

Auf dem kurzen Weg zu ihrem Auto rief sie Natalie an. Sie brauchte mehr über Walczak. Nimm dir ein, zwei Leute, setz sie ans Telefon. Kindheit und Jugend, Frauen. Vielleicht erinnerten sich Kollegen, Gefängniswärter oder Anwälte. Wenn er wie Janisch rechtsradikal war, musste es Hinweise geben. Sprecht mit Zellengenossen, mit Nachbarn, mit Jugendämtern.

»Mit den Eltern«, sagte Natalie.

»Ja.«

Sie fuhr los. Enders ließ sie passieren, blieb dann dicht hinter ihr, als wollte er sicherstellen, dass er sie im Nebel nicht verlor. Es tat gut, ihn im Rückspiegel zu sehen, sich das nachdenkliche Gesicht vorzustellen, die ernsten Augen, deren Blick nahelegte, dass sie sich seit Urzeiten kannten. So gelang es ihr, für eine Weile nicht an Walczak zu denken, der erst wieder präsent war, als der Freiburger Verkehr sie von Enders trennte.

Walczak, der sicher ahnte, dass sie wiederkommen würde.

Allein.

8

Sie hatte Ricky Janisch nicht in einen der Verhörräume bringen lassen, sondern in eine Ausnüchterungszelle im Keller, zehn Quadratmeter, grelles Neonlicht, gefliese Wände, die Stimmen begleitet von einem dunklen Hall. Enders war wenig begeistert, spielte aber mit. Janischs Angst und Verunsicherung schüren, das war das Ziel.

Doch er hatte keine Angst mehr. Auch die Wut war verflogen. Fast entspannt saß er da, balancierte den Stuhl auf den Hinterbeinen, die Augen halb geschlossen.

Louise überließ Enders das Fragen, das Scheitern.

Die Fingerabdrücke auf den Geldscheinen. Sie haben den Umschlag geöffnet, das Geld gezählt.

Hab ich nicht.

Die Pistolen. Jemand hat Sie gesehen, im »Iwan und Pauline«.

Kenn ich nicht, kann gar nicht sein.

Wofür sind die Pistolen?

Was denn für Pistolen?

Sie stand neben Enders an der Seitenwand, Arme verschränkt, blickte auf Janisch hinunter, der von Minute zu Minute gelassener zu werden schien. Enders dagegen konnte die Frustration nicht verbergen.

Schweigend verfolgte sie, wie er sich abmühte.

»Zwei Möglichkeiten. Erstens: Sie haben die Waffen für jemanden geholt und inzwischen abgeliefert. Zweitens: *Sie* haben sie gekauft. Wie auch immer, Sie hängen drin.«

»Ich weiß echt nicht, wovon Sie reden.«

»Woher kennen Sie Julius Krüger?«

Janisch seufzte. »Ende Gelände. Kein Wort mehr ohne den Anwalt.«

»Das waren acht Wörter ohne den Anwalt.«

Janischs Mund verzog sich leicht, ein Lächeln, fast verächtlich.

»Ich brauche eine Zigarette«, sagte Enders und löste sich von der Wand.

»Ich auch«, sagte Janisch.

Louise folgte Enders aus dem Raum, verschloss die Tür. Sie stiegen die Treppe hoch, gingen in den Hof. »Ich kann ihn nicht ernst nehmen, das ist das Problem«, sagte Enders, legte den Kopf in den Nacken und stieß Rauch aus. Eine unruhige Säule trieb nach oben. Sie sah zu, wie die Säule mit langsamen, fast meditativen Bewegungen ausfranste. Wie sollte man Janisch auch ernst nehmen? Ein Opportunist und Angeber, wollte als harter Mann gelten und schlug nur zu, wenn der Gegner unterlegen war, dann allerdings unerbittlich. Der vermutlich zum Radikalen geworden war, weil er sich im selbsterklärten Kampf gegen Minderheiten für männlich hielt.

Eine andere Frage beschäftigte sie mehr. Warum war sich Janisch so sicher, dass ihm nichts geschehen würde? Er wusste nicht, was sie in der Hand hatten. Vielmehr, was sie *nicht* in der Hand hatten. Zum Beispiel, dass Irina seine Anwesenheit im »Iwan und Pauline« nicht bezeugen würde. Oder dass die Aufnahmen der Verkehrskameras nicht mehr bewiesen als das, was darauf zu sehen war: Janisch in Krügers Wagen in der Eschholzstraße, Janisch in Krügers Wagen auf der B 31a.

»Er weiß, dass ihn der Haftrichter morgen gehen lässt«, sagte Enders.

»Dafür ist er nicht clever genug.«

»Vielleicht doch.«

»Egal«, sagte sie. »Janisch ist nur der Bote. Wir observieren ihn ein paar Tage, schauen, was passiert. Was seine Kameraden von der Brigade tun. Die Krügers, Walczak.«

»Haben wir so viel Zeit?«

Das war das Problem. Zwei Waffen im Umlauf, die vielleicht für einen Anschlag gedacht waren – und sie hatten keine Ahnung, wo und auf wen.

»Wäre ein schlechter Start in den neuen Job«, sagte Enders.

Sein Telefon klingelte, er hörte zu, brummte »Okay«. Mats Benedikt, den er mit den Kriminaltechnikern und einem Durchsuchungsbeschluss zu Janischs Wohnung geschickt hatte. Inzwischen hatten sie einen ersten Rundgang hinter sich. Keine Pistolen oder andere Waffen, dafür viel Dreck, die verwahrloste Wohnung eines alleinstehenden Neonazis. Pamphlete, Hefte, Musik, Filme, Poster aus dem Faschistenarsenal, eine Art Rudolf-Heß-Schrein, außerdem Pizzakartons, volle und leere Bierdosen, Pornovideos, schmutzverkrustetes Geschirr.

»Ich fahre später rüber und seh's mir an«, sagte Louise.

»Wollten wir später nicht zu den Krügers?«

»Danach.«

»Danach ist Feierabend.«

»Nicht wieder diskutieren, bitte.«

»Ich sag's nur. Ich kann nicht mitkommen, ich hab was vor.«

»Wolfgang aus Aachen?«

»So ähnlich.« Enders lächelte, aber das Lächeln sah künstlich aus.

Erneut ein Klingeln, diesmal war es ihr Telefon – Janischs Anwalt hatte das Gebäude betreten. Sie ließen ihm ein paar Minuten mit seinem Mandanten, kehrten in den Keller zurück.

Vor der Zelle sagte Louise: »Ich hab da eine Idee.«

»Dachte ich mir«, sagte Enders.

Der Anwalt, Christopher Rothe, ließ sich den Sachverhalt darlegen und die Aufnahmen der Verkehrskameras zeigen, ohne ein Wort zu sagen. Er war ein höflicher älterer Herr, trug einen dunklen Pullover über dem hellblauen Hemd, Buntfaltenhose, kein Sakko. Die hellgrauen Haare begannen erst in der Mitte des Kopfes, standen im leichten Wirrwarr schräg nach hinten. Zwei-, dreimal hatte Louise den Impuls, ihm mit der Hand darüberzustreichen und auf dem Kopf für ein bisschen mehr Ordnung zu sorgen. Rothe selbst war nie als Rechtsradikaler auffällig geworden, hatte im Lauf der Jahre jedoch etwa zwei Dutzend Neonazis vor verschiedenen baden-württembergischen Gerichten vertreten. Ein höflicher älterer Herr mit radikalen Mandanten.

Schließlich legte er die Hände auf den Tisch, verschränkte die Finger, schmale Pianisten-Finger, die Nägel nachlässig geschnitten, einfacher goldener Ehering. Innen am rechten Mittelfinger bemerkte sie Hornhaut, ein Mann aus dem Zeitalter der Stifte. Er lächelte. »Warten wir ab, was der Haftrichter morgen sagt.«

Enders schwieg, hatte offensichtlich keine Lust mehr.

»Ja«, erwiderte Louise.

»Dann war's das?«

»Das war's.«

Sie standen auf, Rothe mit steifem Rücken, Janisch strahlend, konnte sein Glück nicht fassen. »Nur noch einmal schlafen«, sagte er und zeigte die schiefen Zähne.

Sie gingen hinaus. Louise telefonierte, bat um Schutzpolizisten, die Janisch in seine Zelle zurückbringen würden.

»Hübscher Trick«, sagte Rothe, in Richtung Zelle deutend.

»Die Verhörräume werden gerade neu gestrichen«, erwiderte Louise.

Rothe schüttelte Hände, ein freundschaftlich-strenges Lächeln auf den Lippen, dann ging er davon, leicht gebückt, ein bisschen schlurfend. Als er außer Hörweite war, sagte Louise zu Janisch: »Sollen wir Sie bringen lassen?«

»Bringen? Wohin?«

»Heim. Es regnet wieder.«

Sie sah zu, wie der Groschen fiel. Zuerst kam die Angst in den Augen, dann die Wut. Janisch machte einen kleinen Schritt in ihre Richtung. *»Jetzt?«*

»Nur die Ruhe«, knurrte Enders.

»Wenn die Techniker mit Ihrer Wohnung fertig sind.«

»Sie können mich nicht rauslassen! Das kann nur der Richter!«

»Und die Staatsanwältin«, korrigierte Enders. Zwei Schutzpolizisten kamen, legten Janisch Handfesseln an.

»Zwei Stunden«, sagte Louise, »dann bringen die Kollegen Sie nach Hause. Mit Blaulicht, wenn Sie wollen. Vielleicht kommen die Kameraden auf ein Glas Sekt rüber.«

Sie wandte sich ab, ging mit Enders zum Aufzug, die Türen dämpften Janischs Flüche. Enders rieb sich den Nacken. Er wirkte skeptisch, müde. »Du glaubst, die von der Brigade bekommen mit, dass er schon wieder draußen ist?«

»Die oder jemand anders.«

»Gut, ich spreche mit ... der Staatsanwältin.«

»Andrele.«

»Andrele. Und mit den Fahndern.«

»Sie sollen auf ihn aufpassen. Nicht dass ihm am Ende was passiert.«

»Wäre nicht wirklich schade«, sagte Enders.

»Doch«, widersprach Louise. »Wir sind nicht so. Wir sind die Guten. Wenn wir so wären, wären wir keine Guten mehr.«

Er musterte sie schweigend.

»Bermann-Lektion«, sagte sie.

Im dritten Stock kam ihnen Graeve entgegen, düsterer Blick, die Stimme harsch. »Haftprüfungstermin morgen um zehn, dann kommt er raus.« Die unbeantwortete Frage von vorhin fiel ihr ein: Warum war sich Janisch so sicher gewesen, dass ihm nichts geschehen würde? Welche Verbindungen hatte er?

»Haben Sie eine Minute?«, fragte Enders.

Graeve war schon fast vorbei, hielt inne. »Höchstens eine.«

»In meinem Büro, wenn es Ihnen nichts ausmacht.«

»Sagen Sie's hier.«

Enders lächelte ruhig, wirkte wieder wach. »Janisch ist mein Dezernat.«

»Er kommt raus, Enders, fertig.«

»Wunsch der Direktion?«

»Stuttgart«, sagte Louise.

Graeve zuckte die Achseln, die Augen waren schmal. »Muss an der Inversion im Kessel liegen.«

»Er ist quasi schon raus, Chef.«

Graeve hörte zu, seine Miene hellte sich auf, immerhin, sie blieben handlungsfähig, waren nicht nur die Erfüllungsgehilfen Stuttgarts. Ihm musste die Einmischung von oben besonders zu schaffen machen, integer und idealistisch, wie er war. Fair. Das Problem war, dass er dasselbe von seinem Umfeld erwartete. Doch von Innenministern und Bundesanwälten konnte man weder Integrität noch Idealismus erwarten, von Fairness ganz zu schweigen. Ihnen ging es ausschließlich um Politik. Graeve war nicht naiv, er wusste das. Rannte sehenden Auges gegen die Wände.

Ein freundlicheres Nicken, dann entfernte er sich. Im selben Moment trat Enders' Sekretärin in den Gang, der Direktor erwartete ihn. Enders hob den Zeigefinger, sagte: »Du fährst nicht allein.«

Louise seufzte. »Ich weiß nicht, was ihr immer alle habt.«

»Such dir einen Kollegen. Mats, irgendjemanden.«

Sie ging in ihr Büro, suchte nach einem Kollegen, fand keinen, nur einen Stapel Unterlagen von Natalie und eine Info der Kriminaltechniker: Das BKA hatte die Fingerabdrücke auf dem Geldumschlag abgeglichen – Janisch, Walczak und zwei weitere Menschen.

Sie ging auf die Toilette, suchte nach einem Kollegen, fand niemanden.

Ging in den Hof, stieg ins Auto, fand niemanden.

9

Weit im Westen war die Wolkendecke aufgeplatzt, hinter grauen Schleiern lag schwer die Abendsonne, ein fast obszöner Anblick, hatte sich mit dunklem Rot vollgepumpt wie ein entzündetes Mal. In Haslach glitt der Wagen durch amorphe Flächen aus Licht. Vor den Garagen von Krügers Gebäude spielten farbige Jungs Fußball. Der Golf stand unverändert am Straßenrand.

Sie stieg aus und musste plötzlich an Walczak denken. Sie sah ihn im Nebel stehen in seiner kleinen, abgeschotteten Welt, herüberblicken, als wartete er auf sie. Er war ein gutes Beispiel dafür, weshalb sie immer häufiger ohne die Kollegen losfuhr. Zeugen und Verdächtige reagierten anders auf sie als auf die Kollegen, vor allem dann, wenn sie allein kam. Sie löste etwas aus, sprach die dunklen, verborgenen Seiten an. Provozierte selbst dann, wenn sie es nicht darauf anlegte.

Good cop, dark cop.

Auch das, dachte sie, konnte man mit gutem Willen doch als Fähigkeit werten.

Friedrich Krüger war nicht zu Hause. Da die Fenster über seiner Wohnung erleuchtet waren, klingelte sie bei »J. Krüger«.

»Hallo?« Eine Jungenstimme.

»Bonì, Kripo Freiburg. Ich möchte mit deinem Vater sprechen.«

Lange nichts.

Dann Julius, monoton: »Kommen Sie herauf.«

Eine kleine Diele, der erste Blick fiel auf ein schlankes, einen Meter hohes Holzkreuz an der gegenüberliegenden Wand. Der gemarterte Jesus, schlicht, eine fast kindliche Anmutung, vielleicht die Nachbildung eines romanischen Originals. Durch eine geschlossene Tür drangen Küchengeräusche, ein Schubfach wurde aufgezogen, geschlossen. Wie eine ferne Erinnerung lagen der Geruch von Linsensuppe und selbstgebackenem Brot in der Luft.

»Wir wollten gerade essen.« Julius' Blick fixierte ihren Mund; die Augen, das schaffte er auch hier nicht.

»Fünf Minuten. Ich brauche Sie und Ihren Vater.«

Sie folgte ihm durch die Diele auf das Kreuz zu, vorbei an einem beigefarbenen Wandtuch mit roter Schrift, ein Sinnspruch in Altdeutsch, sie entzifferte »Taufe« und »Glaube«. Ein Speer und ein Helm als Verzierungen, unter dem letzten Vers stand »Ignatius von Antiochien«. Dann das Kreuz, schlank und bescheiden, trotz der Höhe.

Im kleinen Wohnzimmer war der Esstisch gedeckt. Auf einem Stuhl saß Friedrich Krüger, die Arme vor der Brust verschränkt, starrte sie feindselig an. Er trug dasselbe wie am Vortag, hellblaues Hemd, die beigefarbene Strickjacke. Neben seinem Teller lag eine aufgeschlagene Bibel.

Unter der Fensterbank schlief der Hund. Keine Pflanzen, keine Blumen im ganzen Raum.

»Sie sind weiß Gott die elfte Plage«, sagte Krüger.

»Ich bin alle Plagen zusammen«, erwiderte sie.

»Das ist nicht mein Sohn.«

»Nein, das bin ich nicht«, bekräftigte Julius.

Louise hob die Brauen, überrascht von der Kaltschnäuzigkeit, mit der die beiden Männer das Offensichtliche leugneten. Sie sah in die harten Augen des Vaters. »Es ist Ihr Auto.«

»Na und? Mein Auto steht draußen, jeder kann es aufbrechen.«

»*Wurde* es aufgebrochen?«

»Auch wenn er mir ein bisschen ähnlich sieht«, murmelte Julius. Sein Nacken war gerötet, der Kopf zwischen die Schultern gezogen.

Draußen, im Freien, erklang ein dumpfer Schlag. Jubel, ein paar Rufe. Die Fußballer.

»Waren Sie drüben bei den Afrikanern?«, fragte der alte Krüger, der sie nicht für den Bruchteil einer Sekunde aus den Augen ließ.

Sie erwiderte den Blick, wartete.

»Bei den Türken? Den Russen? Den Zigeunern?« Er spreizte die gelb verfärbten Finger, schloss sie zu Fäusten. »Nein. Nur bei den Anständigen waren Sie. *Uns* belästigen Sie.« Seine Stimme war lauter geworden, das Blut schoss ihm in die Wangen, Empörung wie am Tag zuvor.

Der Terrier erwachte, hob den Kopf, fiepte einmal leise.

»Zugegeben, es gibt eine gewisse Ähnlichkeit, aber das bin nicht ich«, sagte Julius, den Blick noch immer auf das Foto richtend.

»Und der Hund?« Louise tippte auf den Terrierkopf. »Das ist Ihr Hund.«

»Nicht unbedingt.«

»Unglaublich«, sagte sie.

»Louise Bonì, das ist was?«, fragte Krüger. »Französisch? Waren Sie deshalb nicht bei den Afrikanern? Solidarität unter Ausländern?«

»Dann muss das Foto an einem anderen Tag aufgenommen worden sein«, sagte Julius.

Sie zeigte auf den Datumsstempel. »22. April. Samstag.«

»Das mögen Sie nicht, das Anständige, das Deutsche, ja?« Krüger erhob sich, kam um den Tisch und schlurfte an ihr vorbei. Für einen Moment hörte sie seinen angestrengten Atem, hatte seinen

Geruch in der Nase, alter, einsamer Mann, muffelige Kleidung. Er verließ das Wohnzimmer.

Julius' Blick streifte sie. »Am Samstagabend habe ich bloß den Hund ausgeführt.«

»Nein«, sagte Louise. »Sie haben den Wagen in die Eschholzstraße gebracht und an diesen Mann übergeben.« Sie zog zwei weitere Fotos hervor, legte sie vor ihn, Janisch in Krügers Golf, Janisch bei der erkennungsdienstlichen Behandlung nach der Verhaftung.

Julius schüttelte den Kopf.

»Doch«, sagte sie.

»Nein. Ich kenne diesen Mann nicht.«

Der Vater kehrte zurück, Zigarette im Mund. »Wer soll das sein?«

»Ricky Janisch, Mitglied der ›Brigade Südwest‹, Freund des Nationalsozialismus. Ist das die Verbindung, Herr Krüger? Sie waren bei der SS.«

»Und deswegen dürfen Sie sich alles erlauben?« Er setzte sich mit einem boshaften Lächeln, von Rauch umwölkt.

Vom Flur näherten sich energische Schritte. Eine magere Frau mit Küchenschürze trat ins Wohnzimmer, das Gesicht feucht, die Wangen blass. »Vielleicht können Sie morgen wiederkommen«, sagte sie. »Das Essen ist fertig.«

Louise hielt ihr die Fotos hin. »Kennen Sie diesen Mann, Frau Krüger? Ricky Janisch.«

Julius' Frau blickte darauf, kniff die Augen zusammen. »Nein.«

»Kennen Sie Thomas Walczak?«

Sie zuckte desinteressiert mit den Achseln, wandte sich ab. Im Flur rief sie nach Lothar, dem Sohn.

Louise sah Julius an, dann den Vater. »Und Sie?«

Keine Antwort.

Sie nickte, sagte: »Nicht vergessen, Herr Krüger: Ich bin die zehn Plagen. Besorgen Sie sich einen Anwalt.«

Krügers Augen waren halb geschlossen, fixierten sie, der Körper bewegte sich im Rhythmus des Atems vor und zurück.

Sie nahm die Fotos vom Tisch und wandte sich Julius zu. »Ich brauche Namen und Adresse Ihrer Freunde aus Staufen.«

Im selben Moment kam Lothar ins Zimmer, ein lautloser Sechzehnjähriger mit Akne und unruhigen Augen, hoch aufgeschossen wie der Großvater, verunsichert wie der Vater.

Sie hielt ihm die Hand hin. »Hallo.«

Er nickte, kein fester Händedruck, kalte, weiche Finger, aber sein Blick hielt ihrem stand.

»Es sind doch nur *Bekannte*«, flüsterte Julius.

Draußen war es dunkel geworden, die Wolkendecke hatte sich wieder geschlossen, es nieselte. Vor den Garagen die jungen Fußballer, mittlerweile auch eine Handvoll Weiße dabei, rannten, lachten, hatten alles um sich herum vergessen. Sie stieg in den Wagen. Vielleicht, dachte sie, war es ein Fehler gewesen, Walczak zu erwähnen. Sie hatte die Krügers provozieren wollen, hatte signalisieren wollen, dass sie dran war, Namen kannte und Zusammenhänge ahnte. Wer sich bedroht fühlte, beging Fehler.

Sie bezweifelte, dass Krüger sich je bedroht fühlen würde.

Anders Julius.

Und vielleicht Lothar.

10

Merzhausen lag noch im abendlichen Schimmer Freiburgs, dann endete das Licht, Au, Wittnau, das dunkle Land. Im Osten, an den Schwarzwaldhängen, stand Nebel.

Enders rief an. Seine Stimme war nah, keine Geräusche um ihn herum, als befände er sich in einem schallisolierten Raum. »Und?«

»Hab keinen Kollegen gefunden.«

»Ja«, sagte er.

»Gibt einfach zu wenige. Scheiß-Personalmangel.«

»Ja.«

»Ist eben so.«

»Ja«, sagte er zum dritten Mal. Er klang distanziert und enttäuscht. Als hätte er den Kampf gegen sie, um sie schon aufgegeben.

So schnell, Leif?

Bermann hatte jahrelang Widerstand geleistet und am Ende verloren. Aber sie hatten gelernt, sich zu respektieren. Zu vertrauen.

Sie brauchte Widerstände. Musste sich abarbeiten an etwas. Sich einfach im Strom der Ereignisse treiben zu lassen ging nun mal nicht. Das musst du verstehen, Leif.

»Sag schon, Louise, wie war's?«

»Sie lügen, streiten alles ab. Und sie sind religiös.« Während sie Sölden durchquerte, erzählte sie. Jesus am Kreuz, der Ignatius-Spruch, die Bibel auf dem Tisch. Vater und Sohn Krüger, die leugneten, Julius' gleichgültig-kühle Frau, der Junge.

Enders sagte: »Wir holen sie morgen in die Direktion. Lassen Julius für einen Abgleich fotografieren und so weiter.«

»Wir sollten den Golf beschlagnahmen.«

»Wozu?«

»Fingerabdrücke, Einbruchsspuren.«

»Sie stehen nicht unter Mordverdacht, Louise.«

»Sie behindern die Ermittlungen.«

»Wir können nicht mal beweisen, dass der Golf in Baden-Baden war«, sagte Enders. »Warten wir ab, was morgen rauskommt.«

Sie verringerte das Tempo und bog auf die Kreisstraße Richtung St. Ulrich ab, die im Dunkeln lag. Vorsichtig beschleunigte sie. Da Enders schwieg, dachte sie flüchtig über die unterschiedlichen Formen des Lügens nach. Vor allem, entschied sie, kam es ja wohl darauf an, *wer* log.

Zumindest, wenn sie involviert war.

»Hast du dir den Spruch gemerkt? Den Ignatius-Satz?«

»»Die Taufe sei deine Wehr / der Glaube dein Helm / die Liebe der Speer / die Ausdauer aber deine ganze Rüstung / Bekenntnis seien deine Werke.«« Sie fluchte stumm. Vor lauter Nebel und Ignatius hatte sie die Abzweigung zu Walczaks Lichtung verpasst. Sie hielt am Straßenrand, wartete.

»Martialisch«, sagte Enders. »Helm, Rüstung, Speer.«

»Klingt nach Kreuzrittern.«

Sie hörte ihn lachen. »Schwer vorzustellen bei Julius.«

»Bei dem Alten schon eher.«

Enders räusperte sich. »Und jetzt?«

»Und jetzt was?«

»Wo bist du?«

»Frag nicht«, erwiderte sie.

Sie hatte am Anfang der Schotterstraße gehalten, tippte im Schein der Innenbeleuchtung Bitten und Fragen an Kilian ins Handy, die vor allem aus Abkürzungen, Anspielungen und Namen bestanden, falls Dritte mitlasen. Was sie wissen wollte: Waren da noch mehr Rechtsradikale unter den Russen, kannte Irina einen Friedrich, einen Julius Krüger, war Niko auf eigene Rechnung involviert, wie sah er aus, kann ich ein Foto haben, hatten die Russen vielleicht jemanden auf irgendeiner Abschussliste stehen? *Entschuldige, ist wichtig, danke.*

Dann griff sie nach den Unterlagen von Natalie. Drei, vier Seiten zu Walczak, außerdem ein Zeitungsartikel vom selben Tag mit dem Foto eines älteren schwarzen Mannes aus Ruanda, der Name gelb markiert: Ludwig Kabangu. Am Rand ein Post-it, Natalies Schrift: *Das perfekte Neonazi-Opfer!!! NN-Foren kotzen ab!!!* »Perfekt« war doppelt unterstrichen, auch einige Wörter im Text gelb markiert.

Sie legte den Artikel zur Seite, las die Seiten zu Walczak.

Eine Kindheit auf der Flucht.

Mit sechs von Spaziergängern im Taunus aufgegriffen. Mit sieben von der Polizei aus einem Zug Richtung Frankreich geholt. Mit neun beim Stehlen in München erwischt. Immer wieder wurde er nach Hause zurückgebracht. Ein minderjähriger Streuner, aggressiv, schlug um sich, sagte kaum ein Wort. Als er zehn war, fand ihn eine Streife im Frankfurter Nordend am Straßenrand, grün und blau geprügelt. Im Jugendamt verstand man endlich. Den Eltern war nichts nachzuweisen, da der Junge schwieg. Aber sie leisteten keinen Widerstand, und so kam er ins Heim.

Und begann, andere Kinder zu verprügeln.

Weitere Heime folgten. Weitere Kinder wurden verprügelt. Dann auch Erzieher und Lehrer.

Als er vierzehn war, erstatteten die Eltern Anzeige gegen ihn. Er habe dem Vater mehrfach »aufgelauert« und ihn »bedroht«. Er erhielt Kontaktverbot. Ein Teenager, dem verboten wurde, sich den eigenen Eltern zu nähern.

Zwei weitere Heime, weitere verprügelte Bewohner und Erzieher. Die erste Haftstrafe im Jugendknast. Die zweite.

Mit neunzehn machte er in Berlin eine Tischlerlehre. Drei Jahre später schlich er in Frankfurt um das Haus der Eltern herum. Sie riefen die Polizei, die Kollegen suchten nach ihm, fanden ihn nicht. Da nichts geschehen war, verzichteten die Eltern auf eine erneute Anzeige.

Die Bundeswehr zog ihn ein, er verpflichtete sich für sechs Jahre. Keine zwei Monate nach seinem Abschied geriet er in Berlin mit einem Bekannten aneinander und prügelte ihn halbtot. Fünf Jahre Haft. Nach der Entlassung 1996 verlor sich seine Spur.

1999 tauchte er wieder auf, pachtete das Grundstück mit der Lichtung, Eigentümer war die Gemeinde Bollschweil. *Keine Hinweise auf Rechtsradik. bei W.,* hatte Natalie notiert. *Morgen mehr! Schönen Abend! N.*

Louise legte die Ausdrucke zur Seite. Ihr Blick fiel auf das Holzschild, die blaue Schrift unsichtbar in der Dunkelheit, HUNDE PARCOURS. Vor ihr der Nebel, die Schemen der ersten Bäume, fünf Meter weiter verschwand die Schotterstraße im Schwarzgrau.

Sie fröstelte.

Früher, dachte sie, hatte sie in solchen Momenten ins Handschuhfach gelangt, ein paar Schlucke machten den Zaudernden zum Jäger. Die Schlucke fehlten ihr nicht, nur die zielgerichteten Bewegungen. Zu wissen, was man für einige Sekunden, für eine Minute tun konnte, um sich abzulenken. Der Unruhe Herr zu werden. Heute lagen im Handschuhfach nur die Bedienungsanleitung für den Wagen und Kondome.

Sie nahm den Zeitungsartikel zur Hand, Ludwig Kabangu, Natalies perfektes Neonazi-Opfer. Titel: DER KNOCHENJÄGER, zwei Spalten, ein Porträtfoto. Ein Schwarzer mit gestutztem grauem Bart, schaute an der Kamera vorbei, das Lächeln spröde, verunsicherte Augen. Darunter stand: *Gestern in Freiburg eingetroffen: Ludwig Kabangu (65) aus Ruanda.*

Sie überflog den Artikel, hüpfte von einer gelben Markierung zur nächsten. *Ruanda … ehemalige deutsche Kolonie … Deutsch-Ostafrika … Stabsarzt … Freiburg … »Rassenhygieniker« … Schädelsammlung … Forderung … Entschädigung …*

Ein Geräusch ließ sie aufsehen. Hundegebell, zwei, drei Tiere, nicht weit entfernt. Plötzlich Bewegungen, eine dunkle Gestalt trat aus dem Nebel, ein Mann.

Vollbart, bloße Arme, Fellweste.

Während Walczak langsam auf sie zukam, tauchten die Hunde auf, immer mehr, ein Dutzend vielleicht. Bellend rannten sie zum Auto, einige sprangen auf die Kühlerhaube, weiter aufs Dach, Walczak verschwand hinter Leibern. Zwei der Tiere hatten sich an der Fahrertür aufgerichtet und kläfften Louise an, Lefzen flogen hin und her, ein Schäferhund und ein Boxer. Für einen Moment hockte ein Collie jenseits der Windschutzscheibe, stieß eine Pfote gegen das Glas. Als zwei Hunde vom Dach auf die Kühlerhaube zurücksprangen, ließ er sich mitreißen.

Walczak war vor dem Wagen stehen geblieben und musterte sie. Zwei Möglichkeiten, dachte sie. Seinen Respekt gewinnen oder für immer verlieren.

Behutsam öffnete sie die Tür. Der Schäferhund und der Boxer ließen ab, drängten sich in die Öffnung. Aber sie knurrten nicht, sie wirkten nur aufgeregt. Freundlich.

Für Walczak galt das nicht. Niemals diesem Mann zu nahe kommen, dachte sie. Vergiss das nicht.

Sie stieg aus, sah ihn an, sagte: »Abendspaziergang mit der Familie?«

11

Sie standen auf der Lichtung am Zaun, Walczak innerhalb des Parcours, Louise außen, drei Meter voneinander entfernt, und schauten den Hunden zu, die über die Anlage tobten, rennende Schemen, in der Dunkelheit zumeist unsichtbar. Ihre rechte Hand lag am Gürtel, nahe am Pistolengriff. Walczaks Gesicht war kaum zu erkennen, da waren drei Meter nicht viel. Ein Stück weiter befand sich die Hütte, von der wenig mehr zu sehen war als ein Rechteck aus unstetem Licht, eine Öllampe oder Kerze. In der feuchten Luft lag der Geruch von Hunden, von Gras und Wald.

»Wir haben Janisch verhaftet«, sagte sie. »Ricky Janisch.« Er drehte den Kopf in ihre Richtung. »Aber er ist schon wieder draußen. Er redet gern.«

»Muss am Job liegen. Dauernd allein unterwegs.« Ein Boxer kam angerannt, verbiss sich spielerisch in Walczaks Stiefelschaft, das Hinterteil ragte in die Höhe. Er ließ das Tier für eine Weile gewähren. Dann ein leiser Befehl, nur ein Wort, und der Hund sprang davon.

»Er hat am Samstagabend in Baden-Baden zwei Pistolen gekauft«, sagte Louise, »eine Tokarew und eine Makarow.«

»Scheint ein gefährlicher Paketbote zu sein.«

»Irgendwann zwischen Samstag und gestern Abend hat er Ihnen die Waffen ausgehändigt. Dafür haben Sie ihm heute Nachmittag einen Umschlag mit viertausendfünfhundert Euro gegeben.«

Walczak schüttelte den Kopf. »Wozu brauche ich Pistolen?«

»Sie haben die Waffen an irgendjemanden weitergegeben. Oder werden es noch tun.«

»Blödsinn.«

»Für wen sind die Waffen, Herr Walczak?«

»Fragen Sie den Paketboten.«

Louise nickte mechanisch. Sie war davon überzeugt, dass ihre Vermutung stimmte, dass Walczak nicht die Wahrheit sagte, auch wenn sie es, anders als bei den Krügers und Janisch, nicht spürte. Irritiert wandte sie sich ab. Das Einzige, was sie spürte, war seine unterdrückte Aggressivität und eine fast körperlich wahrnehmbare, beklemmende Nähe. Als läge seine Hand unsichtbar an ihrem Hals.

Ein Hundeknäuel rollte in ihr Blickfeld. Jaulen, Gebell, dann sprangen die Tiere auf und verschwanden einzeln.

»Immer dasselbe«, sagte Walczak, löste sich abrupt vom Zaun und kam auf sie zu, die tätowierten Muskeln angespannt.

»Was?«

»Hat einer mal gesessen, kann man ihm alles anhängen.«

Sie hob die Hand. »Das reicht.«

Mit einem verächtlichen Schnauben blieb er stehen. Ein Meter Abstand, viel zu wenig. Wachsam ging sie auf ihrer Seite des Zauns an ihm vorbei, dorthin, wo er gestanden hatte, zwei Schritte weiter. Ihr Blick fiel auf die Hütte. Das Licht schien sich für einen Moment zu verdunkeln. Dann flackerte es stark. Beruhigte sich wieder. Als wäre jemand daran vorbeigehuscht.

Ein Hund. Ein Mensch.

Sie wandte sich Walczak zu, lächelte flüchtig, doch ihr Herz raste. Kein Hund, dachte sie. In der Hütte war ein Mensch.

Walczak schien nichts bemerkt zu haben. Reglos starrte er sie an.

Die Wolkendecke war brüchig geworden, der Nebel weißlich vom Mondlicht. Die Hunde waren jetzt besser zu erkennen. In der

Ferne erklangen Glockenschläge, Bollschweil vielleicht, auf jeden Fall eine andere, eine sicherere Welt.

»Ihre Fingerabdrücke sind auf dem Umschlag«, sagte sie. »Nicht auf den Geldscheinen, nur auf dem Umschlag. Ihre, die von Janisch und zwei weiteren Menschen.«

»Kann nicht sein.«

»Von wem stammen die anderen Fingerabdrücke?«

»Sie fragen den Falschen.«

»Kennen Sie Friedrich Krüger?«

Stumm schüttelte er den Kopf.

»Julius Krüger?«

»Nein.«

»Aber Janisch kennen Sie.«

»Von heute Nachmittag.«

»Hat er Ihnen früher schon mal was gebracht?«

»Nein.«

Louise nickte. »Weil St. Ulrich nicht sein Zustellbezirk ist. Er liefert im Westen von Freiburg aus, nicht hier.«

»Nicht mein Problem.« Walczak hielt den Kopf leicht gesenkt, sein Blick lag auf ihr, ließ nicht ab von ihr. Nur sie und er, dachte sie, niemand sonst, nichts sonst.

Und irgendjemand in der Hütte.

Plötzlich realisierte sie, dass sich die Entfernung zwischen ihnen erneut verringert hatte. Unmerklich war er einen Schritt auf sie zugekommen, eine Hand am Zaun. Jetzt sah sie den Zorn in seiner Miene, Zorn und Neugier und noch etwas anderes, Undefinierbares.

»Nicht näher«, sagte sie und fragte sich, weshalb er sie nicht wegschickte. Er war nicht verpflichtet, ihre Fragen zu beantworten, hätte sie zum Teufel schicken können. Aber er tat es nicht. Aus einem unerfindlichen Grund schien er mit ihr reden zu wollen.

Sie machte Fortschritte. Kam ihm auf ihre Weise immer näher.

»Acht Heime in zehn Jahren«, sagte sie.

»Mir gefällt's nicht überall.«

»Wollten Sie zu Ihren Eltern zurück?«

Seine Brauen hoben sich, er antwortete nicht.

»Sie durften nicht. Kontakt- und Näherungsverbot.«

»Reden Sie weiter.«

Sie deutete auf die Lichtung. »Die Hunde, alle aus dem Heim.«

Walczak lachte, es klang überlegen und kontrolliert.

»Was ich nicht verstehe, ist, warum Sie Ihre Erzieher verprügelt haben. Andere Jungs, ja, das kommt vor – aber Erzieher und Lehrer?«

»Vielleicht hatten sie es verdient?«

»Verdient weshalb? Haben sie sich an Ihnen vergriffen?«

»Hätten sie sich nicht getraut.«

»An anderen Kindern?«

»Sie werden's rausfinden.«

»Reden wir über Ihre politische Einstellung.«

»Hab keine.«

»Probleme mit Migranten?«

»Hier gibt es keine.«

»Sie wissen, was ich meine.«

»Nein.«

»Wählen Sie?«

»Ich wüsste nicht, wen.«

»Sie haben gesagt, Sie brauchen kein Geld vom Staat, sind lieber Ihr eigener Herr.«

Er schwieg, wartete.

»Das Jugendamt holt Sie von den Eltern weg. Die Heime, die Erzieher, dann die Richter … Sie hassen den Staat, deswegen wollen Sie keine Sozialleistungen.«

»So?«

Sie zog die Waffe, ließ die Hand am Bein, die Mündung zeigte zu Boden. »Wer ist in der Hütte?«

»Sehen wir nach.«

Sie zögerte überrascht. »Schön langsam und vorsichtig.« Sie winkte ihn an sich vorbei, folgte ihm im Abstand von ein paar Metern zu dem kleinen Gebäude, das stumm im Mondlicht lag.

Die Hunde reagierten auf die Veränderung, lautlos kamen sie aus dem Nebel angerannt, um sie zu begleiten, erst ein paar, rasch wurden es mehr. Mit der freien Hand zog Louise das Mobiltelefon heraus, wählte den Notruf und ließ sich Verstärkung schicken. Walczak warf einen Blick über die Schulter, wieder das geringschätzige Schnauben, das sie schon kannte.

Auf halber Strecke verloren die Hunde das Interesse und rannten davon.

Dann hatten sie die Hütte erreicht. Walczak blieb stehen, sah Louise an, die Augen lauernd, ein leichtes Lächeln um die Mundwinkel.

Noch immer keine Bewegung, kein Laut im Inneren.

»Gehen Sie rein«, sagte sie.

Ohne den Blick von ihr zu nehmen, öffnete er die Holztür und trat über die Schwelle. Louise ging mit durchgeladener Waffe hinter ihm ins Halbdunkel, hielt unwillkürlich den Atem an, als ihr eine intensive Geruchsmischung entgegenschlug, es roch nach Feuchtigkeit, Hunden, Zigarettenrauch, Essen, Dreck, billigem Frauenparfüm, nach Alkohol. Ihre Augen rasten über Möbel, Wände, Walczak, wieder zurück, begannen von vorn, links eine Kochnische und ein kleiner Plastiktisch mit zwei Plastikstühlen, an der Rückwand ein verschlissenes Sofa, zwei Sessel undefinierbaren Alters, rechts ein Matratzenlager mit Stoffdecken und Kissen, in der Ecke daneben stand ein gelber, an verschiedenen Stellen reparierter

Schrank. Von der Decke hing eine Öllampe, die Flamme bewegte sich im Luftzug.

Keine zweite Tür.

Hatte sie sich getäuscht? Sie sah Walczak an, der sie nicht aus den Augen gelassen hatte.

»Charlie«, sagte er, »hast Besuch.«

»So a' Scheiße«, erwiderte eine Frauenstimme, und aus dem Kissenmeer fuhr ein blonder Schopf in die Höhe.

Charlotte Riedl, um die fünfzig, »a' Nachbarin, falls Sie das was angeht«, eine kleine, knochige Frau mit heiserer Stimme und starkem bayerischem Einschlag, angetrunken, im Blick weit vorangeschrittene Desillusionierung. Trotzdem gab sie sich Mühe – goldfarbener Lidschatten, perfekt geschwungene, aufgemalte Augenbrauen, die langen Haare hellblond gefärbt, in beiden Ohren Ringpiercings.

Sie war sitzen geblieben, eine Zigarette in der Hand, ein Kissen vor der bloßen Brust, während Louise ihren Personalausweis studierte. Geborene Meier, doch erst zweiundvierzig, stammte aus Passau, wohnhaft St. Ulrich 70.

»Der Campingplatz«, sagte Riedl mit ihrer überraschend tiefen Stimme und wies mit dem Daumen hinter sich.

»Hier gibt es einen Campingplatz?«

»Und was für einen. ›Camping Riedl Erlebnispark am Schauinsland. Campen im Idyll: vier Nächte zahlen, fünf bleiben‹.« Sie lächelte giftig. Daumen und Arm verschwanden wieder hinter dem Kissen.

Louise war eine kleine Tätowierung an der Innenseite des Bizeps aufgefallen, eine Zahl, 28 – der Tag von Charlotte Riedls Geburt. Sie gab den Ausweis zurück. »Riedl, das ist Ihr Mann?«

»Ist das a' Fangfrage?« Die goldenen Augen wurden schmal, die

Stirn lag in Runzeln, ein rascher Blick zu Walczak, der ein paar Schritte weiter halb im Schatten stand.

»Nein«, erwiderte Louise bedächtig.

Von draußen erklang gedämpftes Motorengeräusch. Blaulicht drang durchs Fenster, erfasste Walczak. Seine Augen lagen auf ihr, wieder das Gefühl von Beklemmung, die unsichtbare Hand an ihrem Hals. Sie ging zur Tür, sah ihn an. »Sind Sie morgen hier?«

»Ich bin immer hier«, sagte er.

Zwei Streifenwagen, Kollegen vom Revier Freiburg-Süd und vage bekannt. Sie bedankte sich, schickte sie nach Freiburg zurück und stieg ins Auto. Das Display des Handys zeigte 21.31 Uhr. Keine Nachricht von Kilian. Keine Nachricht von Ben. Keine Nachricht von Rolf Bermann.

Sie fuhr los. Sie war nicht müde, und sie hatte keine Lust auf die Stille in ihrer Wohnung, in der die Erinnerung an Ben Liebermann zunehmend verblasste, die Erinnerung an Rolf Bermann dafür allzu wach war. Der Gedanke, noch ein wenig hierzubleiben, im Nebel und im Wald unter dem Geiernest, gefiel ihr.

Ein wenig Erholung nach der Angst vor Walczak.

Sie griff nach dem Handy, tippte, fand St. Ulrich 70, Paulus Riedl, Campen im Idyll.

Denn da war noch etwas.

Die Zahl 28 war auch ein Symbol – der 2. und der 8. Buchstabe des Alphabets, »B« und »H«. Die Abkürzung für das wenige Jahre zuvor in Deutschland verbotene Neonazi-Netzwerk *Blood & Honour«.

12

Drei Schotterstraßen, die hinter der Zufahrtsschranke auseinanderliefen, an überwiegend leeren Stellplätzen oder Grasflächen vorbei, und in der Dunkelheit verschwanden, die Hälfte der Laternen defekt oder nicht eingeschaltet. Nur gelegentlich war ein Wohnmobil zu sehen, ein Zelt, keine Menschen, abgesehen von einem Jugendlichen, der im Halbdunkel an einen Baum pinkelte. Der Geruch von Latrinen hing in der Luft, von Desinfektionsmittel.

Das Idyll war trostlos.

Louise hatte vor der Schranke geparkt, neben einem kleinen Verwaltungsgebäude auf der einen und einem Mast mit Deutschlandflagge auf der anderen Seite, und war ein paar Meter auf das Areal gegangen. Der Campingplatz war von Wald umgeben, ein paar Hundert Meter im Westen musste Walczaks Lichtung liegen. Das war die Verbindung, Walczak. Janisch, der Neonazi, der weit außerhalb seines Zustellbezirks an Walczak auslieferte. Charlie Riedl mit der tätowierten 28, die in Walczaks Bett lag.

Der Junge eilte davon, verschwand um eine Hecke.

»He«, sagte eine Männerstimme hinter ihr.

Erschrocken wandte sie sich um. Vor dem Verwaltungsgebäude stand ein Mann, bullig, um die fünfzig, in Trainingshose und Sweatshirt, die Arme vor der Brust verschränkt. Die Haare waren dunkel und ungekämmt, das bleiche Gesicht aufgedunsen, unter den Augen Schatten, ein mächtiges Doppelkinn.

Paulus Riedl, sie war vorhin im Netz auf ein Foto gestoßen.

Sie ging auf ihn zu, nicht zu schnell, erwiderte seinen Blick.

»Lassen Sie mich raten«, brummte Riedl.

»Richtig, Kripo Freiburg.«

»Hat die Charlie was angestellt?«

»Die Charlie?«

»Meine schlechtere Hälfte.«

Sie lächelte höflich. »Nichts, was in meine Zuständigkeit fiele.«

In seinem Zentrum war das Idyll nicht ansprechender. Ein zerkratzter Rezeptionstresen mit Deutschlandwimpel, halbhohe Büroschränke aus den Fünfzigern, auf einem Schreibtisch ein winziger, stummgeschalteter Fernseher. An der Rückwand stand ein blassblaues Sofa, dort hatte Riedl wohl gelegen und ferngesehen, als sie gekommen war, hatte eine Decke weggeschoben, beim Aufstehen war das Kopfkissen zu Boden gefallen.

Er stand hinter dem Tresen, die Hände verschränkt, wartete.

»Ein Patriot«, sagte sie.

Er sah auf den Wimpel. »Bald ist WM.«

»Viel los bei Ihnen im Juni?«

Ein träges, zufriedenes Nicken, das nicht enden wollte. »Dreiundfünfzig Reservierungen allein aus Holland.«

»Wegen Hinterzarten?«

»Anzunehmen.« Er griff unter den Tresen, stellte drei weitere Wimpel neben den deutschen, in seinen Augen und seiner Stimme lag jetzt ein wenig mehr Energie. »Das Team kommt am sechsten Juni. Werd mal rüberfahren, beim Training zuschauen. Vielleicht Touren organisieren für die ganzen Käsköpfe hier.«

Louise deutete auf den Union Jack. »England?«

»Fünfundzwanzig Buchungen, Quartier in Bühl. Und der Iran, zwei Buchungen. Friedrichshafen. Ob die da eine Moschee haben in Friedrichshafen?«

Sie tippte gegen das rot-weiß-blaue Fähnchen. »Für uns sind die Niederländer das Problem.«

»Die sind kein Problem. Die putzen wir weg.«

»Ich meine die Anschlagsgefahr.«

»Scheißanarchisten. Fußball ist Fußball, Politik ist Politik. Was wollen Sie hier?«

»Fernsehen«, erwiderte Louise.

Riedl sträubte sich. Erst waren die Überwachungskameras nicht eingeschaltet, dann defekt, dann teilweise nicht eingeschaltet, dann teilweise defekt. Louise erwähnte die Möglichkeit eines Durchsuchungsbeschlusses. Dutzende Kollegen, die das Areal durchkämmten, ein Hubschrauber sorgte für ausreichend Licht, kein Schlaf für Riedl und seine Gäste in dieser Nacht. Und wer wisse schon, ob das zuständige Bürgermeisteramt nicht die zeitweilige Schließung des Platzes anordnen werde? Dreiundfünfzig Stornierungen in die Niederlande schicken, fünfundzwanzig nach England, und bloß die beiden Iraner nicht vergessen. Viel Arbeit, vom finanziellen Verlust ganz zu schweigen.

»Na ja, kann ja keiner von mir erwarten, dass ich pleitegehe, oder?«, murmelte Riedl, auf die Wimpel starrend.

»Nein.«

»Mir egal, wenn einer von denen was angestellt hat.«

»Von denen?«

»Stehe ich nicht für gerade.«

»Kommt darauf an.«

Er hob den Blick. »So weit sind wir schon? Dass ich geradestehen muss, wenn einer von denen was anstellt?« Er deutete mit dem Daumen hinter sich, in Richtung Campingplatz, dieselbe Geste wie bei seiner Frau, die Hand hing ähnlich lange in der Luft.

»Wenn Sie Bescheid wussten.«

»Ich weiß von nichts. Ich kenne die doch gar nicht.«

»Wen?«

»Die Leute, die hierherkommen.« Er nickte, mehr für sich, schüttelte übergangslos den Kopf. »Ich stehe da nicht für gerade.«

»Für was, Herr Riedl?«, fragte Louise sanft.

»Weiß ich ja eben nicht.« Er bückte sich, zog unter der Tresenplatte einen schweren Laptop hervor und begann zu tippen.

Ein Drucker erwachte aus dem Stand-by.

Das Journal, Samstag, Mitternacht, bis zu diesem Abend. Sechs Seiten, jeweils zwei für einen Tag. Dreizehn Anreisen, zehn Abreisen.

»Und die Kameraaufnahmen?«

Riedl tippte wieder, drehte den Laptop mit dem Monitor zu ihr. Splitscreen, vier unterschiedliche Bereiche des Campingplatzes, Schwarz-Weiß-Bilder, Sonntag, 00.00.01 Uhr.

Die Aufnahmen liefen, Echtzeit.

»Wollen Sie Rühreier zum Frühstück?« Er grinste schief.

»Schnelldurchlauf wäre mir lieber.«

Fünfzehn Minuten später, Sonntagnacht, ein ganz normaler Tag auf einem Campingplatz war vergangen. Louise gähnte. Der Montag begann. Riedl schlurfte zum Sofa, hob das Kissen auf und ließ sich nieder. Teilnahmslos saß er da und blickte zum stummen Fernseher hinüber, das Kissen auf dem Bauch, die Hände darauf. Wieder musste Louise an Charlie denken, an das Kissen vor ihrer Brust. Da hatten sich zwei im Lauf von vielen Jahren Ehe ähnliche Gesten und Haltungen angewöhnt; vielleicht auch ähnliche Affären.

Montagmorgen, fünf Uhr, Riedls Kopf war zur Seite gesunken, er schnarchte. Erneut ein ereignisloser Tag, zumeist im Schnelldurchlauf, gelegentlich hielt Louise die Bilderflut an, betrachtete

104

Standbilder. Gäste reisten ab, Gäste kamen an, anhand der halbwegs gut erkennbaren Nummernschilder hakte sie Namen im Journalausdruck ab. Wieder Kinder, die den Campingplatz erkundeten, mit Bällen spielten. Paulus Riedl, der allein oder in Gegenwart von Gästen durchs Bild schlurfte. Charlie Riedl, knappe Röcke, knappe T-Shirts, High Heels. Ein alter Mann ging spazieren, drehte Runde um Runde, immer dieselbe Strecke, schon am Sonntagnachmittag um die gleiche Zeit. *Der Breune, hatte Riedl gesagt, ist dreißig Jahre lang jeden April mit seiner Frau gekommen, seit neun Jahren kommt er ohne sie, hat sie siebenundneunzig begraben.*

Riedl erwachte, musterte sie irritiert, bis er sich zu erinnern schien.

Montagabend. Ein streitendes Ehepaar vor einem Wohnmobil, es ging um Wesentliches, eine erbitterte, lautlose, verzweifelte Auseinandersetzung in Schwarz-Weiß. Später einzelne Grüppchen auf dem Weg zum Sanitärbereich. Gegen zehn traf ein weiteres Wohnmobil ein, ein »*Sky Wave*«. Louise fand keinen Eintrag, offenbar ein Dauercamper.

Draußen erklang fernes Hundegebell, mehrere Tiere, Walczak war unterwegs. Riedl drehte den Kopf zu ihr, schien etwas sagen zu wollen. Schaute auf seine Hände hinunter und schwieg. Das Gebell brach ab.

Gegen halb elf stand Charlie plötzlich im Raum, das Gesicht erhitzt, die Lippen geschwollen, die Haare wirr, das T-Shirt hing zur Hälfte aus dem Jeansrock. Sie roch nach Schweiß, nach Alkohol, nach Sex. »Oh«, murmelte sie.

»Bonì, Kripo Freiburg«, sagte Louise.

»Charlotte Riedl.« Sie schien nachzudenken, die Pupillen bewegten sich hastig. »Kripo? Was passiert?«

»Nein.«

»Gut. Also dann … Schöne Grüße von der Gerti.«

»Danke«, sagte Riedl.

Schweigend lauschten sie Charlies klackenden Schritten auf der Treppe, über dem Büro. Stille. Dann lief die Dusche.

Riedl sah wieder auf seine Hände, Louise ließ die Aufnahmen weiterlaufen.

Montagnacht. Das streitende Paar drehte eine Runde, kein Blick zum anderen, kein Wort. Ein Licht nach dem anderen erlosch.

Dann war es so weit.

03.24.55 Uhr am Dienstagmorgen. Eine der Kameras zeigte zwei Männer, dunkel gekleidet, Anfang dreißig, Turnschuhe. Der vordere trug einen Rucksack, hatte kurze dunkle Haare, leicht abstehende Ohren, die dichten Brauen saßen auffallend nah über den Augen. Das Gesicht des anderen war kantig, verschlossen, der Schädel rasiert. Auf dem Grasstreifen liefen sie hintereinander durchs Bild und verschwanden. Keine der anderen Kameras fing sie ein.

Um 03.53.12 Uhr kamen sie zurück. Dieselbe Kamera, keine andere. Sie mussten den Campingplatz im Westen verlassen und wieder betreten haben, nicht über die Zufahrt.

Noch einmal, in Zeitlupe. Die Form des Rucksacks hatte sich verändert. Er wirkte voller und schwerer als eine halbe Stunde zuvor. Eine Tokarew und eine Makarow wogen samt Schalldämpfern und Munition zusammen drei bis vier Kilogramm, schätzte Louise. So ungefähr sah der Rucksack aus, nach drei bis vier Kilogramm mehr.

Während der Drucker sirrte, trat sie zu Riedl, der wieder eingeschlafen war, tippte ihn an. Die Lider glitten träge auf, der Blick verwirrt, nur langsam kehrte das Verstehen zurück. Er seufzte. Kein Idyll, sondern Louise Bonì, die unbarmherzige Realität.

»Jetzt wird's ernst, Herr Riedl«, sagte sie.

Riedl starrte auf die Ausdrucke in seinen Händen, unscharfe Vergrößerungen der Männergesichter. Er schwitzte, atmete flach, fast lautlos, dachte vor fast jedem Wort nach.

Nein, er kannte die beiden nicht.

Louise wartete, er war ein schlechter Schauspieler. Er hob den Blick zu ihr, senkte ihn. Sie spürte, dass er mit sich rang, die Optionen abwog.

Nein, wiederholte er leise, die kannte er nicht.

Plötzlich verstand Louise. »Aber Sie haben sie schon mal gesehen?«

»Gesehen? Früher?«

»Am Montag oder am Dienstag auf Ihrem Campingplatz.«

Er zögerte mit der Antwort. »Ein-, zweimal am Montag, man läuft sich ja über den Weg. Am Dienstag nicht mehr, sie sind früh weg.«

»War jemand bei ihnen?«

»Zwei Frauen.«

»Ich brauche die Namen.«

Starr erwiderte er ihren Blick. In seinen Augen lag Resignation, eine Anmutung von Verlorenheit. Ein Mann, der den Versuch, glücklich zu sein, schon vor längerer Zeit aufgegeben hatte.

»Sie kennen die Namen nicht.« Louise tippte auf den Journalausdruck in ihrer Hand. Der »Sky Wave« ohne Eintrag – keine Dauercamper. Riedl hatte die Ankömmlinge nicht angemeldet. »Weil die vier Patrioten sind wie Sie?«

Ein angedeutetes Nicken.

»Eine Frau ist ausgestiegen, ins Büro gegangen. Was ist dann passiert? Was hat sie gesagt?«

»Dass sie die Kameraden aus Jena sind.«

»Sie wussten, dass sie kommen? Hatten sie reserviert?«

»Nein. Letzte Woche hat … jemand angerufen.«

»Wer?«

Er sah auf seine Hände. Dann beugte er sich vor und hob das Kissen auf. »Einer vom Heimatschutz. Andreas.«

»Was für ein Heimatschutz?«

»Der ›Heimatschutz Baden‹.«

»Es gibt einen ›Heimatschutz Baden‹?«

Riedl nickte, diesmal deutlicher.

»Gehören Sie dazu?«

»Nein.«

»Andreas wie?«

Ein kraftloses Schulterzucken.

»Haben Sie ihn schon mal getroffen?«

»Nein. Keinen von denen.«

»Jemanden von der ›Brigade Südwest‹?«

»Auch nicht.«

»Gehören Sie einer anderen Gruppe an?«

»Nein.«

»Kennen Sie Ricky Janisch? Fährt für DHL Pakete aus.«

»Nein.«

»Friedrich Krüger, Julius Krüger aus Freiburg?«

»Nein.«

»Aber Thomas Walczak kennen Sie.«

Er nickte. »Wir sind Nachbarn.«

»Ist Walczak auch ein Patriot?«

»Keine Ahnung. Hab nie mit ihm drüber gesprochen.«

»Mit wem sprechen Sie darüber?«

Riedl räusperte sich, dann schüttelte er den Kopf, flehend fast. Keine Namen, brummte er, ich sag keine Namen. Louise hakte nicht nach, vorerst konnte sie sich darauf einlassen. Sie lehnte sich gegen die Schreibtischkante, sortierte im Geiste, was Riedl erzählt hatte. »Manchmal ruft also jemand an und sagt: Da kommen

Kameraden aus, was weiß ich, Jena, halt ihnen einen Stellplatz frei.«

»Ja.«

»Sie tragen sie nicht ein, verlangen kein Geld. Offiziell sind sie nie hier gewesen.«

Er nickte.

»Verflucht«, sagte Louise. »Beschreiben Sie die vier.«

Riedl versuchte es, tat sich schwer damit. Allzu genau wollte er nie wissen, wer da kam, er wollte nicht hineingezogen werden in »irgendwas«, mied den Kontakt. Zwei Paare, die Frauen um die dreißig, die Männer drei, vier Jahre älter, nicht weiter auffällig, abgesehen vom Dialekt, in seinen Ohren Sächsisch. Die Frau, die ins Büro gekommen sei, habe eine Tätowierung auf der rechten Schulter gehabt, eine »schwarze Sonne«, ein Kreis aus Runen, Sie wissen schon, wie bei der SS. Louise wusste nicht. Sie ging zum Laptop, startete den Browser, fand das Symbol. Drei Hakenkreuze mit kurzen Querbalken, übereinanderliegend, aber leicht gedreht, sodass zwölf »Sonnenstrahlen« oder Siegrunen entstanden, von deren Enden jeweils ein weiterer Balken im rechten Winkel abging. Zwei Kreislinien verbanden die Strahlen miteinander, eine innen, die andere außen.

»Verflucht«, sagte sie wieder, während ihr ein Schauer über den Nacken lief. Janisch, die Krügers, die »Brigade Südwest«, ein »Heimatschutz Baden«, Kameraden aus Jena – ein Spinnennetz aus Neonazis.

Walczak, der vielleicht dazugehörte, vielleicht auch nur die Waffen und Janischs Lohn weitergeleitet hatte.

Sie kehrte zum Schreibtisch zurück.

Riedl wusste nicht, weshalb die Jenaer gekommen waren. Er habe nur ein paar Worte mit ihnen gewechselt, über das Wetter, das badische Rothaus-Bier, »Tannenzäpfle«, sie hätten es aus Berlin gekannt, einer habe gesagt, er möge das Schwarzwaldmädel, Sie wissen schon, die Blonde auf dem Etikett.

»Irgendeine Andeutung? Wohin sie von hier aus fahren wollten?«

»Nein.«

»Wer soll Ihnen das abkaufen, Herr Riedl? Kein Staatsanwalt, kein Richter.« Sie beugte sich vor. »Sie wussten von ihrer Ankunft, Sie haben sie kostenlos hier campen lassen, Sie teilen ihre … Gesinnung. Keiner wird Ihnen glauben, dass Sie nicht mehr wissen.«

»Ich muss nachdenken«, sagte Riedl tonlos.

»Tun Sie das.« Louise löste sich von der Schreibtischkante, trat vor das Gebäude, das Handy am Ohr. Die Luft war kühl und feucht, im Schein der Lampen hing der Nebel, der sich allmählich aufzulösen schien. Wieder hörte sie einen Hund kläffen, weitere fielen ein, es kam aus östlicher Richtung, Walczak schien mit seinen Tieren um den Campingplatz herumgegangen zu sein.

Eine Kollegin vom Dauerdienst meldete sich, helle, muntere Stimme, voller Energie und Zuversicht abends um elf. Louise gab das Jenaer Kennzeichen durch, *bei Antreffen Insassenfeststellung, keine Verhaftung.*

Sie kehrte ins Büro zurück. Riedl war wieder eingeschlafen, der Kopf nach vorn gesunken, die Hände auf dem Kissen, die eine umklammerte den Zeigefinger der anderen. Sie weckte ihn.

Seine Augen glitten auf. Er schüttelte den Kopf, flüsterte: »Aber ich hab woanders was gehört.«

Draußen die Nacht, klar jetzt, der Nebel hatte sich fast gelichtet, die Wolkendecke war aufgebrochen. Vereinzelt sah Louise Sterne über dem Campingplatz, auf unsichtbaren Hügelkuppen blinkten die roten Warnlichter von Windrädern. Als sie die Wagentür öffnete, nahm sie am Rand der schmalen Teerstraße, die von St. Ulrich zu Riedls Campingplatz führte, Bewegungen wahr. Ein Hund, helles Fell, ein Collie. Lautlos verschwand er zwischen den Bäumen.

Sie setzte sich ins Auto, legte Riedls Laptop auf den Beifahrersitz. Langsam wendete sie, rollte an der Stelle vorbei, wo der Hund in den Wald gelaufen war. Keine anderen Tiere, auch Walczak war nicht zu sehen. Trotzdem spürte sie die Angst in der Brust, die Lungen waren eng, der Atem flach. Zum ersten Mal machte sie sich bewusst, was sie längst ahnte: dass möglicherweise bald ein Moment kommen würde, in dem sie keine Sekunde zögern durfte, von der Schusswaffe Gebrauch zu machen.

Kurz darauf bog sie nahe St. Ulrich auf die Kreisstraße ab. Sie griff nach dem Zeitungsartikel mit Natalies Hervorhebungen, überflog ihn während der Fahrt im Schein der Innenraumbeleuchtung ein zweites Mal.

Natalie hatte recht gehabt. Ludwig Kabangu aus Ruanda, das perfekte Opfer.

Da kommt ein Neger aus Deutsch-Ost, hatte einer von Paulus Riedls Kameraden Anfang April gesagt, *will hier Ärger machen, in der Uni hätten sie Knochen von einem Negerverwandten, die will er wiederhaben.*

Macht euch wegen dem keine Sorgen, hatte ein anderer gesagt. *Für den wird gesorgt.*

II

13

Sie passierte den Annaplatz und hielt ein paar Kreuzungen weiter vor einem herrschaftlichen Jugendstilhaus. Mit jedem Kilometer Fahrt hatte sie die Erschöpfung deutlicher gespürt, erneut ein langer, intensiver Tag, Dutzende Fragen und kaum Antworten, dazu die unerklärliche Furcht. Sie widerstand dem Impuls, die Augen für ein paar Minuten zu schließen. Gerade jetzt kam es doch darauf an, dass einer weitermachte, dachte sie, die Puzzleteilchen zusammentrug, sie mussten doch schnell sein jetzt und dranbleiben, und wessen Aufgabe sollte das sein, wenn nicht ihre? Sie wusste mehr als die anderen und hatte sonst nichts, hatte niemanden. In ihrer Wohnung warteten weder eine Familie noch ein Partner, lediglich ein Toter und ein Abwesender.

Sie öffnete das Handschuhfach, tastete nach der Flasche, die nicht da war. Allein die vertraute Bewegung tat gut, drei Jahre Trockenheit hatten daran nichts geändert.

Drei Jahre Trockenheit …

Zufrieden schloss sie das Fach und stieg aus. Zwischen all den Niederlagen ihres Lebens, all dem Scheitern, den Verlusten, den Leerstellen, den Toten und Fehlenden, gab es diesen einen triumphalen Sieg, der ab und an alles andere klein erscheinen ließ.

Während der Fahrt hatte sie kurz mit Ilka Weber telefoniert, der Autorin des Artikels, und erfahren, dass Ludwig Kabangu in einem Hotel nahe dem Hauptbahnhof wohnte und bis Freitag in

Freiburg bleiben würde. Dann wieder die junge, wache Kollegin vom Dauerdienst, die sofort das Nötigste eingeleitet hatte, um zu gewährleisten, dass Kabangu für die nächsten Stunden ausreichend Schutz bekam, bis Louise das weitere Vorgehen mit Enders und Graeve besprochen hatte.

Weber wohnte in der obersten Etage, am Türschild nur »I. Weber«, und dann stand man in einem unendlich weiten Dielenflur, von dem vier, fünf Flügeltüren abgingen, und meinte, die Stimmen und Geräusche all der Menschen zu hören, die in dieser riesigen Wohnung einmal gelebt haben mussten. Heute lebte hier nur Ilka Weber, eine große, massige Fünfzigjährige mit langem, farblosem Haar und überdimensioniertem Brillengestell. Ihr aufgeregtes Lächeln legte nahe, dass es geselligere Zeiten gegeben hatte.

Sie hatte Louise in eine Art Vorraum zum Wohnzimmer geführt, wo sie sich in die Ecken einer harten Couch gesetzt, die Beine übereinandergeschlagen hatten. Louise hielt ein Glas Wasser in der Hand, Ilka Weber eine Tasse dampfenden Tees, die sie fest umschloss, als wollte sie gegen eine fundamentale innere Kälte ankämpfen. Mit sanfter Stimme erzählte sie, was es mit Ludwig Kabangu, den Gebeinen, Deutsch-Ostafrika auf sich hatte, Ruanda von 1885 bis 1918 Teil der ehemaligen deutschen Kolonie, zusammen mit Burundi und Tansania.

»Ruanda war mal deutsche Kolonie?«

»Ja, das hat man fast vergessen, nicht wahr?«

»Eher nie gewusst«, sagte Louise.

Ludwig Kabangu war nach Freiburg gekommen, um die Gebeine des Großvaters seiner Frau – »Großvater Mabruk« – in die Heimat zurückzuholen. Sie waren, Kabangus Überzeugung zufolge, 1908 von einem deutschen Stabsarzt namens Feldmann an das Freiburger Institut für Anthropologie geschickt worden. Nun lagerten sie angeblich in einem Karton im Archiv der Uni, die jedoch darauf beharrte, nur auf Anfragen der ruandischen Botschaft hin tätig werden zu können. Entsprechend war sie nicht bereit, die Gebeine zu suchen, zu prüfen und gegebenenfalls zurückzugeben.

»Haben Sie mit denen gesprochen?«

»Ich dachte, Sie hätten meinen Artikel ...«

»Nur überflogen, ich war in Eile.«

»Mit dem Leiter des Archivs, Dr. Arndt.«

»Und er hat gesagt, Kabangu bekommt die Gebeine nicht?«

»Er hat gesagt, es sei nahezu ausgeschlossen, dass im Uni-Archiv Gebeine aus Deutsch-Ostafrika lägen.«

»Hat er recht?«

»Kann schon sein. Was nicht bedeutet, dass man es nicht überprüfen sollte.«

»Klingt fast so, als würde da nicht nur ein ... Gebein liegen.«

Weber nickte. »Im Freiburger Uni-Archiv sind es allein knapp sechzehnhundert, in Deutschland viele Tausend.«

»Alle aus ehemaligen Kolonien?«

»Nein, aber einige schon.«

»Was ist mit ›Gebeine‹ eigentlich gemeint? Das Skelett?«

»In den meisten Fällen der Schädel.«

»Die haben hier an der Uni also Hunderte Schädel in ihrem Archiv liegen?«

»In weißen Kartons in langen Regalreihen.« Weber schob die Brille an die Nasenwurzel, blickte auf ihre Tasse. Louise hörte ihre ruhigen Atemzüge und spürte, dass sie das Gespräch genoss, auch wenn sie müde und ein wenig steif wirkte. Abgesehen von den Geräuschen, die sie verursachten, herrschte Stille in der Wohnung, kein Laut auf zweihundert oder wie vielen Quadratmetern, nicht einmal die Holzdielen wollten gelegentlich knacken.

»Warum ziert sich die Uni so?«

»Gebeine aus den ehemaligen Kolonien sind ein Politikum«, erwiderte Weber. Für die Universitäten und Museen seien sie ein heikles Erbe, weil sie an die rassistische Vergangenheit der deutschen Anthropologie erinnerten. Außerdem fehlten die finanziellen Mittel und die entsprechenden Fachleute für die Untersuchung. Die Politik wiederum fürchte Entschädigungsforderungen aus den betroffenen Staaten, vor allem, wenn es um Gebeine aus Deutsch-Südwestafrika gehe, dem heutigen Namibia. Dabei handele es sich in erster Linie um sterbliche Überreste von Hereros und Namas, an denen die deutschen Kolonialherren ab 1904 Völkermord begangen hätten – der erste Genozid des 20. Jahrhunderts. Eine Entschuldigung der Bundesregierung für diese Massaker stehe aus, obwohl selbst die UNO sie als Völkermord klassifiziere. Entsprechend zugeknöpft reagierten deutsche Universitäten, Museen und Politik auf Rückgabeforderungen, egal, aus welcher ehemaligen Kolonie.

»Was meinen Sie mit ›rassistische Vergangenheit‹?«

»Die wollten damals durch die Vermessung von Schädeln aus den Kolonien belegen, dass die ›weiße Rasse‹ höher entwickelt wäre.« Weber hatte eine Hand von der Tasse gelöst, Anführungszeichen angedeutet. In Freiburg sei von 1900 bis 1927 der Mediziner und Anthropologe Eugen Fischer für die Gebeine-Sammlung zuständig gewesen, einer der Vordenker der Rassentheorien der Nationalsozialisten.

Eine Pause trat ein, lange fiel kein Wort.

Nazis damals, Nazis heute, dachte Louise. Das Bild rundete sich.

Wenig später verabschiedete sie sich, ließ eine bedürftige Ilka Weber zurück. Bleiben Sie doch noch, signalisierte der Blick hinter den Brillengläsern, reden wir weiter, reden wir die ganze Nacht lang, bis die Sonne aufgeht und die Wohnung sich mit unseren Stimmen und Geräuschen vollgesogen hat, sodass die Erinnerung daran für ein paar Tage und Nächte lebendig bleibt …

Fast lautlos schloss sie die Tür hinter Louise.

Draußen die Dunkelheit, auch Walczak und die Angst waren wieder da. Sie mied den Annaplatz und fuhr auf Umwegen Richtung Hauptbahnhof. Langsam rollte sie am Colombipark vorbei, in die Poststraße hinein. *Brauner Escort*, hatte die Kollegin vom Dauerdienst gesimst, *Gerd Rehberg*, Gerd mit dem Wellensittich.

Der Escort stand gegenüber des Hotels. Sie hielt in einer Einfahrt, eilte hinüber.

Gerd ließ das Fahrerfenster herunter, sagte: »Mann, Mann, Mann, Bonì, jetzt auch noch dieser Afrikaner.«

»Ist er da?«

Gerd nickte. »Vierter Stock, zweites Fenster von links.«

Der Vorhang war zugezogen, Licht schimmerte durch einen Spalt. In diesem Moment ging es aus.

»Jetzt geht er schlafen«, sagte Gerd.

»Jemand bei ihm?«

»Nein.«

Zigarettenrauch quoll durch das Fenster aus dem Fahrzeuginneren. Louise wich zur Seite aus, hockte sich mit dem Rücken am Kotflügel auf die Fersen. Sie drehte den Kopf, hatte Gerds halben Schädel im Blickfeld, seine linke Hand, die Asche von der Zigarette klopfte. »Wo ist Marek?«

»Wo soll er sein? Da, wo ich auch sein sollte. Aber weil du es so willst, bin ich hier.«

Sie hatten nicht genug Fahnder für eine weitere nächtliche Observierung, also war Marek bei Janisch geblieben, Gerd zu Kabangu gefahren, als Back-up eine Streife vom Revier Nord, die alle Viertelstunde durch die Poststraße kam.

Gerd streckte den Kopf aus dem Fenster, grinste lustlos auf sie herunter, nickte dann in Richtung Hotel. »Und er hier, er soll das Ziel sein?«

»Sieht so aus.«

»Was hat die Antifa gegen einen Afrikaner?«

Louise seufzte unwillig. »Rechtsradikale, Gerd. Nicht nur Janisch, sondern auch andere. Zwei Männer aus Jena, die es vermutlich erledigen sollen.«

»Jena, ja?«

Sie nickte.

»Dass du da mal richtig liegst.«

»Wäre mir lieber, ich täusche mich.«

»Da gehe ich eigentlich von aus, Boni«, sagte Gerd freundlich.

Louise griff zum Telefon, erhob sich, die wichtigste Frage hatte sie Ilka Weber nicht gestellt.

Weber ging sofort dran, als hätte sie neben dem Telefon gewartet. Sie habe, erwiderte sie, Anfang vergangener Woche zum ersten Mal von Kabangu und dessen Anliegen gehört; das Gleiche gelte für ihre Redakteurin. Ein Verein, der die Verstrickung Freiburgs in die deutsche Kolonialgeschichte aufarbeite, habe am gestrigen Montag eine Pressekonferenz abgehalten, bei der Kabangu vorgestellt worden sei. Vor einer Woche etwa habe der Verein dazu eingeladen.

Sicher?

Sicher.

Louise richtete den Blick auf Gerd, der sie mit kleinen, müden Augen musterte. Vor einer Woche, also Mitte April. Riedls Neonazi-Kameraden hatten schon Anfang April von Kabangus Ankunft gesprochen.

Kameraden, deren Namen Riedl nicht verraten wollte.

Sie hatte es versucht, minutenlang. *Ich kann nicht,* hatte er fast verzweifelt geflüstert. *Auf keinen Fall.*

»Wer könnte vor Ihnen gewusst haben, dass Kabangu kommt?«, fragte sie.

»Die Uni«, antwortete Weber. Kabangu habe im März an die Archivleitung geschrieben und seine Forderung kommuniziert.

»Grüßen Sie Großvater Mabruk«, flüsterte sie und legte auf.

»Probleme?«, fragte Gerd, die nächste Zigarette im Mund.

»Allerdings.«

Während sie die Straße überquerte und zu ihrem Wagen ging, dachte sie an Paulus Riedl. *Ich kann nicht. Auf keinen Fall.* Die Verzweiflung in seiner Stimme, in seinen Augen hatte nichts mit ihr zu tun gehabt oder mit dem Druck, den sie ausgeübt hatte, sondern mit der Vergangenheit. Jahrelang war diese Verzweiflung gewachsen, hatte seine Hoffnungen zerstört, sein Leben.

Charlie, dachte sie, war die Ursache für diese Verzweiflung. An Charlie hatte er während ihres Gesprächs gedacht. Sie war einer der »Kameraden«.

Und weil er sie trotz allem liebte, schützte er sie.

Der Rest der Nacht verlief unruhig. Sie schlief schlecht, träumte von Hunden, Walczak, von Ben Liebermann, der immer schemenhafter durch ihre Tage und Nächte geisterte. Am Ende drehte sich im Traum alles um einen Toten, der erst Bermann war, dann wieder nicht, am Ende ließ er sich nicht mehr zuordnen, gehörte vielleicht zu einer fernen Vergangenheit in einem fernen Land, vielleicht aber auch zu ihrer Gegenwart.

14

Sieben Uhr zwanzig, sie saßen am Ende eines langen Tischs im Sonnenschein, abgeschieden von den wenigen anderen Kollegen, die die Kantine um diese frühe Zeit aufsuchten, Enders, Graeve, sie. Die wichtigsten Ereignisse vom Vorabend waren besprochen, jetzt schwiegen sie, Enders nachdenklich, Graeve fassungslos, weil am Grund des Sees, in dem sie schwammen, die Wucherungen eines badischen Neonazi-Netzwerks sichtbar wurden.

Als Louise im Morgengrauen aufgewacht war, hatte sie eine SMS von ihm vorgefunden: *Kantine, 7.00, nur Enders, Sie und ich.* Auf der Fahrt hatte sie überlegt, weshalb Graeve das Ermittlungs-team spaltete, Enders und sie auf der einen Seite, Natalie, Mats Benedikt und die übrigen Kollegen auf der anderen. Mittlerweile verstand sie: Der Druck aus Stuttgart wuchs täglich. Graeve ver-suchte, den Informationsfluss zu kontrollieren.

»Die wollen die Namen meiner Quellen, richtig?«

Er sah sie an, nickte. Die Sonne schien ihm ins hagere Gesicht, ließ blaue Äderchen durchschimmern. Unter den Augen lagen Schatten, die Wangen flüchtig rasiert, überall standen Stoppeln vom Vortag, er hatte offensichtlich noch weniger geschlafen als sie. Er verlor die Distanz, was ihr nicht gefiel. Sie brauchte doch einen Chef, der über allem stand und Ruhe ausstrahlte.

»Kriegen sie nicht«, sagte sie.

»Natürlich nicht.« Er wandte sich Enders zu, die Brauen hoben sich. Offenbar wartete er auf ein Wort der Zustimmung.

»Was denn?«, fragte Enders.

»Kein Wort an Stuttgart. Keine Namen, keine Informationen, keine Unterlagen, und zwar nicht nur in Bezug auf Bonìs Quellen, sondern auch in Bezug auf Walczak und Riehmer und so weiter.«

»Ist unter diesen Umständen eigentlich selbstverständlich.«

»Sollte es zumindest sein.«

»Riedl«, sagte Louise, »nicht Riehmer.«

Enders grinste kampflustig. »Ganz schön misstrauisch seid ihr hier im Süden. Gestern Bonì, heute Sie, ich weiß nicht, ob ich mich daran gewöhne.«

»Sie werden es überleben.«

Louise ging zur Theke und holte sich ein weiteres Brötchen, Marmelade dazu. Als sie zurückkam, war das kurze Gefecht beendet, Graeve lächelte, Enders nickte entspannt. Ein paar Minuten lang sahen sie ihr schweigend beim Essen zu, sie hatten zu Hause gefrühstückt. Um beider Kühlschrank kümmerte sich, soweit sie informiert war, ein Mensch, der zuverlässig darauf achtete, die Fächer nachzufüllen. Der abends auf *quality time* und einem gemeinsamen Essen bestand. Beide trugen ihre Eheringe täglich, der Graeves schien Teil von dessen Körper geworden zu sein, während Enders den seinen permanent drehte und schob, als gäbe es Probleme mit der Feinjustierung.

»Kabangu«, sagte Graeve, die Finger spreizend, als hätte er ihren Blick bemerkt. »Wir können ihn nicht rund um die Uhr schützen. Wir sind kein Sicherheitsunternehmen.«

»Müssen wir können«, erwiderte sie. »Bis er abreist.«

»Dann muss er *heute* abreisen. Reden Sie mit ihm.«

»Und wenn er nicht will?«

»Rede ich mit ihm. Weiter. Riehmer.«

»Der Mann heißt Riedl, Chef. *Riedl.* Ist nicht so schwer.«

»Warum sage ich immer Riehmer?«

»Zu wenig Schlaf, zu viele Sorgen?«

»Ich hatte einen Ausbilder, der Riehmer hieß«, sagte Enders.

»Am Ende machen Sie noch schlapp, und das will keiner«, sagte Louise kauend.

Graeve seufzte, ein Lächeln unterdrückend, erhob sich umständlich, steife Hüfte, steifer Rücken, ging zur Theke.

Sie sah Enders an, dachte: der Morgen der Wahrheit. »Irgendwann solltest du mit der Sprache rausrücken.«

»In Bezug auf Riehmer?«

»Wolfgang aus Aachen und dieser Quatsch. Und warum willst du die ganze Zeit mit mir durch die Gegend fahren?«

Graeve kam zurück, eine Thermoskanne in der Hand, goss allen Kaffee nach.

»Der alte Riehmer«, sagte Enders fröhlich. »Der einzige echte Kommunist bei der Polizei in NRW. Ein harter Hund, Stalin-Verehrer, was hatten wir Respekt vor dem. Ich bin euer Gulag, hat er gesagt. Klappt ihr zusammen und bleibt liegen, gibt's Extraschichten. Kotzt ihr mir auf die Schuhe und rennt weiter, gibt's Freigang.«

»Schön, dann wissen wir das auch«, sagte Graeve mit einem flüchtigen Lächeln und fuhr fort: Riedl, was machen wir mit dem, wie kriegen wir die Namen von seinen Neonazi-Freunden raus, wir müssen ihn dazu bringen zu reden.

»Wird schwierig«, sagte Louise. »Seine Frau hängt drin.«

Sie legten die Reihenfolge fest: Kabangu warnen und zur Abreise bewegen. Dann, am besten gleichzeitig, Riedl vernehmen, Walczak, die Krügers und Janisch. Irgendwo heimlich den verunsicherten Sohn reinschieben, Lothar, dachte Louise, vielleicht kamen ja Ideen, wenn sie ihm ein bisschen zusah, auf dem Heimweg von der Schule, mit Freunden.

»Holen wir sie alle rein«, sagte Enders.

Sie schüttelte den Kopf. »Riedl erst mal nicht, Walczak auch nicht. Die Krügers von mir aus.«

»Auch die Krügers nicht«, sagte Graeve. »Wir haben überhaupt nichts Belastbares gegen sie in der Hand.«

»Sehe ich anders, Chef.«

»Weil Sie die Fakten ... sagen wir: kreativ bewerten. Keine Diskussion, Louise.« Er rieb sich die Nasenwurzel, sprach währenddessen weiter. »Was Sie noch wissen sollten: Das Ministerium hat angedeutet, dass wir uns von Janisch fernhalten sollen. Die Kollegen vom Verfassungsschutz wollen ihn wohl als V-Mann rekrutieren. Soweit ich es verstanden habe, sind sie seit einem Jahr an ihm dran. Sie wollen die ›Brigade Südwest‹ infiltrieren, und Janisch scheint der Einzige zu sein, der dafür infrage kommt.«

»Und wer soll das glauben?«, fragte Louise.

Graeve lachte, wirkte für einen Moment wie befreit.

»Wird er observiert?«, fragte Enders.

»Keine Ahnung.«

»Falls ja, wissen sie von Baden-Baden«, sagte Louise. »Wir lassen ihn ganz sicher nicht in Ruhe. Er hat illegal Schusswaffen besorgt.«

»Können wir das beweisen?«, fragte Graeve.

»Noch nicht.« Sie bestrich die zweite Brötchenhälfte, diesmal Pflaumenmarmelade, versuchte währenddessen, einen Gedanken zu fassen. Das Wort »V-Mann« hallte in ihrem Kopf nach, löste ein dumpfes Gefühl aus. »Haben die Janisch schon kontaktiert?«

Graeve lächelte steif. »Details wollte man mir nicht mitteilen.«

»Und wenn sie ihn längst rekrutiert haben?«, fragte Enders.

Louise nickte dankbar, da war er, der Gedanke.

Falls Janisch ein V-Mann des baden-württembergischen Landesamtes für Verfassungsschutz war, würde das erklären, weshalb er am Vortag so überrascht gewesen war, als sie ihn festgenommen

hatten, und bei der Vernehmung so sicher, dass ihm nichts geschehen würde.

Und weshalb Stuttgart Druck ausübte.

Sie schwiegen. Unheilvoll hing Enders' Frage in der Luft, mit ihr
die Konsequenzen. Wusste der Verfassungsschutz dann tatsächlich
von Baden-Baden? Von einem geplanten Anschlag? Von Irina?

»Am besten gar nicht drüber nachdenken«, sagte sie.

15

Ludwig Kabangu, fünfundsechzig, mittelgroß, schlank, die Haare wie der Bart grau und kurz, rotes Hemd, Jeans. Ein stiller Mann, der sich auffallend vorsichtig bewegte, eine Aura von Melancholie und Einsamkeit verströmte.

Er war von einer etwa gleich alten Frau im Hotel abgeholt worden, stieg jetzt mit ihr zum Colombischlössle hoch. Trenchcoat von Burberry, gemusterte Bluse mit geschlossenem Kragen, diskrete Kette, eine distinguierte, etwas steife, aber freundlich wirkende Dame. Professorin oder Wissenschaftlerin, Abgesandte der Uni vielleicht oder Medien, Kulturfernsehen, Feuilleton einer überregionalen Zeitung. Sie zeigte mit der Hand auf das Gebäude, schien zu erklären.

Sie sprachen Französisch, hin und wieder schnappte Louise, die zehn Meter hinter ihnen ging, Wörter auf. Kabangu sagte wenig, die Frau erzählte. Der Bau der Villa auf der ehemaligen Bastion St. Louis, Stil englische Neugotik, das Museum für Ur- und Frühgeschichte mit Frauenskulpturen aus der Altsteinzeit und »anderen wundervollen Exponaten, wollen wir hineingehen?«

»Ach, nein«, erwiderte Kabangu, »vielleicht morgen.«

Das Handy vibrierte, Birte, die Gerd um sieben abgelöst hatte und auf einem anderen Weg durch die Grünanlage ging, Fotos schoss. »Erledigt«, sagte sie.

»Schick sie rüber.«

Zwei Fotos der Frau trafen ein, darunter eine Nahaufnahme.

Louise leitete sie an Natalie weiter, die sie zur Überprüfung wiederum ans BKA mailen würde, reine Routine, nach mehr als ein paar Strafzetteln und einem Seitensprung in dreißig Jahren Ehe sah die Frau nicht aus.

»Die Kollegen sind unten, ich fahre dann«, sagte Birte, heiser wie immer, gelegentlich blieb ein Buchstabe in der überstrapazierten Kehle hängen.

Louise warf einen Blick zur Eisenbahnstraße hinab. Ein Streifenwagen hatte vor einem der Hotels gehalten, Unterstützung für den Fall der Fälle. Sie mussten improvisieren, ein paar Stunden lang, bis sie mit Kabangu gesprochen hatte. »Okay. Danke.«

»Gib Bescheid, wenn du mich wieder brauchst.«

»Ich brauch dich wieder.«

Birte, die den Gehsteig entlanglief, auf dem Weg nach Hause; zwei der Kinder mussten in die Schule, dann wartete der nächste Einsatz.

Louise hielt das Telefon noch in der Hand, als eine SMS von Natalie eintraf: *Hast du dir die Fotos von Gerd angesehen?*

Sie folgte Kabangu und der Frau, die in Richtung Ostausgang schlenderten, tippte währenddessen: *Klar, warum?*

Gerd hatte drei Fotos geschickt, bevor er heimgefahren war, Ausbeute einer ereignislosen Nacht: das kaum beleuchtete Hotel von vorn, von der einen Seite, von der anderen Seite, viel Schwarz, viel Nacht, dazu ein Satz: *Du täuschst dich, Boni, jede Wette.*

Natalie simste eines der Fotos zurück, vielmehr einen vergrößerten Ausschnitt. Louise sah eine Hauswand, eine Garageneinfahrt, alles in fast völliger Dunkelheit. Ein roter Kreis markierte eine Stelle in der Einfahrt. Sie schirmte das Display mit der Hand gegen die Helligkeit ab. Inmitten des roten Kreises war eine kleine weißliche Fläche zu erkennen, dazu ein paar Konturen. Das Gesicht eines Mannes mit tiefsitzenden Augenbrauen, leicht abstehenden Ohren.

Sie setzte sich wieder in Bewegung, ging jetzt schneller.

Natalie rief an, sagte aufgeregt: »Siehst du es?«

»Ja.«

»Die Blickrichtung stimmt, er beobachtet das Hotel.«

»Sieht so aus.«

Kabangu und die Frau hatten den Rotteckring überquert, hielten auf die Altstadt zu. Einhundert Meter weiter rechts der Streifenwagen, rollte langsam in ihre Richtung.

Andere Autos, andere Fußgänger. Radfahrer. Niemand, der verdächtig gewesen wäre.

Alle waren verdächtig, dachte sie.

»Findest du, ich übertreibe?«, fragte Natalie.

»Nein.«

Sie hatte den Mann in der Garageneinfahrt sofort erkannt, hatte andere Fotos von ihm aus einer anderen Nacht gesehen. Die Nacht auf Dienstag, Campen im Idyll: der Mann mit dem Rucksack.

Die beiden Männer aus dem »*Sky Wave*« waren tatsächlich an Kabangu dran.

Altes und Neues Rathaus, der Brunnen mit dem Mönchsdenkmal, dann schlendernd hinüber zum Kartoffelmarkt, Haus zum Walfisch, Raubrunnen. Die Frau erzählte, Kabangu hörte zu, Louise folgte nervös.

Sie hatte Enders informiert, der weitere Streifen organisiert hatte, in einer halben Stunde selbst kommen wollte und darauf drängte, dass sie *sofort* mit Kabangu sprach, um ihn zur Abreise zu bewegen. Dass Kabangu die Stunden bis dahin am besten in der Polizeidirektion verbringen sollte.

Louise war hin- und hergerissen. War es nicht besser, noch zu warten, bis sie sich allein und ungestört mit Kabangu unterhalten konnte? Am Tag und mitten in der Stadt war er hoffentlich sicher, sie würden es doch eher in der Dunkelheit versuchen, am späten Abend auf dem Heimweg vom Restaurant, nachts oder am frühen Morgen im Hotel.

Abgesehen davon wollte sie niemanden aufschrecken. Mit Kabangus Abreise war der Fall nicht abgeschlossen, waren die Neonazi-Strukturen nicht zerschlagen. Wollten sie eine Chance haben, Beweise zu sichern und Verhaftungen vorzunehmen, durften sie sich nicht zu früh zeigen.

Viel zu riskant!, hatte Enders gesagt und fluchend aufgelegt.

Münsterplatz, das blutrote Historische Kaufhaus, andere Gebäude. Fast aufreizend langsam schritten Kabangu und die Frau die Häuserzeilen entlang. Schließlich das Münster, sie schien ihn zu fragen, ob er den Turm besteigen wolle, was er wohl verneinte. Sie wandten sich nach Süden, wanderten inmitten von Passanten durch die schmalen Verbindungsgassen, Louise keine fünf Meter hinter ihnen.

In der Salzstraße stieg Kabangu unvermittelt mit einem Fuß ins Bächle, gleich darauf auch mit dem zweiten. Erst dann zog er die Hosenbeine ein paar Zentimeter hoch. Reglos stand er da, auf seine Füße blickend, während die Frau lachend auf ihn einsprach.

Als er aufsah, lag ein sanftes Lächeln auf seinen Lippen.

Gerd rief an. »Der Janisch, geht der heute nicht arbeiten?«

»Was?«

»Weil er noch in seiner Wohnung ist.«

»Janisch ist noch in seiner Wohnung?«

»Richtig, Bonì.«

Ihre Gedanken überschlugen sich. Janisch hatte Marek zufolge den Abend zu Hause verbracht, keine Besucher, soweit das ersichtlich gewesen war. Hatte er sich krankschreiben lassen?

Ein paar Meter neben ihr stieg Kabangu aus dem Bächle, Schuhe und Hosensäume durchnässt. Lachend legte er den Kopf in den

Nacken, die Hände zu Fäusten geballt. Seine Freude wirkte plötzlich aggressiv, voller Bitterkeit und Zorn.

»Bonì?«, sagte Gerd.

»Geht rein.«

»In die Wohnung? Hast du sie noch alle? Ohne SEK?«

»Holt euch den Hausmeister, der soll unter irgendeinem Vorwand rein.«

Eine Straßenbahn kam, Kabangu und die Frau verschwanden aus ihrem Blickfeld. Plötzlich war Leif Enders da, griff nach ihrem Arm und zog sie entgegen der Fahrtrichtung der Bahn mit sich. Dann war die Straße wieder frei, sie rannten zum von Bauzäunen eingekleideten Museum. Kabangu und die Frau hatten den Augustinerplatz halb überquert, waren ein gutes Stück weiter unten. Dutzende Menschen bewegten sich um sie herum, kamen Kabangu viel zu nahe, als dass man ihn hätte schützen können.

»Bonì, ich leg jetzt auf«, sagte Gerd.

»Geht mit dem Hausmeister rein, verdammt!« Sie unterbrach die Verbindung, lief neben Enders zur Gerberau hinunter. Kabangu und die Frau passierten das Eckhaus, hielten auf die Fischerau zu, blieben stehen. Die Frau zeigte auf den Gewerbekanal mit der Krokodilskulptur, Kabangu nickte, die Hände aufs Geländer gestützt. Da hastete ein Mann auf ihn zu, hochaufgeschossen, halblange Haare, stieß gegen ihn, Kabangu wankte, tat einen reflexhaften Schritt zur Seite, um nicht zu stürzen. Der Mann hob eine Hand, als wollte er sich entschuldigen. Kabangu fuhr herum, im Gesicht Verärgerung, dann winkte er ab, beschwichtigte die Frau, die ihre Hand besorgt auf seinen Arm gelegt hatte.

»Übernehme ich«, sagte Enders atemlos, löste sich von ihrer Seite.

Das Telefon, erneut Gerd. »Ist nicht dein Ernst, Bonì.«

»Ich glaub's nicht ...«

»Was meinst du, was *ich* so alles nicht glaube?«

»Ruf Graeve an, er soll entscheiden.«

»Das ist mal ein Wort, Bonì.«

Sie steckte das Telefon weg, folgte Kabangu und der Frau in die Fischerau, während sie beobachtete, wie Enders mit dem Handy am Ohr hinter dem Mann herlief, zurück zum Augustinerplatz. Uniformierte Kollegen kamen ihnen entgegen, sie sah noch, wie sie den Mann stoppten, dann verstellten ihr die Häuser entlang des Gewerbekanals die Sicht.

Vor ihr überquerten Kabangu und die Frau das Brückchen zum Altstadt-Café und setzten sich an einen der kleinen Tische in die Sonne, die den Regen, die Wolken, den Nebel der vergangenen Tage wohl endgültig verdrängt hatte. Wenige Minuten später standen Tassen vor ihnen, die Frau sprach, Kabangu lauschte, ein Bild des Friedens, während Louise entnervt und erschöpft schräg gegenüber im Schatten einer Hauswand lehnte.

Enders trat zu ihr, schüttelte den Kopf. Ein harmloser, hektischer Passant, trotzdem wurde er zur Polizeidirektion gebracht, Mats Benedikt würde ihn genauer überprüfen. Er deutete auf das Café. »Setzen wir uns rein, reden.«

»Nicht noch was jetzt, Leif, das muss warten. Ich brauch mal einen Moment Ruhe.«

Er nickte. »Kein Problem, es wartet schon eine Weile, kommt nicht auf ein paar Stunden oder Tage an.«

»Will ich's hören?«

»Eher nicht.«

»Louise«, sagte Enders.

Sie schrak hoch.

Sie war im Dämmerreich zwischen Wachsein und Halbschlaf versunken, den Kopf an seiner Schulter, zehn Minuten Ausruhen ein paar Schritte weiter auf einer Holzbank, die zu einem kleinen Laden gehörte. Immer noch Schatten auf ihrer Seite der Fischerau, während Kabangu und die Frau jenseits des schmalen Kanals in der Sonne saßen. Ein Kellner war bei ihnen, nahm Geld von Kabangu entgegen.

»Du oder ich?«, fragte Enders.

»Noch nicht.«

»Also ich.«

Kabangu und die Frau waren aufgestanden. Am anderen Ende der Brücke verabschiedeten sie sich mit Wangenküssen. Die Frau entfernte sich in Richtung Augustinerplatz, Kabangu nahm die andere Richtung, kam in dem Moment an Enders und Louise vorbei, als ihr Telefon klingelte.

Gerd.

»Mann, Mann, Mann, Bonì, woher hast du das wieder gewusst?«

»Was?«

»Dass der Janisch von uns gegangen ist.«

»Janisch ist *tot*?«

Enders war aufgestanden, setzte sich wieder, düsterer Blick, die Augen flogen zwischen ihr und Kabangu hin und her. Auch Louise spürte, wie ihr das Adrenalin in die Blutbahnen schoss, das Herz zu rasen begonnen hatte.

Janisch, berichtete Gerd, sei »sanft entschlafen, ich vermute mal, die Aufregung«. Er liege im Bett, keine Hinweise auf Fremdverschulden oder Suizid, dem Anschein nach ein nachsichtiger Herzinfarkt mitten in der Nacht – eingeschlafen, nicht wieder aufgewacht. Gerd stand noch vor der Leiche, hatte sich in Fahrt geredet, so was wünscht man sich doch, Bonì, was will man mehr, kein Dreck in der Hose, keine Schweinerei auf dem Boden, so will man sterben, wenn man schon muss, und irgendwann muss man eben.

Louise erhob sich, eilte neben Enders Kabangu nach. Enders rief ihr mit unterdrückter Stimme Fragen zu, während Gerd noch immer sprach, wieder beim Augenschein war, hübsch friedlich von uns gegangen ist der, Tötungsdelikt quasi ausgeschlossen, und wir waren ja da, vor seiner Haustür, der Marek und ich, und der Marek sagt auch, der muss was mit dem Herz gehabt haben oder mit dem Kopf oder mit der Lunge, Verdächtige waren jedenfalls keine im Haus, hätten wir nämlich gemerkt.

»Verdammt, Gerd!«

»Der hatte was mit dem Herz, Bonì.«

Enders ergriff ihren Arm. »Ich fahre rüber.«

»Enders kommt«, sagte Louise.

»Ist die einzige Erklärung, weil drin war ja keiner. Enders?«

»Der Bermann-Nachfolger.«

»Ach, der.«

»Und du redest mit Kabangu!«, sagte Enders. »Sofort!«

Beschwichtigend hob sie die freie Hand. »Hast du die Techniker gerufen, Gerd?«

»Noch nicht.«

»Dann tu das.«

»Den hat heute Nacht niemand berührt, Bonì. Nicht mal eine Mücke.«

Ohne zu antworten, beendete sie das Gespräch. Kabangu hatte die Kaiser-Joseph-Straße erreicht und bog nach rechts ab. Sie rannte zur Kreuzung, schloss zu ihm auf und hielt sich so nah bei ihm wie möglich, während sie Passanten, Radfahrern, Straßenbahnen auswich und sich bemühte, alle und jeden im Blick zu haben.

Im Verlauf der Rathausgasse wurde es ruhiger. Kabangu stand lange an der Ampel, verpasste eine Grünphase, ein hagerer, leicht krummer Mann, in Gedanken versunken.

In der Eisenbahnstraße wechselte Louise kurz nach ihm die Seite. Ihr Blick fiel auf einen Mann, der am Hang des Colombiparks stand und zu ihnen heruntersah. Glatze, schmale Sonnenbrille, schwarzer Kapuzenpulli, die Hände beulten die Taschen aus, schwarze Jeans. Als er sich abwandte, glitzerten im Sonnenlicht zahlreiche Piercings in einem Ohr. Er trat zu einer Bank, nahm eine Bierdose von der Sitzfläche. Dann ging er über den Rasen in die entgegengesetzte Richtung davon, auf dem Pullirücken ein Wort aus weißen Buchstaben, Frakturschrift, aus der Entfernung nicht zu entziffern.

Die Poststraße weitgehend menschenleer. Ein Streifenwagen überholte sie, unmittelbar dahinter folgte gemächlich ein Radfahrer.

An der Rezeption des Hotels warteten anreisende Gäste, ein halbes Dutzend ältere Damen.

»*Four fourteen*«, hörte sie Kabangu ein wenig schroff sagen.

Ein Schlüsselungetüm in der Hand, ging er am Fahrstuhl vorbei zur Treppe, stieg hinauf, gebückt, eine Hand am Geländer. Lautlos folgte Louise ihm, an Janisch denkend, wo lag der Fehler, wie hatten sie ihn verlieren können mit zwei Fahndern vor dem Haus? Janisch, der so wichtig gewesen war, das Bindeglied zwischen den Krügers, Walczak und den Riedls.

Janisch, der vielleicht ein V-Mann gewesen war.

Zweiter Stock, eine MMS von Natalie, das Porträtfoto eines Mannes, den Louise nicht kannte, bleiches, aufgeschwemmtes Gesicht, Akne, Anfang dreißig.

Das Telefon vibrierte. »Ich kann nicht reden«, flüsterte sie.

»Brauchst du nicht«, sagte Natalie und fuhr fort: Rückruf der Kripo Jena, der »*Sky Wave*«-Camper war seit Samstag verliehen, wurde kommenden Sonntag zurückerwartet. Gemietet hatte ihn ein Matthias Seibert, wohnhaft in Jena. Er ging nicht ans Telefon, war zu Hause nicht anzutreffen, die Nachbarn hatten den Jenaer

Kollegen gegenüber bestätigt, dass er mit einem Wohnmobil verreist sei. »Ist er aber nicht«, sagte Natalie. Seibert war der Mann auf dem MMS-Foto und definitiv mit keinem der beiden Unbekannten identisch, die Paulus Riedls Überwachungskamera in der Nacht auf Dienstag erfasst hatte. Offenbar hatte er das Campingmobil lediglich besorgt, war selbst aber nicht mitgefahren.

Dritter Stock. Kabangu blieb stehen, Louise ebenfalls. Sie hörte, wie er den Atem zu kontrollieren versuchte.

Der Matze Seibert, hatte der Jenaer Kollege gesagt, den kenne man gut. Seibert sei im »rechten Spektrum« unterwegs, aber dort »eher einer von den Harmlosen«. Früher habe er unter der *Blood-&-Honour*-Flagge Konzerte von Neonazi-Bands veranstaltet, heute tue er es offenbar in eigener Organisation. Er werde dem »Thüringer Heimatschutz« zugerechnet, hin und wieder sehe man ihn auf rechten Demos oder im Umfeld von NPD-Funktionären, ansonsten sei er bislang nicht weiter aufgefallen. Abgebrochene Ausbildung zum Datenverarbeitungskaufmann bei Carl Zeiss, Teilzeitjob als Verkäufer in einem Elektronikmarkt, keine Vorstrafen, wenn ihr mehr wissen wollt, fragt den Verfassungsschutz, die sind hier gut vernetzt mit der Szene.

»Wollen wir mehr wissen?«

»Wollen wir«, flüsterte Louise.

Sie hatten den vierten Stock erreicht. Kabangu schloss die Tür seines Zimmers auf, verschwand, Louise folgte ihm langsam durch den menschenleeren Flur. Sie dachte an das nächtliche Gesicht auf Gerds Foto, an den Mann mit der Sonnenbrille eben im Colombipark. Wenn Kabangu tatsächlich ausgekundschaftet wurde, stellte sich die Frage, warum ihr vorhin niemand Verdächtiges aufgefallen war – auf dem Weg vom Hotel zum Colombischlössle, in die Altstadt hinüber. Auch im Café am Gewerbekanal niemand, der verdächtig gewesen wäre, eine knappe Stunde lang.

Sie hob die Hand und klopfte. »Monsieur Kabangu?«

Vielleicht, dachte sie plötzlich, weil sich die ganze Zeit jemand aus dem Kreis der Beobachter in Kabangus unmittelbarer Nähe aufgehalten hatte.

Jemand, der vollkommen unverdächtig aussah.

16

»Aber ich *kann* nicht abreisen«, sagte Ludwig Kabangu in seinem schnellen, harten Französisch.

Er hatte Louise den Sessel am kleinen Couchtisch überlassen, saß auf der Ecke des Bettes. Seine Arme schwebten in der Luft, die Handflächen wiesen fast flehend nach oben. Auf seiner Stirn hatten sich in den vergangenen Minuten Schweißtropfen gebildet, das rote Hemd war unter den Achseln dunkel. Auch Louise schwitzte, ein elektrischer Heizkörper sorgte für immer höhere Temperaturen.

»Ich habe meiner Frau versprochen, die sterblichen Überreste ihres Großvaters heimzuholen. Eines Tages vor vielen Jahren sagte sie zu mir: Jeden Morgen und jeden Abend denke ich an Großvater Mabruk. Es geht ihm nicht gut, klagt er in meinem Kopf, er ist voller Sehnsucht nach der Heimat. Er sehnt sich nach ihrem Duft, nach dem Duft ihrer Erde, ihrer Wälder, ihrer Speisen, nach dem Duft von gekochtem Maniok. Nach den Geräuschen der Heimat sehnt er sich, nach dem Brüllen der Rinder, dem Wind in den Bäumen. Er sehnt sich so, dass es schmerzt, sagte meine Frau zu mir, und deshalb findet er in der Fremde keine Ruhe. Wie kann man auch in der Fremde Ruhe finden? Ich sehne mich nach der Ruhe der Heimat, sagte Großvater Mabruk zu meiner Frau. Also versprach ich ihr, dass ich ihn heimholen würde.« Kabangu beugte sich vor, bewegte die linke Hand nach links. »Aber du weißt nicht, wo er ist!, sagte meine Frau.« Die rechte Hand fuhr nach rechts. »Ich sagte: Ich finde es heraus. Und ich fand es heraus. Großvater

Mabruk ist hier, in Ihrer Stadt, in Freiburg.« Er legte die Hände auf die Knie. »Ohne ihn kann ich nicht abreisen.«

»Vielleicht«, sagte Louise, »habe ich mich nicht deutlich genug ausgedrückt.«

»Doch, doch.« Er lächelte ungeduldig. »Jemand will mich töten.«

»Zumindest besteht diese Möglichkeit.« Sie erhob sich, trat ans Fenster. »Darf ich?«

»Sie mögen den Duft meines Zimmers nicht?«

»Nur die Hitze hier drin, Monsieur.«

Sie kippte das Fenster, drehte sich um, lehnte sich gegen das Sims, nein, auch den »Duft« des Zimmers nicht. Kabangu hatte geraucht, vielleicht afrikanische Zigaretten, jedenfalls ein unbekannter, harter, teeriger Geruch, der ihr nicht bekam.

Er spitzte die Lippen. »Eine Gruppe von Rechtsextremisten, das klingt sehr ... ungewöhnlich. Ich würde sogar sagen: unwahrscheinlich.«

»So?«

»Diese Leute kennen mich nicht. Sie haben keinen Schaden durch mich. Aber vielleicht möchten in Wahrheit andere Leute, dass ich abreise?«

»Das ist irrelevant.«

»Nicht für die Universität, fürchte ich.«

»Für *mich* ist es irrelevant, Monsieur Kabangu, und was anderes interessiert mich nicht.«

Erneut klingelte ihr Telefon. Sie entschuldigte sich, nahm den Anruf an. »Kannst du reden?«, fragte Enders.

»Deutsch geht.« Sie lächelte, hielt zwei Finger hoch, zwei Minuten, Kabangu nickte. »Er ist verschroben und misstrauisch, und er will nicht abreisen.«

»Sag ihm, du hast eine Leiche, Todesursache ungeklärt.«

»Okay. Und bei dir? Was gefunden?«

»Nichts«, sagte Enders. Er stehe an Janischs Bett, blicke auf die Leiche hinunter. Der bloße Oberkörper sei zur Hälfte zugedeckt, die Arme über der Decke ausgestreckt, die Gesichtszüge weitgehend entspannt. »Als wäre er friedlich entschlafen.«

»Einer wie der entschläft nicht friedlich.«

»Und nicht zu diesem Zeitpunkt.« Im Hintergrund war Gerds Stimme zu hören, Louise verstand »Küche« und am Ende »Herzinfarkt«. »In der Küche Reste von Erbrochenem«, berichtete Enders, fügte leiser hinzu: »Wen muss ich anrufen, damit die Leiche so schnell wie möglich obduziert wird?« Sie hörte neue Untertöne in der schönen, heiseren Stimme, plötzliches Misstrauen, offenbar selbst Gerd gegenüber, als wäre mit einem Mal alles denkbar in diesem Fall.

»Marianne Andrele, die Staatsanwältin.«

Sie steckte das Handy in die Jackentasche, kehrte zum Sessel zurück. Sie wünschte, Bermann wäre noch da gewesen, sie brauchten ihn doch. Bermann, der so viele Fehler gehabt hatte, aber die größten Polizistenfehler nicht: Er war weder korrumpierbar noch einzuschüchtern gewesen.

»Bitte«, sagte sie schließlich, »fahren Sie nach Hause. Wir haben eine Leiche.«

»Ich auch«, entgegnete Kabangu.

»Seit Großvater Mabruk weiß, dass ich ihn heimholen werde, spricht er auch mit mir. Mach dich endlich auf den Weg, sagte er immer wieder zu mir. Ich muss erst herausfinden, wo ich dich suchen soll, erwiderte ich, und er: Ich bin in einer hübschen Stadt mit vielen Flüsschen. Also ging ich in eine Bibliothek und suchte in den Büchern nach einer Stadt mit Flüsschen und fand zu viele. Großvater Mabruk sagte: Streng dich an, ich sehne mich so nach der Heimat, dass ich schlimme Schmerzen habe! Also strengte ich mich noch mehr an, aber ich fand diese Stadt nicht. Hilf mir, sagte ich, in welchem Land liegt sie? Das weiß ich nicht, aber ich spüre, dass es ein Bruderland ist. Ja, das Land ist unser großer Bruder, und wir sind sein kleiner Bruder. Tansania?, fragte ich. Nein, du Idiot!, rief er. Ja, er beschimpfte mich! Können Sie sich das vorstellen?«

Kabangu lachte, ein fröhliches, zugleich mechanisches Lachen. »Er war sehr ungeduldig. Großvater Mabruk, sagte meine Frau oft, war ein liebevoller, aber sehr ungeduldiger Mann. Schon zu Lebzeiten war er so, erst recht jetzt, wo er tot ist und keine Ruhe findet. Ruhe, sagte sie oft, war ihm sehr wichtig. Sie sagte noch viele andere Dinge über ihn, sie wusste sehr viel.« Kabangu rieb die Hände über den Hosenstoff, sie zitterten kaum wahrnehmbar. Seine Augen schlossen sich halb, um seinen Mund lag ein leichtes Lächeln.

»Ihre Frau lebt nicht mehr?«

Er bestätigte mit einem Nicken, und Louise dachte, dass seine Frau schon eine ganze Weile tot sein musste. Die Einsamkeit hatte viel Zeit gehabt, sich in ihn zu fressen. Die Einsamkeit und die Fantasie.

Da er nicht weitersprach, fragte sie: »Wie haben Sie die Stadt dann gefunden?«

»Indem ich mich an *meinen* Großvater erinnerte und daran, weshalb ich Ludwig heiße und alle meine Geschwister und Cousinen und Cousins deutsche Vornamen haben.«

Kabangus Großvater hatte zu Beginn des 20. Jahrhunderts in einem deutschen Militärhaushalt gearbeitet, vierzehn Jahre lang, bis zum Ausbruch des Ersten Weltkriegs. Mit seinem »Herrn« war er als Angehöriger der Schutztruppe in den Krieg gezogen und hatte gegen die britisch-indischen und gegen die portugiesischen Truppen um die Kolonie Deutsch-Ostafrika gekämpft. Der »Herr« fiel vor der Kapitulation, Kabangus Großvater kehrte unversehrt zurück. Er vererbte seinen Kindern eine »tiefe Freundschaft zu Deutschland«, wie Kabangu es ausdrückte, und übernahm die Namensgebung der Enkel und Enkelinnen gleich selbst: Ludwig, Friedrich, Oskar, Rudolf, Adolf, Theodor, Magdalene, Karoline, Wilhelmine. »Deutschland«, sagte Kabangu, »ist das ›Bruderland‹ Ruandas, von dem Großvater Mabruk sprach, verstehen Sie?«

Louise nickte, obwohl sie nicht sicher war. »War Mabruk denn auch ein Deutschlandfreund?«

»Sind wir das nicht alle?« Er warf die Arme in die Luft und lächelte. »Trotzdem wollte er heim, und wer kann ihm das verdenken? Wie soll man in der Fremde Ruhe finden, selbst wenn die Fremde Deutschland heißt?«

Louise unterdrückte ein Gähnen, sie war zu müde und erschöpft für die Hitze und Kabangus umständliche Erzählung. Trotzdem bat sie ihn fortzufahren. Solange er erzählte, ging er nicht auf die Straße, und solange er nicht auf die Straße ging, war er sicher.

»Mit diesem Wissen kehrte ich in die Bibliothek zurück und strengte mich noch mehr an. Bald wusste ich, dass in Deutschland große Sammlungen afrikanischer Gebeine liegen. Viele stammen aus Deutsch-Südwestafrika und manche aus Deutsch-Ostafrika. Großvater Mabruk leitete mich bei der Suche. Er führte meine Hand, die die Bücher auswählte, und meine Augen, die die Wörter überflogen. So stießen wir auf einen deutschen Militärarzt, Dr. Feldmann, der 1908 ›Anatomische Präparate von Negern‹ an das anthropologische Institut in Freiburg geschickt hatte. Wir erfuhren, dass Dr. Feldmann sich nahe bei Ruanda aufgehalten hatte, nämlich östlich davon am Viktoriasee und südlich davon am Tanganjikasee. Doch wir erfuhren nicht, ob Dr. Feldmann auch nach Ruanda gereist war, in das Dorf im Grenzgebiet, in dem Großvater Mabruk 1907 beerdigt worden war.

Also stiegen wir in den Überlandbus und fuhren dorthin. Großvater Mabruk war sehr traurig, als er das Dorf sah, und seine Schmerzen wurden sehr schlimm. Hol mich heim, flüsterte er, hol mich endlich heim! Ich befragte die Bewohner des Dorfes und erfuhr von einer sehr alten Frau Folgendes: Sie hatte von ihrem Vater und ihrem Großvater gehört, dass vor langer Zeit eine deutsche Expedition mit Ärzten und Wissenschaftlern im Dorf gewesen sei, um die Schlafkrankheit zu bekämpfen. Die Deutschen sammelten die Kranken und brachten sie an einen geheimen Ort. Manche kehrten gesund zurück, manche kehrten erblindet zurück, manche kehrten tot zurück. Die Dorfbewohner protestierten, und ihre Ahnen protestierten ebenfalls – eines Morgens fand man deren Gräber in Unordnung, so sehr hätten sie sich erregt, sagte die Frau.

Nachdem die Expedition abgereist war, brachte man die Gräber wieder in Ordnung, ohne jedoch hineinzusehen. Man hätte gesehen, dass sie leer waren. Denn die Deutschen hatten die Gebeine zur wissenschaftlichen Untersuchung mitgenommen. Das muss Ende 1907 passiert sein, denn die Frau sagte, es sei im selben Jahr gewesen, als der deutsche Fürst den ruandischen König besucht habe.«

»Der deutsche Fürst?«

»Adolf Friedrich Herzog von Mecklenburg.«

Louise lächelte, wusste nicht, weshalb. Sie langte neben sich und zog die Tür der Minibar auf, fand viel Bier, viel Wein, viel Schokolade, nichts, was gegen die Hitze oder die Müdigkeit geholfen hätte. Sie ließ die Tür offen, so bekam das linke Bein ein wenig Kühlung. »Kein Wasser?«

»Ich habe es gestern Mittag getrunken. Aber sehen Sie hier.« Kabangu deutete neben den Schreibtisch.

Sie beugte sich vor, sah fünf Eineinhalbliter-Flaschen Wasser, die Verschweißung aufgerissen.

Auf dem Schreibtisch standen zwei Gläser, Kabangu trank mit, für eine Weile schwiegen sie.

»Und Feldmann war bei dieser Expedition dabei?«

Er schüttelte den Kopf. »So viel Glück hatten wir nicht. Großvater Mabruk und ich verließen das Dorf und gingen wieder in die Bibliothek und suchten weiter und fanden schließlich in einem medizinischen Jahrbuch von 1908 einen sehr ausführlichen Bericht über die Schlafkrankheit in der deutschen Kolonie. Er war von einem Mitarbeiter des Arztes Dr. Robert Koch verfasst worden, der selbst nach Deutsch-Ostafrika gereist war, um dort mit Medikamenten zu experimentieren. In dem Bericht wird die Expedition erwähnt. Die Namen und Schicksale aller Behandelten sind verzeichnet – genauso die Dörfer, aus denen sie stammten, darunter das von Großvater Mabruk. Zur wissenschaftlichen Untersuchung, heißt es, seien Gebeine aus einzelnen Dörfern der Region an Dr. Feldmann gesandt worden, der in Shirati am Victoriasee stationiert sei. Das war der Beweis, den wir gesucht hatten! Großvater Mabruk war Teil der ›Anatomischen Präparate von Negern‹, die Dr. Feldmann nach Freiburg geschickt hatte!«

»Wie hat er reagiert?«

»Er war außer sich vor Freude. Ich bin in Freiburg!, rief er und tanzte und weinte vor Glück.«

Einen wirren Moment der Erschöpfung lang hielt Louise es für möglich, dass Großvater Mabruk tatsächlich in Freiburg, sogar hier, in Kabangus Zimmer, war. Die Toten wichen doch nicht, sie blieben. Sie gingen hin, wo man selbst hinging, dachte sie, und der Unterschied zwischen Kabangus Totem und den ihren war vielleicht nur der, dass ihre nicht sprachen. Sie waren stumm, und obwohl sie immer da waren, waren sie deshalb auf eine schmerzhafte Weise abwesend.

Sag mal was, Rolf, dachte sie. Germain. Sprecht mal mit mir.

»Wer ist die Frau von heute Vormittag?«

Kabangu runzelte die Stirn. »Sie haben mich *beobachtet*?«

»Um Sie zu beschützen.«

»Das darf man hier?«

»Vorbeugende Observation, Paragraf 3 und 5 Polizeigesetz Baden-Württemberg, angeordnet vom Chef meines Chefs. Wie heißt sie?«

»Aber ich möchte nicht beobachtet werden!«

Louise nickte. »Von mir aus. Wie heißt sie?«

»Maria.« Sie hätten sich, erzählte Kabangu sichtlich verärgert, nach seiner Ankunft in Basel kennengelernt, auf dem Weg vom Flughafen zum Bahnhof. Louise hakte nach: Wie war es dazu gekommen, wer hatte wen angesprochen, wer hatte die Verabredung in Freiburg vorgeschlagen? Verabredung*en*, korrigierte Kabangu, sie hätten sich heute bereits zum dritten Mal getroffen, auch gestern und vorgestern jeweils einmal. Er habe Maria in Basel mit ihrem schweren Koffer geholfen, und da sie Französisch spreche, habe sie ihm mit dem Weg nach Freiburg geholfen. An diesem Nachmittag wollten sie gemeinsam zum Archiv der Uni gehen, er habe einen weiteren Termin mit dessen Leiter.

»Wie ist Marias Nachname?«

»Schmidt.«

»Lebt sie in Freiburg?«

»Ja.« Kabangu stützte die Hände auf die Knie, fragte sanft: »Gehört sie zu der Gruppe von Rechtsextremisten? Sehen sie *so* aus, die Menschen, die mich töten wollen?«

»Beweisen Sie das Gegenteil.«

»Ich will nur *eines* tun«, flüsterte er, und seine Stimme klang plötzlich tief und verzweifelt.

Louise nickte.

Mabruk.

Aber, dachte sie, ging es ihm wirklich darum, Mabruk nach Hause zu holen? Ging es ihm nicht auf irgendeine ungreifbare Weise eher um sich selbst?

Eine Berührung am Arm, sie öffnete die Augen, blickte in Kabangus Gesicht, der dicht vor ihr stand, gebückt, in einem frischen grauen Hemd. »Ihr Telefon«, sagte er freundlich.

Sie langte danach, auf dem Display stand »Kilian«. Doch als sie annahm, hörte sie nur das Freizeichen.

Eine SMS ging ein. *Imb., Stübew., 30 M.?*

Ok, antwortete sie.

»Habe ich geschlafen?«

»Ja.«

Kabangu wich zurück, als sie aufstand. Erneut sah sie aufs Handy – halb eins. Sie hatte eine ganze Stunde auf Kabangus Sessel geschlafen. »Maria Schmidt, ja? Mit ›dt‹?«

»Das weiß ich nicht.« Wieder berührte er ihren Arm. »Ich möchte nicht mehr observiert werden.«

»Beschützt, Monsieur Kabangu.«

»Also gut. Ich möchte nicht mehr beschützt werden.« Er stamme, erklärte er, aus einem Land, in dem lange Zeit staatliche Willkür geherrscht habe, genauso in Elfenbeinküste, wo er mehrere Jahre verbracht habe. Beobachtung durch die deutsche Polizei mache ihm Angst, besonders angesichts der Auseinandersetzung mit einer deutschen Behörde, der Universität. »Ich hoffe, Sie verstehen das.«

»Nein«, sagte Louise auf dem Weg zur Tür, an Großvater Mabruk und den anderen Toten vorbei. »Ich will Sie beschützen, und ich *werde* Sie beschützen. Ich brauche nicht noch einen Toten, Monsieur, noch einen Toten ertrage ich nicht. Sie haben Spaß mit Ihrem, mit Großvater Mabruk, Sie verreisen und reden und verbringen

Ihre Tage mit ihm, aber ich habe mit meinen Toten keinen Spaß. Sie quälen mich, sie verfolgen mich in meinen Träumen, und sie schweigen immer nur. Nein, ich verstehe Sie nicht, und ich denke nicht daran, nicht mehr auf Sie aufzupassen.«

»Dann ist das etwas anderes«, erwiderte er. »Dann passen Sie auf sich selbst auf, und dagegen habe ich nichts einzuwenden.«

17

Kilian kam nicht.

Sie hatte den Imbiss im Stübeweg im Norden Freiburgs pünktlich erreicht, saß nun an einem Holztisch am Fenster vor einer Currywurst und aß und wartete. Die Toten waren draußen geblieben, mochten keine Schlager, vertrieben sich die Zeit lieber in der Sonne.

Also dachte sie an die Lebenden.

An Ludwig Kabangu, der ausführlicher erzählte, als es seiner Glaubwürdigkeit guttat. An Julius Krüger, der von irgendjemandem den Auftrag bekommen hatte, den Wagen seines Vaters an einem bestimmten Tag zu einer bestimmten Uhrzeit an einen bestimmten Ort zu bringen. Thomas Walczak, der Waffen und Geld weiterleitete und damit mehr Beteiligte kannte als andere – Janisch, die beiden Männer aus Jena, die Person, von der das Geld für Janisch gekommen war. An Paulus und Charlotte Riedl, die wiederum jemanden kannten, der über Ludwig Kabangu Bescheid wusste.

An Janisch, der tot war.

Sie mussten endlich aktiv werden. Zeichen setzen. Julius Krüger, Walczak und die Riedls festnehmen. Vielleicht würde das die Gefahr für Kabangu verringern. Vier Beteiligte in Haft, da würden die anderen doch lieber stillhalten, als zuzuschlagen.

Sie rief Enders an.

»Das kriege ich bei keinem Staatsanwalt durch. Einschüchterung ist kein Haftgrund.«

»Versuch's wenigstens«, sagte sie. »Wo bist du?«

Enders hatte Janischs Leiche abtransportieren lassen, war von dessen Wohnung aus eben in die Direktion aufgebrochen. Graeve wollte ihn sprechen – Stuttgart tobte. »Und Kabangu? Wie hat er reagiert?«

»Er bleibt.«

»Verflucht!«

Sie erzählte die Kurzversion der langen Geschichte. Enders schwieg, fluchte dann erneut. Er wirkte zunehmend nervöser, der Druck von oben zeigte Wirkung. Vielleicht auch nur, dass sie die Situation immer weniger unter Kontrolle hatten: Janisch tot, Kabangu uneinsichtig, die Spurenlage dürftig.

»Bist du noch bei ihm?«

»Nein«, erwiderte sie. Ein Streifenwagen stand vor dem Hotel, und um halb zwei würde Birte für eine Stunde übernehmen. Dann wäre wieder sie an der Reihe, doch das musste Enders nicht wissen.

Sie legten auf.

Um eins holte sie sich Pommes und aß und wartete weiter. Kein Kilian.

Die Müdigkeit kehrte zurück, die Erschöpfung. Keine Erschöpfung, die man loswurde, wenn man mal ein paar Wochen Urlaub machte. Wohl eine Art Seelenerschöpfung.

Was für ein Leben sie führte, dachte sie. Weit an sämtlichen sozialen Knotenpunkten vorbei. Keine Freunde, keine Beziehung mit Zukunft, keine Familie, und der Kontakt zu Vater, Mutter, zweitem Bruder auf wenige Telefonate im Jahr ausgedünnt.

Ein Verein wäre doch mal was. Tischtennis oder Skat oder Zen-Meditation. Ein Kind.

Ein Kind mit sechsundvierzig, das wäre doch mal was. Allein die Vorstellung, wie Rolf Bermann geschaut hätte, wäre schon fast ein ausreichend guter Grund für ein Kind mit sechsundvierzig.

Ben, dachte sie, komm endlich runter, es gibt jetzt Perspektiven. Sie lachte leise.

Ein Telefon läutete. Der Imbissbesitzer stritt mit einem Lieferanten.

Natalie sandte eine SMS. Termin im Uni-Archiv, vierzehn Uhr, Dr. Arndt.

Weitere zehn Minuten verstrichen.

Sie stand auf, ließ die Jacke als Hinweis für Kilian auf der Stuhllehne, ging zur Toilette. Hockte da und dachte ernsthaft an ein Kind mit sechsundvierzig.

Da knackte es im Schloss, sie sah, wie sich der Riegel drehte, dann ging die Kabinentür auf, und Kilian stand vor ihr.

»Dreh dich wenigstens um«, sagte sie.

Was Kilian flüsternd und in größter Hast zu erzählen hatte, war ein wenig Scham wert.

Irina, die nicht Irina hieß, hatte bestätigt, dass Niko, der nicht Niko hieß, in die russische Neonazi-Szene verstrickt war. Außerdem hatte er Kontakte zu Rechtsextremen in den USA, so zu dem ehemaligen Führer einer Sektion des amerikanischen Ku-Klux-Klans, »Mike«. Holocaust-Leugner, häufig in Europa, Wohnsitze in Moskau und Wien. Irinas Mann billigte diese Kontakte, achtete aber darauf, dass Leute wie Mike, die von den Behörden beobachtet wurden, seiner Organisation fernblieben. Irina hatte sich angesichts von Louises Fragen an ein kurzes Gespräch vor wenigen Wochen erinnert. Darin hatte ihr Mann Niko scherzhaft darauf hingewiesen, dass ihm »der Amerikaner« etwas schulde, wenn er Waffen für dessen »Kapuzenfreund« besorgen lasse. Mike, so interpretierte sie das Gespräch, hatte sich bei Niko für den Käufer der Pistolen verbürgt.

»Kapuzenfreund?«, fragte Louise.

Kilian nickte, strich sich hektisch die Haare mit einer Hand zurück, die Augenlider flatterten.

»Der Käufer ist beim Ku-Klux-Klan?«

Er zuckte die Achseln. »Dein Fall, nicht meiner.«

Der deutsche Ku-Klux-Klan involviert in einen Auftragsmord?

Sie wusste so gut wie nichts über die deutschen Klan-Ableger, nur dass es ein paar Sektionen gab und bizarre Websites weißer christlicher Fanatiker. Für bizarr hatte sie diese Gruppen bislang auch gehalten, nicht für gefährlich. Ein paar nächtliche Kreuzverbrennungen in den vergangenen Jahren, lose Kontakte zur rechtsextremen Szene ... Zumindest in Westdeutschland schien der Klan eher Folklore als problematisch zu sein.

»Ab jetzt keine Fragen mehr, Louise. Zu gefährlich.«

»Okay.« Sie ließ sich auf den geschlossenen Toilettensitz sinken, musterte Kilian, der die Hand nicht eine Sekunde lang vom Griff der Kabinentür genommen hatte, vielleicht aus Nervosität, vielleicht um sich daran festzuhalten. Er wirkte krank und körperlich am Ende, ein geisterhafter Mann, der keine Ruhe mehr fand.

»Wer weiß alles von mir?«, fragte er.

»Nur Graeve.«

»Hast du ihm von Darja erzählt?«

»Darja?«

Kilian rieb sich die Augen, schwieg.

»Nein, kein Wort«, sagte Louise. »Und bei euch? Wie sieht es aus?«

»Alles ruhig. *Zu* ruhig.«

»Stehst du's durch?«

Er deutete ein Lächeln an, nickte wieder. »Ich muss los.«

Sie legte ihm die Hand auf den Arm. »Warte. Janisch, der Bote, war vielleicht ein V-Mann.«

»LKA?«

»Verfassungsschutz.« Sie erzählte von den Anrufen und »Bitten« aus Stuttgart. Verfassungsschutz, Landespolizeidirektion und Innenministerium involviert, übten Druck auf Cord und die Kripo Freiburg aus, die Gründe unbekannt. Im Klartext: Da liefen Dinge ab, die sich ihrer Kontrolle entzogen.

Kilians Augen waren halb geschlossen, die Pupillen wanderten. Er schien fieberhaft nachzudenken, zu keinem Ergebnis zu kommen.

Sie erzählte von Janischs Tod.

Er sagte nichts, sah sie nur an, die Lippen zusammengepresst, und sie ahnte, was in ihm vorging: dass er sich wünschte, er hätte ihr nie von den Waffen erzählt. Sie konnte es ihm nicht verdenken. Je unkontrollierter die Lage, desto größer die Gefahr für Irina.

Darja.

Ohne ein weiteres Wort öffnete er die Tür und verschwand.

18

Enders war über den Fluss gekommen, wartete vor dem Eingang des Archivs in der Sonne, eine hübsche, zweistöckige Villa, Gründerzeit vielleicht. »Ich brauchte mal ein paar Minuten Ruhe«, sagte er.

»Da bist du bei mir falsch«, erwiderte Louise.

Er trat dicht neben sie, und für einen überraschenden Moment nahm sie eine typische Bermann-Geruchsmelange wahr: Rühreier mit Speck, Mittagsbier, Espresso, nur die Zigaretten passten nicht, Bermann hatte das Rauchen verabscheut. »Ku-Klux-Klan, ja?«, sagte er leise. »Wird ja immer schöner.«

»Mats könnte was über die wissen.«

»Ich habe vorhin mit ihm gesprochen, er weiß nicht viel. Über eine badische Klan-Gruppe ist gar nichts bekannt, aber es gab bis vor ein paar Jahren eine Sektion Schwäbisch-Hall, Dachverband *European White Knights of the Ku Klux Klan*. Sie wurde 2002 oder 2003 aufgelöst und war, sagt Mats, ein Sammelbecken für Neonazis aus verschiedenen Bundesländern, für *Blood & Honour*-Aktivisten und so weiter. Ein paar Mitglieder sollen V-Leute des Verfassungsschutzes gewesen sein.«

»Vielleicht ist die Sektion noch aktiv.«

»Oder wieder«, sagte Enders.

Sie betraten die Durchfahrt zum Hof, stiegen ein paar Stufen zum Eingang hinauf. »Keine Rücksicht, okay?«, sagte Louise.

Er lächelte. »Ich brauch jetzt sowieso wieder *action*.«

Peter Arndt, der Leiter des Archivs, saß statuengleich an einem schlichten Schreibtisch, die gefalteten Hände vor sich, ein sympathischer, eher kleiner Mann Anfang fünfzig, die Augen klug und wachsam, voller Wissen und Gedanken. Bestimmt einer, dachte Louise, der sich auf nahezu alles einen Reim machen konnte, weil er von nahezu allem schon gehört oder gelesen hatte, auch von Menschen, die ihre Toten heimholen wollten aus der Fremde, und anderen, die sie nicht loswurden, man könnte ihn bei Gelegenheit fragen. Er war auf drei Seiten von überraschend modernen Regalen mit Schiebetüren aus satiniertem Glas umgeben, Hunderte von Büchern dahinter nur zu erahnen, stille Schatten, als sollte alles, was sie enthielten, unzugänglich oder verborgen bleiben; vielleicht auch nur vor Staub und Licht geschützt werden. Auf der vierten Seite saßen Enders und sie, die Fenster der Villa im Rücken.

»Ludwig Kabangu«, sagte sie.

Arndt nickte.

Sie spürte, dass Enders weitermachen wollte, doch für Umwege und Diplomatie blieb zu wenig Zeit. Also legte sie ihm die Hand auf den Arm und sagte konzentriert: »Die Vorgeschichte, Herr Arndt ... Anfang April hat ein Unbekannter, der möglicherweise einer baden-württembergischen Sektion des Ku-Klux-Klans angehört, bei einer kriminellen Organisation zwei Pistolen bestellt. Ein Freiburger Neonazi, Mitglied einer ›Brigade Südwest‹, hat die Waffen am vergangenen Samstag abgeholt und möglicherweise noch in derselben Nacht einem Mittelsmann übergeben, der in der Nähe von Bollschweil lebt. In der Nacht von Montag auf Dienstag hat dieser Mittelsmann die Pistolen an zwei Männer aus Jena weitergeleitet, vermutlich ebenfalls Neonazis, die zusammen mit zwei Frauen in einem gemieteten Wohnmobil unterwegs sind. Wir befürchten, dass sie den Auftrag haben, Ludwig Kabangu zu ermorden, und zwar in den nächsten ein, zwei Tagen. Unsere Frage an

Sie ist: Woher kann der Mann, der die Pistolen bestellt hat, schon Anfang April gewusst haben, dass Kabangu drei Wochen später nach Freiburg kommen würde?«

Arndt war bleich geworden. Die Hände hatten sich voneinander gelöst, die Fingernägel rieben über die Daumenkuppen. »Neonazis?«

»Nicht, dass wir Ihnen oder Ihren Mitarbeitern etwas unterstellen wollen, Dr. Arndt«, sagte Enders.

Arndt musterte sie, ließ weitere Sekunden verstreichen.

»Ein Königreich für Ihre Gedanken«, sagte Louise.

»Meine Gedanken? Dass ich nichts auf Klatsch gebe.«

Sie lächelte. »Ein Luxus, den wir uns nicht leisten können.«

Arndt schien den Ernst der Lage begriffen zu haben. Mit ruhiger Stimme begann er zu erzählen, die Worte sorgfältig wählend, als wollte er dem Klatsch, auf den er nichts gab, nicht weitere Gerüchte hinzufügen.

Ein wissenschaftlicher Mitarbeiter namens Erik Willig, Historiker, verheiratet, eher still, immer freundlich, dachte mit, übernahm Verantwortung. Er hatte sich nie etwas zuschulden kommen lassen, nur einmal zu einem aus Berlin stammenden Doktoranden etwas gesagt, was so gar nicht zu ihm passen wollte. Als sich der Doktorand über Parallelgesellschaften in Neukölln und die Inkompatibilität von Islam und Demokratie ausgelassen hatte, da hatte Willig sinngemäß, nicht wortwörtlich und bereits vor etwa zwei Jahren, erwidert: *Kommen Sie doch einmal mit, es gibt hier einen kleinen Kreis wertkonservativer Intellektueller, Professoren, Journalisten, Autoren, Ärzte, auch ein Richter und ein Staatsanwalt gehören dazu, uns geht es ganz ähnlich wie Ihnen, und wir freuen uns immer über Interessierte.*

Eine studentische Hilfskraft hatte das kurze Gespräch zufällig mitbekommen und ein paar Wochen später ihrer Nachfolgerin davon erzählt, die sich einen Monat danach an Arndt gewandt hatte. Um zu erklären, in welche Richtung dieser »Kreis« denke, so die erste Studentin, habe Willig das »Institut für Staatspolitik« und das »Studienzentrum Weikersheim« genannt – und die seien doch rechtsgerichtet, so die Nachfolgerin empört.

Da der Doktorand zu diesem Zeitpunkt bereits nach Berlin zurückgezogen, die erste studentische Hilfskraft wieder in der Masse der Studierenden verschwunden sei und ihre Nachfolgerin am nächsten Tag mit derselben Empörung über »eine sexuelle Belästigung« durch einen Kommilitonen geklagt habe, so Arndt, sei er der Unterstellung nicht konsequent nachgegangen, obgleich sie ihn noch für eine Weile beschäftigt habe. Aus diesem Grund habe er Willig einmal beiläufig gefragt, ob er vom »Weikersheimer Kreis« gehört habe, ein Bekannter sei zu einer Veranstaltung dort eingeladen worden; Willig habe den Namen nicht korrigiert, auch nicht nachgefragt, sondern lediglich verneint.

»*Das* ist für Sie Klatsch?«, fragte Louise.

Arndt rieb sich die Schläfen, antwortete nicht.

»Das ist mehr als Klatsch.«

»Vielleicht, ja.«

»Was sind das für Organisationen?«, fragte Enders. »Dieses Institut und das Studienzentrum?«

»Für mich ist das …«

»Ich weiß, was Sie meinen«, unterbrach Arndt Louise. »Andererseits muss man das doch aushalten können … Dass manche Menschen so denken. Radikal und undemokratisch.«

»Solange sie nur so denken«, sagte Enders freundlich.

Arndt deutete eine Geste der Zustimmung an.

»Also, ich halte das nicht aus, tut mir leid«, sagte Louise.

»Wir brauchen Namen«, sagte Enders. »Der Doktorand, die erste Studentin.«

Arndt nickte hektisch, zog einen Notizblock heran, schrieb. »Ich kümmere mich darum.« Er sah Enders wieder an, erklärte, das »Institut für Staatspolitik« und das »Studienzentrum Weikersheim« ließen sich der Neuen Rechten zuordnen, christlich-konservative Denkfabriken, Netzwerke, die Lobbyismus und Bildungsarbeit in ihrem Sinne betrieben.

»Sie haben sich informiert«, sagte Louise.

»Erik Willig wusste von Kabangus E-Mail, nehme ich an?«, fragte Enders.

»Wir haben jeden Montagmorgen eine Teamsitzung, in der wir über das Alltägliche hinausgehende Dinge besprechen. Eine Rückgabeforderung aus einer ehemaligen Kolonie fällt in diese Kategorie.«

»Hat Willig sich dazu geäußert?«

»Er sagte nur: ›Haben wir nicht.‹«

»Gebeine aus ehemaligen Kolonien?«

»Aus Deutsch-Ostafrika.«

»Und das stimmt?«

Arndt seufzte. »Es ist nahezu ausgeschlossen.«

»Aber nicht ganz«, warf Louise ein.

»Nein, ganz nicht.«

»Einen haben Sie jedenfalls.«

Arndt schmunzelte düster. »Großvater Mabruk?«

»Spüren Sie ihn?« Sie hob eine Hand, als wäre Mabruk im Raum.

»Nein, Frau Bonì, ich spüre ihn nicht und Sie hoffentlich auch nicht.«

»Wer ist das?«, fragte Enders.

»Der Großvater von Herrn Kabangus verstorbener Frau.«

»Doch«, sagte Louise, »ich spüre ihn. Er ist mein schlechtes Gewissen, meine Erinnerung, mein Albtraum. Er ist die Stimme meiner Toten und die Leere, die sie hinterlassen haben. Ja, ich spüre ihn … Ziemlich deutlich.« Sie deutete mit dem Finger auf ihren Kopf. »Hier.«

»Wir sind alle etwas müde und erschöpft«, sagte Enders.

Sie lächelte. »Wo finden wir Willig?«

Arndt stand auf, warf einen leicht entnervten Blick in ihre Richtung, während er zur Tür ging. »Dort, wo Großvater Mabruk angeblich ist.«

Mit raschen Schritten führte er sie aus dem Gebäude und über die Werthmannstraße nach Norden zum wenige Minuten entfernten Platz der Alten Synagoge. Er hielt ihnen die Eingangstür des Kollegiengebäudes II auf, stieg drinnen eine Treppe hinunter, die Hand am Geländer. Louise folgte langsamer, hinter Enders, die Beine und der Kopf wollten nicht so recht ins grelle Neonlicht hinab zu jenem Raum, in dem die Toten hausten: Hier unten bewahrte das Uni-Archiv die Alexander-Ecker-Sammlung auf, die Gebeine von 1559 Verstorbenen, die ältesten aus der ersten Hälfte des 19. Jahrhunderts, die jüngsten vom Beginn des 20. Jahrhunderts.

Sie hörte, wie Arndt und Enders diskutierten, ich bitte Sie, sagte Arndt, das sind bislang alles Annahmen, Thesen, Spekulationen, Enders erwiderte, aber sehr plausibel, überlegen Sie, ein Schwarzer aus einer ehemaligen Kolonie, behauptet, die Deutschen hätten damals widerrechtlich Gräber geöffnet und Gebeine gestohlen, kommt nach Freiburg, stellt an eine deutsche Universität Forderungen – aus Neonazi-Sicht doch das perfekte Opfer. Arndt hob die Hände, als wollte er weiterdiskutieren, da klingelte Enders' Telefon, und er sagte: »Ja, Natalie?«

Das Handy noch am Ohr, wandte er sich zu Louise um. Sie sah Verblüffung und Zorn in seine Züge kriechen. »Bin in zehn Minuten da.«

Das Innenministerium hatte Janischs Leiche aus der Freiburger Rechtsmedizin holen lassen, sie sollte in Heidelberg obduziert werden.

Birte war weitergefahren, zwei Streifenkollegen hatten Kabangu übernommen, verbrachten ihre Mittagspause vor dem Hotel, das er bislang nicht wieder verlassen hatte.

Dreißig Minuten gewonnen.

Louise stand im Eingangsbereich der Gruft, Arndt war davongeeilt, um Erik Willig zu suchen. Unruhig ließ sie den Blick über die Regale gleiten, in denen Hunderte weiße Schachteln nebeneinander im Neonlicht lagen, gefüllt mit Knochen, Schädeln, Zähnen, was auch immer, Überresten von Menschen aus unterschiedlichen Kontinenten und Epochen.

In wissenschaftsgeschichtlicher Hinsicht sei die Sammlung höchst wertvoll, hatte Ilka Weber erklärt, könne anhand der Exponate doch nachvollziehbar gemacht werden, weshalb und auf welche Weise rassistische Anthropologen wie Alexander Ecker und dessen Nachfolger Eugen Fischer gesammelt und geforscht hätten. Was die Umstände, unter denen manche Gebeine nach Freiburg gelangt seien, wie auch die Haltung der Universität, nur auf Anfrage von Regierungen nach bestimmten Gebeinen zu suchen, aber nicht rechtfertige. Für manche Völker sei der Gedanke nun einmal unerträglich, dass ihre toten Ahnen zu Objekten wissenschaftlicher Untersuchungen geworden seien, noch dazu womöglich illegal.

Louise löste sich von der Tür, wanderte die nächstliegende Regalreihe entlang. Die Toten schwiegen, auch die eigenen. Sag mal was, Rolf, dachte sie. Germain. Wäre doch lustig. Immer nur bei mir sein und nicht reden, das macht es nicht einfacher.

Redet endlich, ich brauche das. Mit den Lebenden kann ich doch nicht so wirklich. Sag was, Großvater Mabruk.

Und plötzlich, inmitten all der stummen weißen Kartons, begriff sie. Wusste, weshalb sie Polizistin geworden war: um den Tod in den Griff zu bekommen.

Deshalb war sie der Job geworden und der Job sie. Um dem Tod zu begegnen, ihn zu verstehen, ihn zu verhindern. Um schneller zu sein als der Tod. Um Germains Tod rückgängig zu machen. Deshalb ertrug sie Tod für Tod: um den einen Tod, der sie aus der Bahn geworfen hatte, zu verhindern.

Wie bizarr. Und sentimental.

»Frau Bonì?«

Sie drehte sich um, folgte Arndt, kehrte zu den Lebenden zurück, die auf ihre Weise ebenfalls mit dem Tod befasst waren.

Erik Willig stand neben einem Tischchen in der letzten Regalreihe und sah ihr entgegen, ein großer Mann Anfang vierzig. Als Erstes waren ihr die scharfen Züge aufgefallen: das schmale Gesicht wie aus hellem Stein geschnitten, die Nase kaum fingerbreit, selbst die Ohren eher spitz als oval und der Ehering hauchdünn.

»Ihr kleiner Kreis«, sagte sie ohne Vorrede, »was hat man sich darunter vorzustellen?«

Willig legte den Kopf schief. »Was für ein Kreis?« Immerhin, die Stimme klang angenehm, ruhig und freundlich.

»Sitzen Sie da einmal im Monat zusammen und ärgern sich über die Asylbewerber in der Hammerschmiedstraße?«

Er wandte sich Arndt zu, die Brauen leicht zusammengezogen, ein überraschter Mann, dem Unrecht widerfuhr.

Arndt sprang nicht ein.

»Singen Heimatlieder aus der Kolonialzeit?«

»Sie müssen mich mit jemandem ...«

»Und wenn Ihrem kleinen Kreis langweilig ist, geben Sie dann einen Mord an einem frechen Neger in Auftrag?«

Willig beugte sich zu dem Tischchen hinab, schob Papierunterlagen zusammen, steckte sie in eine Aktentasche, als Letztes den Laptop. Seine Hände zitterten nicht, er ließ sich nicht zu unbedachten Äußerungen hinreißen, wirkte jetzt gelassen, ganz bei sich. Louise spürte, dass sie aus diesem Mann nichts herausbekommen würde, er würde einfach immer »Nein« sagen, »Nein, solche Leute kenne ich nicht«, »Nein, so etwas tue ich nicht«, »Nein, so denke ich nicht«.

Doch es war auch nicht ihre Absicht, etwas aus ihm herauszubekommen.

»Haben Sie jemandem von Ludwig Kabangu erzählt?«

Er sah auf. »Darum geht es? Um die Rückgabe der Gebeine? Nein, ich habe niemandem davon erzählt. Warum auch?«

»Ihrer Frau? Ihren intellektuellen Freunden?«

»Niemand bedeutet niemand, Frau Bonì.« Willig nahm einen Sommermantel von der Stuhllehne und langte nach der Aktentasche, verwies dann sanft darauf, dass ihm wohl keine strafbare Handlung vorgeworfen werde und er sich deshalb zu einem späten Mittagessen mit einem Kollegen begeben werde. Er verabschiedete sich freundlich, ging davon, fast beschwingt, die Selbstsicherheit zum Greifen spürbar, fühlte sich unantastbar.

»Hätte man nicht … anders vorgehen können?«, murmelte Arndt. »Diplomatischer? Etwas raffinierter?«

»Nicht, wenn man versucht, einen Mord zu verhindern«, sagte Louise. »Und jetzt will ich wieder raus aus dieser Gruft.«

Draußen, auf dem Weg zum Wagen, rief Gerd an. »Alles klar, Bonì, ich bin da«, sagte er.

»Du bist wo?«

»Na, bei deinem Afrikaner. Ich hab ihn jetzt wieder übernommen, nicht dass ihm am Ende doch noch was passiert.«

Das Telefon am Ohr, stieg sie ins Auto, ließ den Motor an, dachte: Gerd, der eigentlich seit ein paar Stunden frei hatte, der schlafen sollte, nicht schlafen konnte, weil er sich verantwortlich fühlte für Janischs Tod.

Noch einer, den ein Toter plagte.

»Wenn man vom Teufel spricht«, sagte Gerd. Kabangu sei auf die Straße getreten, gehe südwärts. Sie hörte Gerd aussteigen, fachmännisch gedämpfte Geräusche, ein Profi eben, der auch funktionierte, wenn er mal müde war. Gerade jetzt funktionieren würde, dachte sie, nach der Sache mit Janisch.

»In einer Stunde löse ich dich ab.«

»Keine Eile, Bonì, ich hab ihn im Blick, bis halb sieben bin ich da.«

Sie seufzte stumm, fuhr los, auch Ricky Janisch hatte Gerd »im Blick« gehabt.

19

Lothar Krüger und ein Mädchen, ganz offensichtlich seine Freundin, sie hielten Händchen. Ein Büschel rote Haare im blonden Schopf, die Haare im Nacken stoppelkurz, darüber ein Zopf, im Lippenwinkel ein Piercing. Schwarzes T-Shirt, die dünnen Beine in eingerissenen Jeans, höchstens fünfzehn Jahre alt, einen ganzen Kopf kleiner als er. Punkerin, linksalternativ oder rechtsextrem, das konnten nur Eingeweihte erkennen.

Sie standen gegenüber vom Gymnasium neben einem Roller in der Sonne, tuschelten, lachten. Louise schoss ein paar Fotos durch das Fahrerfenster und schickte sie an Natalie. Dann stieg sie aus und ging zwischen lärmenden Schülertrauben auf die beiden zu.

Lothar bemerkte sie zuerst. Er sagte etwas, das Mädchen drehte den Kopf, musterte sie. Er musste bereits von ihr erzählt haben, das Mädchen schien Bescheid zu wissen. Es nickte, der Blick anfangs neugierig, dann voller Verachtung.

Louise blieb stehen, keine drei Meter entfernt. Wartete.

Ohne Eile nahmen die beiden ihre Jacken vom Rollersitz, die Helme, stiegen auf, das Mädchen hinten. Auf dem Jackenrücken prangte ein Schriftzug: *Gegen Rassismus. Für die Erhaltung der Völker und Kulturen.*

Lothar wendete, schob den Roller mit den Füßen auf die Straße. Beider Gesichter waren Louise zugewandt, als sie langsam an ihr vorbeifuhren.

Angst jedenfalls hatten sie nicht.

Gerd rief an. Kabangu hatte die Frau getroffen, war mit ihr im Uni-Archiv verschwunden. »Typ vertrocknete Jungfer, wenn du weißt, was ich meine.«

»Ich weiß, was du meinst.«

»Eher keine Gefahr, würde ich mal behaupten.«

Louise bog in den Hof der Polizeidirektion ein. »Bin mir nicht sicher, Gerd.«

»Dann sag ich jetzt mal lieber nichts mehr, Bonì, vorsichtshalber.«

Sie stieg aus, lief die Treppen hoch, trat in das Büro Natalies, die frisch wie ein sonniger Frühlingstag aussah, voller Elan und Zuversicht.

»Neuigkeiten«, sagte Natalie.

Der »Sky Wave« aus Jena war kurz zuvor als gestohlen gemeldet worden – in Aachen, von Matthias »Matze« Seibert persönlich, der das Wohnmobil in Jena gemietet und dort vermutlich an die beiden Männer und Frauen von Riedls Campingplatz übergeben hatte. Nun war er in einem Polizeirevier im Grenzgebiet aufgetaucht, geschätzte vier- bis fünfhundert Kilometer von Jena entfernt, und hatte erklärt, der Wagen sei ihm vor einem Lokal in der Aachener Innenstadt gestohlen worden.

»Die wissen alles«, sagte Louise.

»Aber woher?«

Sie hob die Schultern. »Das Netzwerk funktioniert.«

»Vielleicht haben wir hier … bei uns …« Natalie brach ab.

»Nein, es ist viel einfacher. Die Krügers informieren jemanden, dass ich da war. Walczak ruft irgendwo an. Die Riedls. Janisch, als er noch lebte. Dann ein paar weitere Anrufe, nach Jena, wohin auch immer, und Seibert macht sich auf den Weg nach Westdeutschland. Hast du dir die beiden Telefone von Janisch angeschaut?«

»Sind noch bei den Technikern.«

»Hol sie dir.«

Mats Benedikt kam, legte die Aufnahme von Lothars Freundin auf den Schreibtisch, dazu den Ausdruck eines Zeitungsartikels. In der Mitte prangte ein Foto, Neonazis bei einer Demonstration in Lörrach, sechs, sieben Gesichter deutlich zu erkennen, darunter auch das des Mädchens.

»Reiner Zufall«, sagte er. Der Staatsschutz hatte die Gesichter in der Datenbank, allerdings keine Namen.

Mats Benedikt ging, Louise sagte: »Hast du was zu Maria?«

Natalie verneinte. Beim BKA war sie nicht bekannt. Sie hatte eine Liste der Freiburgerinnen ausgedruckt, die infrage kamen, Maria Schmidt, Schmid oder Schmitt. Zwei Kollegen waren mit den Fotos unterwegs, die Birte im Colombipark gemacht hatte.

Graeve rief an, kam herunter, verärgert. »Sie wollten mit einem Sechzehnjährigen sprechen? Ohne seine Eltern auch nur zu informieren?«

»Nicht ganz«, erwiderte Louise.

Er glaubte ihr, ließ sich besänftigen, zumindest ein wenig, wies sie dennoch zurecht. Einschüchterung eines Sechzehnjährigen, Einschüchterung *überhaupt* sei keine Strategie, die er jemals dulden werde. Louise zeigte auf das Artikelfoto der Freundin, er nickte grimmig, sagte: »Trotzdem, es sind Minderjährige.«

»Wer hat sich beschwert?«

»Der Großvater. Das mit Janischs Leiche wissen Sie?«

»Fährt nach Heidelberg.«

»*Fliegt* nach Heidelberg, im Helikopter. *Enders* fährt.«

»Enders fährt nach Heidelberg? Was soll das bringen?«

»Er will dabei sein, wenn sie die Leiche aufmachen. Ich glaube, er ist sehr wütend. Vielleicht möchte er sich Respekt verschaffen.«

»Und Sie unterstützen das?«

»Schaden kann es nicht. Freiburg zeigt Gesicht.«

»Wir brauchen ihn hier.«

Graeve zuckte mit den Achseln. »Er wäre heute Nachmittag ohnehin nicht hier gewesen. Er muss später nach Stuttgart, Termin im Innenministerium.«

»Die machen ernst.«

»Zumindest versuchen sie es.«

Gerd meldete sich. Kabangu und die Frau hatten das Archiv eben verlassen. »Falls sie sich trennen, bleibe ich an ihm dran, richtig? Nicht an ihr?«

»Richtig«, sagte Louise.

Natalies Telefon klingelte. Graeve rieb sich die Schläfen, murmelte: »Was für ein Chaos«, verließ den Raum.

»Besuch«, sagte Natalie. In der Schleuse warte ein Kollege aus Karlsruhe, Stefan Bremer, habe darum gebeten, mit ihr zu sprechen.

»Kenne ich nicht.«

»Er sagt, es ist dringend.«

»Halt mich wegen Maria auf dem Laufenden. Sobald sie sie identifiziert haben, will ich es wissen.«

Sie lief hinunter, wälzte währenddessen den Namen im Kopf hin und her, Stefan Bremer aus Karlsruhe, irgendetwas war da, war da gewesen.

Im Erdgeschoss fiel es ihr ein: Stefan Bremer und Timo Kahle. April 2004, der Mordanschlag in Karlsruhe, Timo Kahle noch am Tatort verstorben, Bremer hatte für Wochen, wenn nicht für Monate im Koma gelegen. Sie sah die Polizeiaufnahmen vor sich, der Streifenwagen schräg in einer Einfahrt, die Fahrertür geöffnet, das Fenster zersplittert, Einschusslöcher, Blutschlieren, den ganzen Tag lang Hubschrauber über der Stadt.

Wenig später dann die Beerdigung von Timo Kahle, und inmitten Hunderter Polizeibeamter aus ganz Baden-Württemberg sie selbst, das halbe Elfer und Rolf Bermann.

20

»Monate«, sagte Bremer. »Zwei. Dann ein Jahr Reha.«

»Und jetzt?«

»Nur noch Schreibtischarbeit. Halbtags, mehr geht nicht. Aber ich will mich nicht beklagen. Ich lebe.« Er war um die dreißig, unter eins achtzig, sprach und bewegte sich langsam. Die linke Hand zitterte leicht, die Stimme war leise, die Augen unruhig. Die Narbe befand sich oberhalb der linken Schläfe, schien gut verheilt, der größte Teil unter den braunen Haaren verborgen, die er vermutlich deshalb nicht zu kurz trug. Von seinem Rücken hing schwer ein kleiner Rucksack.

Sie standen noch in der Schleuse, kein geeigneter Ort für ein Gespräch dieser Art. Louise berührte seinen Arm. »Wollen wir uns heute Abend treffen? Dann habe ich mehr Zeit.«

»Mein Zug geht um sechs. Nur eine halbe Stunde, bitte.«

»Ist jetzt leider nicht drin.«

Bremer schwieg, dachte nach. »Du willst nicht wissen, worum es geht?«

»Doch, natürlich. Worum geht's?«

»Um Analogien zu deinem Fall.«

»Zum Beispiel?«

Er brachte den Kopf dicht an ihr Ohr. »Neonazis.«

Bremer wollte nicht in ihr Büro, bestand darauf, außerhalb der Polizeidirektion zu reden. Also traten sie ins Freie, wandten sich Richtung Altstadt, wenige Fußminuten weiter lag ein asiatisches Restaurant. Er ging vorsichtig, fast zögernd, und sie spürte seine Angst. Angst vor allem, vor Geräuschen, Passanten, Fahrzeugen, Radfahrern, selbst vor den wenigen Menschen im Restaurant. Er deutete auf einen Tisch in der Ecke, weit entfernt vom nächsten Gast und dem Eingang, nahe bei den Toiletten.

Louise nutzte die Gelegenheit und aß Glasnudelsuppe, Bremer trank Wasser. Auch das Trinken geschah langsam und fast ein wenig eckig, als würde ihm die flüssige Koordination der beteiligten Muskeln, Knochen, Gedanken schwerfallen.

»Jetzt weiß ich nicht, wo ich anfangen soll.« Er tippte sich mit dem Finger gegen die Schläfe. »Probleme mit der Konzentration. Deshalb habe ich Listen gemacht.« Er lächelte verlegen.

»Listen?«

»Eine für die Chronologie. Eine für die Beteiligten. Eine für die Richtungen, in die damals ermittelt wurde. Und so weiter.«

»Auch eine für die Analogien zu meinem Fall?«

»Ja.« Er zog gefaltete Papierblätter aus dem Rucksack, öffnete sie und legte eines vor sich.

Louise sah Ziffern, krakelige Buchstaben, Durchstreichungen, Unterstreichungen. »Einfach vorlesen«, bat sie.

»Analogien zum Fall Bonì«, sagte Bremer so leise, dass sie ihn kaum verstand, den rechten Zeigefinger unterhalb der Wörter mitbewegend. »Erstens: Auftragsmörder aus Neonazi-Milieu? Zweitens: Wohnmobil aus Thüringen. Drittens: überregionales rechtsextremistisches Netzwerk. Viertens: V-Leute Verfassungsschutz. Fünftens: Einmischung Innenministerium.« Er schob die Liste zur Seite, sah auf.

»Du weißt viel über meinen Fall.«

»Ich kenne die Akte.« Er lächelte flüchtig. »Freunde in der Datenstation. Und ich sitze Tag und Nacht am Rechner. Ich … tue nichts anderes, wenn ich zu Hause bin.«

Louise nickte, ihr war längst klar, dass er von jenem Tag Ende April 2004 nicht loskam. Der Anschlag war zur Obsession geworden, die wenigen Minuten vor dem libanesischen Imbiss bestimmten seitdem sein Leben.

Sie konnte ihn verstehen.

Sie konnte auch verstehen, dass er die Ermittlungsergebnisse ignorierte.

»Was ist mit dem Roma?«, fragte sie.

»Ich glaube, es heißt ›Rom‹.«

»Na, von mir aus.«

Ein Zeuge hatte unmittelbar nach dem Überfall auf Kahle und Bremer einen Mann vom Tatort weglaufen sehen und wenig später auf einem europäischen Fahndungsfoto wiedererkannt, einen in Frankreich wegen schwerer Körperverletzung gesuchten französischen Rom.

Der Flüchtige war zwei Monate später in Paris festgenommen worden. Kollegen aus Karlsruhe hatten ihn verhört, die deutschen Behörden seine Auslieferung beantragt, denn neben der Leiche von Timo Kahle war eine Zigarettenkippe gefunden worden, und die DNA entsprach der des Rom. Soweit Louise informiert war, würde er nach Deutschland überstellt werden, nachdem er seine Haftstrafe in Frankreich abgesessen hatte.

Weil die Staatsanwaltschaft terroristische Motive nicht gänzlich hatte ausschließen können und außerdem das Ausland involviert war, hatte früh die Bundesanwaltschaft übernommen. Bis heute ging sie davon aus, dass Kahle und Bremer zufällig Opfer geworden waren, sei es, weil der Verdächtige und sein unbekannter Komplize sich weitere Schusswaffen hatten besorgen wollen, sei es, weil sie willkürlich den Staat in Form zweier Polizeibeamter hatten attackieren wollen.

Niemand im Freiburger Elfer, der den Fall verfolgte, hatte diese Ansicht geteilt. *Klingt nach großem Quatsch,* hatte Louise gesagt. *Eher nach Politik,* hatte Bermann gesagt. Stundenlang hatten sie über mögliche Hintermänner diskutiert. An dem Rom als Täter hatten sie nicht gezweifelt.

»Der Rom ist nicht wichtig«, sagte Bremer. »Der Zeuge, der ihn identifiziert hat, ist wichtig. Und Timo.«

»Timo Kahle?«

»Ja. Er …« Bremer blätterte durch seine Listen.

»Der Reihe nach, bitte. Zuerst der Zeuge.«

»Ein Neonazi, war damals V-Mann des Verfassungsschutzes, Deckname ›Amadeus‹.«

»Das ist bestätigt?«

»Inoffiziell.«

»Heißt?«

»Dass ich einen Schwager bei der Staatsanwaltschaft habe. Hatte. Er ist nicht mehr mein Schwager.«

Sie nickte, spürte der Skepsis nach. Bremer mochte obsessiv sein und sich intensiver mit diesem Fall beschäftigen, als ihm guttat, aber er vermittelte nicht den Eindruck, dass er nicht zurechnungsfähig war.

Er suchte die Wahrheit. Irgendeine, nicht eine bestimmte.

»Ein V-Mann war am Tatort?«

»Behauptet er zumindest.«

»Du glaubst, dass er lügt?«

»Und dass ihn jemand dafür bezahlt hat.«

»Was du beweisen kannst?«

Statt zu antworten, zog Bremer eine Klarsichthülle aus dem Rucksack und schob sie vor Louise. Das Foto eines hageren Mannes von hinten, Alter um die dreißig, kahlköpfig, schwarze Lederjacke, dazu Zeitungsartikel, Internetausdrucke. Sie wehrte ab, zu viel Text, bat Bremer zusammenzufassen.

Er nahm eine seiner Listen und las die Eckdaten zu »Amadeus« vor: seit 2004 im Zeugenschutzprogramm, neuer Name geheim, früher wohnhaft in Neonazi-WG in Dortmund-Dorstfeld, seit 1999 V-Mann des BfV, mehrfach vorbestraft wegen Volksverhetzung, Hitlergruß, Körperverletzung. Bremer sah auf, unruhig klopften die Finger auf die Liste. »Er war am 30. April in Dortmund, nicht in Karlsruhe, jemand hat ihn in *Dortmund* gesehen, am Vormittag des 30. Aprils. Er *kann* nicht in Karlsruhe gewesen sein.«

»Wer hat ihn gesehen?«

Ein weiterer Griff in den Rucksack, eine weitere Klarsichthülle, ein weiterer Neonazi, ebenfalls ein ehemaliger V-Mann, diesmal des LfV Hessen, Deckname »Witiko«. Auch er sei – Bremer räusperte sich – »quasi unerreichbar«. Louise sah eine verwackelte Porträtaufnahme eines Mannes Ende fünfzig, die weißen Haare wirr vom Kopf stehend, ein enthusiastisches Grinsen auf den Lippen.

Nein, dachte sie, sag's nicht.

»Er ist, na ja, seit eineinhalb Jahren in der Psychiatrie.« Bremer blätterte hektisch, fasste zusammen. Witiko lebte in einer beschützten Wohngruppe in Rheinland-Pfalz, schwere Depressionen, Ängste, Drogensucht, akute Eigengefährdung.

Sie rieb sich den Nacken, spürte Verspannungen, wohin die Finger auch kamen. »Na toll. Ein V-Mann im Zeugenschutz, einer in der Psychiatrie, und meiner ist tot.«

»Ja«, sagte Bremer und begann, verzweifelt zu lachen.

Witiko war bis Ende 2004 als Vertrauensmann des LfV aktiv gewesen. Wie der deutlich jüngere Amadeus hatte er in Dortmund gelebt, sie waren in denselben Organisationen tätig gewesen. Dann der Ausstieg aus der Neonazi-Szene, wohl gegen den Wunsch des Amtes, zumindest konnte man Witiko so interpretieren. Bremer hatte ihn vor einem Jahr in der Klinik besucht und sich lange mit ihm unterhalten. Das meiste, was er erzählt habe, sei nicht verwertbar, aber manches eben doch, zum Beispiel, dass Amadeus und er am 30. April in Dortmund an einer NPD-Veranstaltung teilgenommen hätten. Amadeus habe ihn damals im Rollstuhl herumgeschoben, denn Witiko habe sich bei einer nächtlichen »Aktion« den Fußknöchel verstaucht.

»Warum heißt er eigentlich ›Witiko‹?«

»Die Eltern sind Sudetendeutsche, und er hat sich eine Weile im Umfeld des ›Witikobundes‹ herumgetrieben, war als Jugendlicher wohl auch bei den ›Jungen Witikonen‹.« Sie fragte nach, und Bremer erklärte, der »Witikobund« sei ein sudetendeutscher Verein, Sammelbecken von Geschichtsrevisionisten, Angehörigen rechtsextremer Organisationen wie der NPD, Holocaust-Leugnern, Vertretern der Neuen Rechten, bei der Gründung 1950 noch durchsetzt von ehemaligen NSDAP-Mitgliedern, bis 1967 offiziell als rechtsextrem eingestuft.

»Wie bist du auf Witiko gestoßen?«

»Frag nicht.«

»Und wer soll Amadeus dafür bezahlt haben, dass er lügt?«

»Das«, sagte Bremer, »muss ich noch herausfinden.«

Das Restaurant hatte sich gefüllt, Louise bemerkte den einen oder anderen Kollegen, ein spätes Mittagessen, ein frühes Feierabendbier. Bremers Blick glitt immer wieder über die Anwesenden, er kam nicht zur Ruhe.

»Der Rom«, sagte sie. »Du müsstest ihn gesehen haben.«

Er nickte. »Ich muss beide Täter gesehen haben.«

»Aber du erinnerst dich nicht?«

»Nein.«

»An nichts?«

»Der ganze Tag ist weg … Der Morgen, der Vormittag, alles weg. Schon die Nacht und der Abend davor.« Bremer hob das Glas, bemerkte, dass es leer war, stellte es wieder ab. Suchte und fand eine Liste, Überschrift »TIMO«.

Das Telefon klingelte, »Gerd« auf dem Display, Louise ging dran. Mit einem Schlag war die Unruhe wieder da.

Kabangu und die Frau hatten sich »in der KaJo« voneinander verabschiedet. Die Frau stieg eben in eine Straßenbahn, Kabangu betrat den Kaufhof. Gerd stöhnte. »Ich *hasse* Kaufhäuser. Kaufhäuser, Supermärkte und Bahnhöfe, das ist die Hölle, Bonì, da hast du keine Chance, wenn …«

»Ja«, unterbrach Louise ihn. »Sag Bescheid, wenn du Hilfe brauchst.« Sie legte das Telefon zur Seite, erklärte: »Ein Kollege aus dem Fahndungsdezernat.« Bremer brummte etwas, den Blick auf die Liste gerichtet, und ihr wurde plötzlich bewusst, dass er sich nicht für das interessierte, was hier, in Freiburg, geschah, was heute, morgen vielleicht geschehen würde. Nur die Analogien zählten, nur das, was half, Licht ins Dunkel von damals zu bringen.

»Moment.« Sie langte wieder nach dem Telefon und rief Natalie an.

Keine Neuigkeiten zu Maria Schmidt, Schmid oder Schmitt, die Kollegen hatten sie noch nicht identifiziert. Eine letzte blieb, Maria Schmitt, wohnhaft im Vauban.

Nur eine noch, dachte Louise. Was, wenn sie es nicht war? Auf gut Glück in Emmendingen, Breisach, Kirchzarten, Bad Krozingen weitersuchen?

»Entschuldige.« Bremer stand auf, ging in Richtung Toiletten, wachsam, auf dem Sprung, die Finger strichen über Stuhllehnen, über den Türrahmen, der Kopf wanderte von einer Seite zur anderen.

Sie hielt das Telefon noch in der Hand, gab Enders' Kurzwahl ein. Motorenrauschen, eine ferne Stimme, die im Lärm fast unterging. »Verdammt«, sagte sie, »ich brauche dich hier.«

»Die haben mich ins Ministerium bestellt, was soll ich tun?«

»Zum Beispiel Nein sagen.«

»Nein«, sagte Enders.

»Such dir einen Computer, aber nicht im Ministerium, Internetcafé oder so. Natalie mailt dir Unterlagen. Karlsruhe, 30. April 2004, Mord an einem Kollegen der Schutzpolizei, ein zweiter Kollege schwer verletzt. Möglicherweise gibt es Verbindungen zu unserem Fall.« Sie beendete das Telefonat mit einem merkwürdigen Gedanken: Wieso ausgerechnet heute, wieso wird er ausgerechnet heute nach Stuttgart zitiert, wer hat ein Interesse daran, dass er heute nicht in Freiburg ist?

Die Antwort lag auf der Hand: Sie wurde paranoid.

Bremer kam zurück.

»Okay«, sagte sie, »Timo noch, dann muss ich los.«

Eine Liste, die Sprengstoff enthielt. Und möglicherweise ein Motiv, ohne es jedoch zu offenbaren.

Timo Kahle, geboren 1980 in Brandenburg an der Havel, nach dem Realschulabschluss Bundeswehr, dann Ausbildung zum Polizeimeister, erste Dienststellen in Frankfurt/Oder und Königs Wusterhausen. Als Jugendlicher über einen älteren Cousin und dessen Freunde erste Kontakte in die rechtsextreme Szene, Konzerte von Neonazi-Bands, Plakate kleben für die NPD, der Cousin stadtbekannter Neonazi, beim »Heimatschutz Brandenburg« aktiv, dem Timo aber nicht angehört hatte. Wechselnde Freundinnen, manche aus der Szene, die meisten nicht.

2003 wurde der Cousin ermordet, in einer dunklen Seitenstraße mit einem Messer aufgeschlitzt, der Täter nie identifiziert. Am selben Abend verschwand Timo, obwohl er offiziell nicht verdächtigt wurde, eine Freundin gab ihm ein glaubhaftes Alibi. Ein paar Wochen später tauchte er in Karlsruhe auf und trat dort seinen Dienst an. Bremer ging davon aus, dass einflussreiche Personen geholfen hatten, so rasch und unkompliziert, wie die Versetzung erfolgt war.

Acht Monate später wurde er erschossen.

»Du glaubst, es hat mit dem Cousin zu tun?«

»Ich weiß es nicht. Ich bin … Ich komme nicht weiter.«

Bremer hatte mit allen Leuten aus Timos Umfeld, die dazu bereit gewesen waren, gesprochen, in Karlsruhe, in Brandenburg, in Berlin. Er war bei den Eltern gewesen, bei Kollegen, Exfreundinnen, Freunden, Neonazis, Aussteigern, bei Witiko, anderen Zeugen, Kameraden aus der Bundeswehr. Er hatte kiloweise Material zusammengetragen, Dutzende Geschichten gehört, die verschiedensten Theorien durchgespielt, hatte sich von Kollegen, Vorgesetzten, Staatsanwälten ermahnen lassen, dass seine Privatermittlung mit Argwohn betrachtet werde und unverzüglich beendet werden müsse, und trotzdem weitergemacht. Eineinhalb Jahre später hatte er noch immer nicht herausgefunden, weshalb wirklich auf Timo und ihn geschossen worden war.

»Alles, was ich weiß, ist …« Er langte nach seinen Listen, zog eine hervor, Überschrift »ERGEBNISSE«, las vor.

Erstens: Auftragsmord.

Zweitens: Auftraggeber aus der Neonazi-Szene.

Drittens: Motiv in Timos Neonazi-Vergangenheit.

Viertens: V-Leute involviert, wissen mehr, lügen.

Fünftens: Verfassungsschutz involviert.

Sechstens: Innenministerium BW und Bund involviert.

Siebtens: Ermittlungen manipuliert, Hinweise auf regionale und überregionale rechtsextreme Strukturen nicht verfolgt, Handydaten Timo nicht umfassend ausgewertet.

Achtens: Der Rom ist unschuldig.

»Die haben Timos Telefon nicht richtig ausgewertet?«

»Nicht für die Wochen vor der Tat.«

Für eine Weile fiel kein Wort. Louise dachte, dass sie in Bezug auf den Kabangu-Fall eine ähnliche Liste hätte anfertigen können.

Kein gutes Gefühl.

Bremer schob seine Unterlagen zusammen, sorgfältige, matte Bewegungen, am Ende lag ein fünf, sechs Zentimeter hoher Stapel vor ihm – der Tag, an dem ein Leben ausgelöscht und ein anderes zerstört worden war.

»Kannst du ein Treffen mit Witiko arrangieren?«

Er klopfte auf den Stapel. »Alles, was er weiß, steht hier.«

»Das, was verwertbar war?«

Er nickte.

»Dann brauchen wir das, was nicht verwertbar war.«

Draußen sagte Bremer: »Wir haben nicht über das Wohnmobil gesprochen.«

Sie nickte. »Jena?«

»Erfurt.«

»Okay, aber mach schnell.«

Das Campingmobil war von mehreren Überwachungs- und Verkehrskameras aufgenommen worden, am Vorabend auf einem Campingplatz in Karlsruhe-Durlach, am Morgen in der Südstadt, wo es fünf Gehminuten vom Tatort entfernt geparkt hatte. Einem Zeugen zufolge war gegen 12.15 Uhr ein Mann mit blutverschmierter Hand eingestiegen, unmittelbar danach war der Wagen davongefahren, am Steuer eine Frau, ein zweiter Mann daneben.

Kein Zusammenhang mit dem Anschlag, sagte die Bundesanwaltschaft. Die Blutspuren auf dem Asphalt, die der Zeuge gesehen hatte, waren nicht gesichert worden. Eine Fahndung war nicht erfolgt. Niemand hatte in Erfurt angerufen, außer Bremer, ein Jahr nach der Tat.

»Und? Wer hat das Wohnmobil gemietet?«

»Steht auf der Liste«, erwiderte er.

»Matthias Seibert?«

»Ja«, sagte Bremer, und über seine Züge flog ein Ausdruck von Erleichterung. »Matthias ›Matze‹ Seibert!«

Das Telefon, Gerd. Sie reichte Bremer die Hand, bedankte sich. »Denk an Witiko. Am besten morgen.«

Er nickte, Tränen in den Augen. Rasch wandte er sich ab und ging davon.

»Gerd?«

»Verflucht, Bonì, du glaubst nicht, wer hier ist …«

Der Janisch-Kamerad, den Gerd zwei Abende zuvor fotografiert hatte, war aufgetaucht, nachdem Kabangu den Kaufhof verlassen hatte.

Seitdem folgte der Mann ihm.

21

»Und? Was tun wir?« Gerd hatte sie in die Herrenstraße gelotst, auf der Höhe Münsterplatz wartete sie in einem Hauseingang, das Telefon am Ohr. In diesem Moment sah sie Kabangu. Er ging dicht am Bächle entlang, Kopf gesenkt, als folgte er dem Wasser mit dem Blick, als gäbe es nur das Wasser, nichts sonst. Langsam schlenderte er in ihre Richtung, die Hände auf dem Rücken verschränkt, ein Passant unter vielen, und doch wirkte er abwesend, eingeschlossen in einer anderen, unzugänglichen, einer inneren Welt.

Sie fragte sich, ob er mit Mabruk Zwiesprache hielt. Eine Stadt mit vielen Flüsschen, siehst du, schon wieder einer, du hast recht gehabt, und ich habe diese Stadt gefunden. Aber ich muss dich hierlassen, Großvater Mabruk.

»Bonì«, sagte Gerd drängend.

Sie löste den Blick von Kabangu und bemerkte den Mann, den sie von Gerds ersten Fotos kannte, den Janisch-Freund. Jeans, schwarzer Kapuzenpulli, Sonnenbrille, das Basecap von Dienstagabend fehlte. Die Frisur war unauffällig, um den Hals ein Palästinensertuch, auf den Handrücken Tätowierungen. Er ging schräg hinter Kabangu, keine zehn Meter von ihm entfernt. Sie verstand, weshalb Gerd ihn zur Antifa gerechnet hatte, die Dresscodes verwirrend ähnlich mittlerweile, was die Autonomen Nationalisten bezweckten. Nur der Sticker am Revers verriet den Neonazi. Schwarzer Rand, zwei schwarze Flaggen auf weißem Grund.

Auch Gerd war jetzt zu sehen. Sakko über der Schulter, Schweißflecken auf dem Hemd, das der kleine runde Bauch aus dem Hosenbund gezogen hatte.

Nacheinander passierten die drei Männer eine Querstraße, schritten durch eine breite Schneise tiefgelben Sonnenlichts.

»Ist dir noch jemand aufgefallen?«, fragte Louise.

»Nein.«

»Dann holen wir ihn uns.«

Sie spürte, dass der Mann mit ihnen gerechnet hatte. Anweisungen
bekommen hatte.

Sie war von der Seite an ihn herangetreten, Dienstausweis in der
Hand, Gerd kam von hinten. Der Mann hielt abrupt inne und
hob die gespreizten Finger, ich wehre mich nicht, keine Gefahr für
euch. Sagte: »Was soll das werden?«

»Eine Nacht in der Zelle«, erwiderte Louise. Sie ließ sich den
Personalausweis zeigen. Torsten Schulz, 38, geboren in Stuttgart,
wohnhaft in Heilbronn. »Länger in Freiburg?«

»Besuch bei meinem Bruder.« Entspannte Stimme, breites Schwä-
bisch, die Augen waren hinter der dunklen Sonnenbrille vollständig verborgen.

»Ein Gesinnungsgenosse?«

»Weiß nicht, was Sie meinen.«

Sie warf einen Blick in Kabangus Richtung, der wohl nichts
mitbekommen hatte und weitergegangen war. Eben verschwand
er hinter einer Häuserecke. »Gerd«, sagte sie und bedeutete ihm,
Kabangu zu folgen.

Zwei Streifenwagen trafen ein, die Kollegen übernahmen Schulz.

Neben ihm ging sie zu einem der Autos. »Die Frau«, sagte sie,
»Maria. Wer ist sie?«

»Kenn keine Maria.«

An der Wagentür blieben sie stehen. »Die Sonnenbrille, bitte«, sagte Louise. Eine Polizistin zog Schulz die Brille vorsichtig von der Nase. Kleine, harte Augen kamen zum Vorschein, die unbeirrt auf Louise lagen. Er lächelte verächtlich, als wollte er sagen: Ein Spiel, und wir gewinnen.

Louise sagte: »Und Sie? Sollten an ihm dranbleiben?«

»An wem?«

Sie bedeutete der Kollegin, Schulz in den Fond zu bugsieren. Er leistete keinen Widerstand, machte es sich bequem, soweit das mit Handfesseln möglich war. »Keine Angst, dass es Ihnen so ergeht wie Janisch?«

Er sah sie nicht an. »Kenn keinen Janisch.«

»Ja«, sagte sie und warf die Tür zu.

Vor plötzlicher Wut wie gelähmt, sah sie den beiden Streifenwagen nach. Da hatte sie gedacht, sie wäre dran, und dann hinkte sie doch drei Schritte hinterher und kam keinen Millimeter weiter. Verschwand einer wie Janisch, dem nichts nachzuweisen war, kam einer wie Schulz, dem ebenfalls nichts nachzuweisen sein würde. Und was tat er auch schon anderes, als Kabangu zu folgen, vielleicht ohne zu wissen, weshalb? Irgendwann jemanden anzurufen und über Kabangus Wege zu informieren, ohne zu wissen, wer der Gesprächspartner war?

Sie wandte sich um, ging Gerd nach, der längst nicht mehr zu sehen war.

Was für ein cleverer Plan. Niemand wusste genug, als dass er selbst und die Auftraggeber gefährdet wären. Die Krügers, die lediglich ein Auto an einem vereinbarten Ort abstellen, vielleicht den Schlüssel stecken lassen sollten. Ricky Janisch, der in Baden-Baden einen Karton abholen und ihn – vermutlich – Walczak übergeben sollte. Walczak, der den Karton an zwei nächtliche Besucher und am Tag darauf einen Umschlag an Janisch weiterreichte und in beiden

Fällen wohl nichts über den Inhalt wusste. Paulus Riedl, der von einem ihm unbekannten Andreas die Anweisung erhielt, ein Wohnmobil aus Jena nicht ins Journal einzutragen. Der vielleicht von seiner Frau gehört hatte, dass für Kabangu »gesorgt« werde, und sie nicht verraten würde. Matthias »Matze« Seibert aus Jena, der wieder einmal ein Wohnmobil mieten sollte, vielleicht ohne zu wissen, für wen und weshalb. Der eine nicht eingeplante Reise nach Aachen antreten und das Wohnmobil als gestohlen melden musste.

Keiner von ihnen wusste, welche Aufgaben die anderen zu erfüllen hatten. Wer überhaupt involviert war. Abgesehen von Janisch, der den Russen Niko und Walczak gesehen hatte. Doch Janisch war »sanft entschlafen«.

So sanft, dass seine Leiche nicht in Freiburg obduziert werden sollte, sondern in Heidelberg, in der Obhut von LKA und Innenministerium.

Und die mysteriöse Maria …

Louise rief Natalie an.

Auch die letzte der infrage kommenden Frauen, Maria Schmitt aus dem Vauban, war nicht mit der Frau auf Birtes Fotos identisch. »Vielleicht hat Kabangu den Namen falsch verstanden. Oder sie wohnt außerhalb und …«

»Ja«, sagte Louise. »Was ist mit Janischs Telefonen?«

Das eine privat, keine verdächtigen Namen oder Nummern. Das andere war neu gewesen, ein Billigtelefon mit Prepaidkarte, noch unbenutzt.

»Also nichts?«

»Nichts.«

Louise beschleunigte ihre Schritte, bog in die Straße ein, in die Kabangu gegangen war, sah ihn nicht gleich, auch Gerd nicht. Die mysteriöse Maria, dachte sie, die vielleicht einfach ein paar Tage lang nett sein sollte zu dem Besucher aus der ehemaligen Kolonie, ihm Freiburg zeigen, ihn begleiten sollte. Gelegentlich die Nummer einer ihr unbekannten Person wählen und berichten sollte.

Am Anfang der Kette musste Erik Willig stehen, der Historiker aus dem Uni-Archiv, der ganz bei sich war und immer leugnen würde. Willig, dachte sie, war eine Schlüsselfigur. Er hatte alles ins Rollen gebracht, indem er jemandem – vermutlich einem Mitglied seines kleinen Kreises aus Rechtsgesinnten – von Kabangus Forderung erzählt hatte. Jemandem, der einen Dritten informiert haben mochte, vielleicht waren auch ein Vierter und Fünfter beteiligt.

Vielleicht auch nicht.

Noch immer keine Spur von Kabangu und Gerd. An einer kleinen Kreuzung blieb sie stehen, weiter vorn die Kaiser-Joseph-Straße, links der Münsterplatz. Sie wählte Gerds Nummer, lauschte ungeduldig dem Freizeichen. Dann endlich Gerds Schnaufen, mit hektischer Stimme entschuldigte er sich, er habe das Telefon fallen gelassen, habe sich bücken müssen, sei nicht gleich wieder hochgekommen … Du glaubst es nicht, Bonì, der Afrikaner ist weg, ich finde den nicht, seit fünf Minuten suche ich den und finde ihn nicht, und bei dir war besetzt, er ist bestimmt nur einkaufen, der wird auch mal Hunger haben, gleich wird er wieder auftauchen.

Kabangu tauchte nicht wieder auf.

Sie suchten eine Stunde lang, Gerd, Louise, Kollegen vom Revier Freiburg-Nord, befragten Passanten, Ladenbesitzer, vergrößerten den Radius, kehrten mehrmals in die Herrenstraße zurück, an deren Ecke sowohl Gerd als auch Louise Kabangu zum letzten Mal gesehen hatten. Riefen immer wieder im Hotel an, ließen in seinem Zimmer nachsehen, auch dort war er nicht.

Ludwig Kabangu war wie vom Erdboden verschluckt.

22

»Unsinn«, sagte Reinhard Graeve.

Sie standen in Natalies Büro, hatten Enders auf dem Lautsprecher des Telefons. Beide, Graeve wie Enders, waren der Ansicht, dass Kabangu zufällig oder absichtlich »verschwunden« war. Dass er nicht entführt und ermordet worden war, sondern lebte.

»Erst wird alles akribisch organisiert, und dann sollen sie so spontan zuschlagen?« Enders' Stimme schwankend in Lautstärke und Deutlichkeit, er saß wieder im Auto, war auf dem Weg zum Ministerium.

»Ich kann mir das eigentlich auch nicht vorstellen«, sagte Natalie, schüchtern wie immer, wenn Kripoleiter Graeve anwesend war.

Louise stand am Fenster und blickte in den Abend hinaus. Rötliches Licht über den Straßen, ein paar graue Wölkchen, in der Ferne eine schmale Schattenlinie, die Vogesen. Am Straßenrand parkte in falscher Richtung der braune Escort, Zigarettenrauch quoll aus dem Fenster. Gerd war untröstlich, hatte wegen Janisch helfen wollen und wie bei Janisch versagt, zumindest sah er es so.

Sie drehte sich um, ließ den Blick von Graeve zu Natalie wandern. Sie wusste, dass sie lediglich kollegial getröstet werden sollte. Weshalb hätte Kabangu zufällig oder absichtlich verschwinden sollen? Und wie? Sie hatten jeden öffentlichen Raum nördlich des Münsterplatzes betreten, mit Dutzenden Menschen gesprochen.

Niemand hatte ihn gesehen, als wäre er nie in diesem Areal gewesen. Er musste unmittelbar hinter der Kreuzung gekidnappt worden sein.

Enders entschuldigte sich, ein Anruf, er unterbrach die Verbindung.

»Sie mussten spontan zuschlagen«, sagte Louise. »Wir sind ihnen zu nahe gekommen. Torsten Schulz war der Lockvogel, und wir sind drauf reingefallen. *Ich* bin drauf reingefallen.«

Natalie öffnete den Mund, schloss ihn, ein Achselzucken. Sie hatte schon die Jacke an, war auf dem Sprung, frisch geschminkt und parfümiert. Ein soziales Wesen, glücklich, hatte mehr als nur den Job.

Hatte alles noch vor sich, dachte Louise. Die Enttäuschungen. Die Dramen. Das Scheitern. Die Kapitulation.

Wieder klingelte ein Telefon, diesmal Graeves Handy. »Gleich«, sagte er, »ich rufe zurück.« Er ließ die Hand sinken, sah Louise an. »Schluss für heute, Frau Bonì.«

»Und Willig?«

»Morgen. Und keine Festnahme, nur ein freundliches Gespräch an seinem Arbeitsplatz. Das Gleiche gilt für die Krügers, die Riehmers … Riedls und Walczak.« Er wandte sich schon in Richtung Tür, als Natalies Festnetztelefon klingelte. Enders war wieder da, klang verärgert. Der Termin im Ministerium war verschoben worden.

»Halb acht morgen früh«, sagte er, »ich muss hier übernachten.«

Graeve rieb sich die Schläfen. »Das fällt denen eine halbe Stunde vorher ein?«

»Politiker.«

»Die wollen ihn von Freiburg fernhalten«, sagte Louise.

Zwei Augenpaare lagen auf ihr, drei Stimmen schwiegen.

»Das sind *unsere* Leute«, erwiderte Graeve schließlich sanft.

»Die mehr wissen als wir.« Sie lächelte, spürte der plötzlichen Erleichterung nach, die das Befremden über die Rolle Stuttgarts überwog.

Eine Erleichterung, die sie nur allmählich verstand.

Ein Teil der Strippen, wenn auch nicht alle, wurde in Stuttgart gezogen, aus welchen Gründen und mit welchen Absichten auch immer.

Sie nickte. *Unsere Leute.*

Die Leif Enders in der Nacht oder am Morgen nicht in Freiburg haben wollten. Die wussten, dass Kabangu lebte, weil sie wussten, wann er sterben sollte.

Sie ging hinunter zu Gerd, stützte sich mit beiden Händen am Türrahmen des Autos ab. Rötliches Licht lag auf seinem runden, müden Gesicht, die Augen trieben unruhig umher. Sie wollte etwas sagen, wartete. Keine Plattitüden, wenn einer glaubte, Schuld auf sich geladen zu haben.

»Und wenn er nicht mehr auftaucht? Ich meine, wenn er so wieder auftaucht wie Janisch?«

Sie musste lächeln. »Ich glaube, dass er mit uns spielt. Ludwig Kabangu ist ein eigensinniger Mann. Vielleicht hat er sich gedacht, er holt sich die Kontrolle über sein Leben für ein paar Stunden zurück.«

»Nicht dein Ernst, Bonì.«

»Mein voller Ernst.«

»Warum glaube ich dir dann nicht?«

»Wegen Janisch?«

»Ach so?«, murmelte er, drückte die Zigarette im Aschenbecher aus, ein paar andere Kippen fielen dabei zu Boden. »Ich muss los, der Marek wartet schon. St. Georgen, irgendein Kerl, der Drogen vertickt.«

Sie trat vom Auto zurück. »Danke für deine Hilfe.«

Gerd nickte stumm, als wollte er sagen: Schöne Hilfe, wenn ich's doch vermasselt hab. »Und du? Wieder rein?« Er nickte in Richtung Direktionsgebäude.

»Nein. Auf irgendeine Bank am Fluss, warten, bis Kabangu auftaucht.«

»Mann, Mann, Mann, Bonì, du und deine Gespenster, am Ende hast du wieder recht.«

Sie lachte.

»Sagst du Bescheid, wenn du was hörst?«

»Mache ich«, versprach sie.

Sie parkte hinter dem Ufercafé, setzte sich auf die Böschung an der Dreisam ins Gras. Für ein paar Minuten lagen letzte Sonnenstrahlen auf ihrem Gesicht, dann wurde es rasch dunkler. Sie ließ sich nach hinten sinken, schob die Hände unter den Kopf, die Erleichterung hielt noch an. Ein wundersamer Moment der Ruhe, der Entspannung, obwohl der Gedanke eigentlich vollkommen abwegig war: dass jemand aus dem Ministerium Leif Enders die Nacht und den Vormittag über nicht in Freiburg haben wollte, damit er bei dem Anschlag auf Ludwig Kabangu nicht zufällig im Weg wäre. Bedeutete ein Dezernatsleiter vor Ort Ärger? Oder sollte er geschützt werden?

Und sie? Konnte sie dann geopfert werden?

Sie musste lächeln.

Eine Welt ohne Louise Bonì? Eigentlich doch unvorstellbar. Noch unvorstellbarer als eine Welt ohne Rolf Bermann.

Gedanken einer zu Tode Erschöpften, ging es ihr noch durch den Kopf, dann war sie eingeschlafen.

Die Meldung kam um zwanzig nach acht von einem Kollegen des Reviers Freiburg-Nord. Ludwig Kabangu saß auf den Stufen des Augustinerplatzes, eine Flasche Bier in der Hand, zwei weitere neben sich, allein unter Dutzenden anderen Menschen, die den warmen Abend genossen.

Allein?, dachte Louise. Nicht ganz. Ein weiterer Krüger oder Schulz würde schon in der Nähe sein.

Und natürlich Großvater Mabruk.

23

»Gut«, sagte sie und setzte sich neben Kabangu. »Sind wir jetzt wieder Freunde?«

Er lächelte. »Sie kommen spät, Ihr Bier ist warm geworden.«

»Kein Alkohol für mich, Herr Kabangu. Ich war süchtig.«

Auf den Stufen über und unter ihnen saßen Dutzende Menschen in der Dunkelheit, irgendwo spielte jemand Gitarre, ein Mädchen sang dazu. Eine melancholische Stimme, traf nicht jeden Ton, war aber anrührend in ihrer Unschuld und Selbstvergessenheit. Unten in der Gerberau rollte der Streifenwagen davon. Antifa oben am Museum, hatte der Kollege gesagt. Louise hatte sie gesehen, drei, vier Jungs, echte Antifa.

»Süchte …«, raunte Kabangu. »Ich hatte auch ein paar. Zigaretten, Frauen, Schlägereien. Eine der schlimmsten war die Flucht. Ich war süchtig danach zu fliehen.«

»Wovor?«

»Vor mir selbst.«

»Kenne ich. Wollen Sie erzählen?«

»Ein anderes Mal.«

»Falls es ein anderes Mal gibt.«

Er lächelte wieder, die Züge für einen Moment jugendlich verschmitzt. »Sie sind hier, Madame Bonì, Sie beschützen mich.«

»Die anderen sind auch hier.«

Er hob die Flasche an den Mund, nahm einen Schluck, die Bewegungen entspannt, der Blick unbeeindruckt. »Warum haben sie es dann nicht längst getan? Hier zum Beispiel, wo sie niemandem auffallen würden?«

»Offensichtlich haben sie einen anderen Plan.«

»Den Sie aber nicht kennen?«

»Ich glaube, dass sie es heute Nacht oder morgen Vormittag versuchen.«

Kabangu blickte auf die Bierflasche, strich mit dem Daumen über die Öffnung. »Sie sind wirklich davon überzeugt, nicht wahr? Dass mich jemand töten will?« Er sah sie an, freundlich, aus weiter Ferne. Er hatte das Wort *»tuer«* erneut ohne jede Regung ausgesprochen. In seiner Stimme, seinen Augen lag nicht einmal eine Spur von Fassungslosigkeit oder Angst, die Louise bei einem Menschen erwarten würde, in dessen Lebenswirklichkeit *tuer* keine Rolle spielte.

Sie fragte sich, ob er früher schon einmal in einer ähnlichen Situation gewesen sein mochte. Ob schon einmal jemand versucht hatte, ihn zu töten.

»Ja«, erwiderte sie.

»Und Sie wollen mich beschützen. Heute Nacht und morgen Vormittag.«

»Bis Sie abreisen.«

»Ohne Großvater Mabruk reise ich nicht ab.«

»Dann eben solange Sie in Freiburg sind.«

»Gelegentlich werden Sie mich verlieren, wie heute.«

»Wenn Sie sich wiederfinden lassen, kann ich damit leben.«

Er musterte sie nachdenklich. »Und wenn ich jemand ganz anderes wäre als der, für den Sie mich halten?«

»Sind Sie das?«

Ein starres Lächeln, dann beugte er sich zu ihr hinüber. »Glauben Sie, dass auch Töten zur Sucht werden kann?«

»Ja.«

Er öffnete die nächste Flasche Bier mit einem Feuerzeug und trank, zündete sich anschließend eine Zigarette an. Sie wartete, während sie derselbe scharfe, unangenehme Geruch einhüllte, den sie in seinem Zimmer wahrgenommen hatte. Als er nicht weitersprach, sagte sie: »Wir finden Maria nicht.«

»Wenn sie wüsste, dass Sie sie suchen, würde sie Sie anrufen.«

»Sie existiert nicht. Zumindest nicht in Freiburg.«

»So viele Sorgen, so viel Misstrauen, Madame Bonì! Sie erkennen die Guten nicht, weil Sie nur noch an die Bösen denken.«

»Besser so als umgekehrt.«

Er lachte. »Ich treffe Maria morgen zum Frühstück. Sprechen Sie mit ihr, dann wird sich alles klären.« Ein Café am Münsterplatz, sagte er, verborgen in einer Seitengasse, bekannt für die Torten, sie waren am ersten Nachmittag dort gewesen, »*la Schwarzwalder Kirsch*« ein Traum, sicherlich auch zum Frühstück. Er stand auf, die Hälse der drei Bierflaschen zwischen den Fingern der rechten Hand, und streckte sich. Er wollte in den Supermarkt, deutsche Zigaretten besorgen und deutsche Schokolade, die Seele und Großvater Mabruk mussten getröstet werden, bis Dr. Arndt sich überzeugen ließ.

Auch Louise erhob sich. »Wann sind Sie mit Maria verabredet?«

»Um acht Uhr dreißig.«

»Sie wird nicht kommen.«

»Sie wird, Madame Bonì, glauben Sie mir.«

Sie folgten der Gerberau in Richtung Westen, Menschenströme wie im Sommer, gelegentlich Blicke auf Kabangu, auf sie. Im Laternenlicht schimmerten vereinzelt kahle Köpfe, einmal meinte sie ein paar Meter vor ihnen den schwarzen Rücken mit Frakturschrift aus dem Colombipark zu sehen. Andere Passanten glitten dazwischen, der schwarze Rücken tauchte nicht mehr auf.

Zum ersten Mal, seit sie Kabangu kannte, dachte Louise an den Krieg in Ruanda Anfang der neunziger Jahre. Die Massaker der Hutus an den Tutsis oder umgekehrt, das hatte sie sich nie merken können.

»Waren *Sie* süchtig danach zu töten, Herr Kabangu?«

»Was für ein düsteres Thema …« Er berührte ihren Arm. »Soll man nicht heiter sein im Angesicht des Todes? Sollte ich nicht tanzen gehen? Sicher wissen Sie, wie gelenkig wir Afrikaner sind. Wie gut wir uns bewegen, wie gut wir tanzen. Sicher wollen Sie unbedingt einmal mit einem Afrikaner tanzen!« Er lachte auf, hob die Arme, bewegte unbeholfen Becken und Schultern, die Arme eckig schlackernd, in einem der Gelenke ein wiederholtes Knacksen, eher ein Krachen. Er hielt inne. »Ich wollte, ich könnte tanzen. Meine Frau tanzte wunderbar! Wie sie tanzte! Tanzen zu können war immer mein Traum. Man muss, stelle ich mir vor, all das Schlechte aus sich hinausschütteln können beim Tanzen. All die Gedanken, die sonst bleiben und den Körper und die Seele krank machen.«

Sie überquerten die Kaiser-Joseph-Straße, der Menschenstrom schwoll an, anschließend wurde es ruhiger, dunkler. Krank machende Gedanken, dachte Louise und fragte nach, doch Kabangu lächelte nur auf seine flüchtige, mechanische Weise.

Birte rief an, sagte: »Ich könnte jetzt für ein paar Stunden.«

»Vor dem Hotel«, erwiderte Louise, »danke.«

Auf Umwegen gingen sie in Richtung Hotel. Kabangu erzählte von seinem zweiten Gespräch im Uni-Archiv, auch das sei nicht gut verlaufen. Dr. Arndt sei ein freundlicher, doch unnachgiebiger Mann. Er lasse die Politik und das Geld gewinnen, nicht den Menschen. Habe Angst vor dem Einzelnen, weil viele folgen könnten. Und solange die ruandische Botschaft nicht tätig werde … *Bedaure, Herr Kabangu, wir können Ihrem Anliegen derzeit nicht entsprechen.*

Sie betraten den Supermarkt schräg gegenüber vom Colombi-park. Louise hielt sich dicht bei Kabangu, hektisch glitt ihr Blick über die anderen Kunden, trotz allem musste sie wachsam sein, trotz morgen früh, halb neun. *Kaufhäuser, Supermärkte und Bahn-höfe, die Hölle, Boni, da hast du keine Chance ...*

Draußen sagte Kabangu: »Auch die Botschaft will, dass ich ab-reise.« Am frühen Abend hatte der ruandische Botschafter höchst-selbst angerufen. Er fürchte diplomatische Komplikationen. Ver-ärgerung aufseiten des »Partners Deutschland«. Über Gebeine aus den früheren Kolonien rede man hierzulande nicht gern, das müsse man wissen und verstehen und dem Partner nachsehen. Die Toten in allen Ehren, mein Freund, wichtig ist doch die Gegenwart, nicht die ferne Vergangenheit. *Heute* muss Ruanda leben und erstarken. *Heute* muss unser Volk zur Einheit finden und dem einstigen Feind von nebenan verzeihen. Sich der *eigenen* Schuld stellen – denn hat Ruanda nicht selbst genügend Menschen auf dem Gewissen? Soll-ten wir nicht erst einmal deren Geschichten erzählen und deren Gebeine begraben und deren Seelen trösten, bevor wir mit unserer Moral auf weite Reisen gehen?

Sei gütig und nachsichtig, mein Freund. Kehre nach Hause zu-rück. Dein Land bittet dich darum.

»*Das* hat er gesagt?«

»Nicht wörtlich. Er ist kein guter Redner. Man muss in eine ver-ständliche Sprache übersetzen, was er von sich gibt.«

Sie nickte lächelnd.

»Alles, was geschieht, hat eine Geschichte. Geschieht es mir, ist es meine Geschichte. Erzähle ich davon, gebe ich ihm meine Stimme. Erzähle es mit meinen Worten.«

»Und aus der Geschichte wird ein Märchen.«

Kabangu hob die dichten grauen Augenbrauen. »Aber nein! Der Kern ist immer wahr, und nur um den Kern geht es. Wenn Sie

Ihren Kindern etwas schenken, verpacken Sie es in hübsches Papier. Ist das Geschenk selbst deshalb ein Märchen? Existiert es nicht? Nein, es ist Wirklichkeit! Nur hübsch verpackt.«

»Ist Großvater Mabruk auch eine hübsch verpackte Geschichte?«

»Großvater Mabruk, hörst du das? Sie glaubt, du bist erfunden!« Kabangu lauschte in den Himmel, nickte lächelnd, sagte schließlich: »Ich weiß, ich weiß, Großvater ... Nein, Madame Bonì, er ist wirklich. Aber statt der hässlichen Geschichte, für die er steht, habe ich Ihnen die schöne Geschichte erzählt, für die er auch steht.«

Vor dem Hotel hielt er inne. »Sie wollen mit nach oben kommen, nehme ich an.«

»Ich schlafe auf dem Sofa, was dagegen?«

Er schnalzte verneinend mit der Zunge. »In meinem Zimmer können Sie sicherlich am besten auf sich aufpassen. Aber ein Sofa gibt es nicht.«

»Dann auf dem Sessel. Oder auf dem Boden.«

»Auf dem Boden, ja! Wie wir Afrikaner!« Er lachte herzhaft. »Und ich schlafe im Bett wie ihr Europäer. Aber ich warne Sie. Ich habe Albträume und stehe oft auf.«

»Die Toten?«

Ein überraschter Blick, dann sagte er: »In meinen Träumen verkleiden sie sich als Lebende.«

Sie nahmen die Treppen, einen Lift könne er nicht betreten, erklärte Kabangu, zu klein, zu unkontrollierbar. Auch Fahrstühle hätten nämlich ihre Launen und Schwächen, und manchmal beschlössen sie, auf halber Strecke stehen zu bleiben, um nachzudenken oder um sich zu erholen. Das müsse man wissen und verstehen und ihnen nachsehen, deshalb bevorzuge er Treppen. Mit einem zufriedenen Lachen legte er die Hand ans Geländer und begann den Aufstieg.

Im dritten Stock pausierten sie.

»Ich habe keine Kinder«, sagte Louise.

»Ich auch nicht. Und für diese Geschichte gibt es leider keine hübsche Verpackung.«

Als sie Kabangus Zimmer betraten, klingelte ihr Telefon. »Ben« stand auf dem Display.

Sie wandte sich ab. »Endlich!«

Er war eben in ihrer Wohnung eingetroffen, wollte reden. Es klang … endgültig.

Nicht heute, dachte sie. Morgen vielleicht … Oder in ein paar Wochen, ein paar Monaten. Man muss sich doch Zeit lassen mit Endgültigem.

Und es muss doch auch nicht gleich endgültig sein …

»Ich kann hier nicht weg, Ben.«

»Dann komme ich zu dir.«

24

Er kam eine halbe Stunde später.

Erwartete sie draußen vor dem Eingang im gelblichen Schimmer einer Wandlampe, unrasiert, die Haare wieder halblang und gelockt. Ein schöner Mann auf den zweiten Blick, und so nahm sie ihn seit eineinhalb Jahren wahr, mit dem gefährlichen zweiten Blick, der nicht vergessen ließ.

Ein kurzer ungelenker Kuss.

Sie spürte sofort, dass es ihm nicht gut ging, spürte die Unzufriedenheit, die Zweifel, die Sehnsucht. Osijek im Dezember 2004 kam ihr in den Sinn, auf der Brücke über die Drau war sie Ben Liebermann zum ersten Mal begegnet, er hatte so frei und zufrieden ausgesehen. Monate zuvor war er aus dem Polizeidienst ausgestiegen, hatte alles hingeworfen und hielt sich mit einem Aushilfsjob bei einem privaten Sicherheitsdienst über Wasser. War mit sich im Reinen.

Und distanziert ... Sie erinnerte sich, wie lange sie in den ersten Stunden auf ein Lächeln gewartet hatte.

Das Leben ist schon seltsam. Was da so alles vom Breisgau nach Osijek kommt.

Du solltest lächeln, wenn du so was sagst.

Einen Tag später hatte es begonnen. Moleküle waren zwischen ihnen hin- und hergesprungen, obwohl sie sich nicht einmal zufällig berührt hatten. Von Anfang an hatte sie gedacht, dass dieser Mann zu ihr passen würde, vielleicht nur dieser eine überhaupt.

Schweigend ließ er sie in ihre Abgründe steigen und war da, wenn sie wieder herauskam.

Das Problem waren seine Abgründe.

»Du musst wieder los? Runter auf den Balkan?«

»Ich muss nicht, ich will«, erwiderte er. »Ja, ich muss.«

»So habe ich es gemeint.«

»Komm mit, Louise. Sarajevo oder Osijek.«

Das hatte sie nie verstanden, und sie hatte es auch nie wirklich ernst genommen: dass Ben Liebermann eine vom Krieg gezeichnete Stadt brauchte, Krieg in den Häuserfassaden und den Augen der Menschen sehen musste, um zur Ruhe zu kommen. Nur in einer versehrten Stadt unter versehrten Menschen fühlte er sich zugehörig, überall sonst wurde er zum Suchenden und Gescheiterten. *Nichts erreicht, nirgendwo heimisch geworden, keine Familie gegründet, von Stadt zu Stadt gezogen. Weil ich nichts bin. Niemand bin.*

2003 hatte ihn der Bundesgrenzschutz im Rahmen einer EU-Mission nach Sarajevo geschickt, und die Suche hatte ein Ende gefunden.

Auch sie war doch auf der Suche, dachte sie. Vielleicht musste sie aus Freiburg fort, um zu finden?

Aber nicht nach Sarajevo oder Osijek oder Priština. Nein, dachte sie. Sie war nur hier jemand, in Freiburg. Konnte nur hier so sein, wie sie war. Sie schüttelte den Kopf. »Ich kann nicht. Ich gehöre hierher.«

»Ja«, sagte Ben.

Er hatte es mit Freiburg versucht, sieben, acht Monate lang. Hatte nachts in einem gläsernen Häuschen gehockt und einen fast leeren Parkplatz bewacht. Dann gekündigt und sich tagsüber gefragt, was aus nichts schon werden konnte. Später hatte er ihr erzählt, dass Freiburg besonders schlimm gewesen sei. Viel zu hübsch, zu niedlich. Ein irrealer Ort, ein Inselchen außerhalb der Realität.

Wer hier nicht am Glück teilnehme und sich nicht finde, werde fortgespült.

Ben war nach Potsdam gespült worden. Ein Verwaltungsjob bei der Bundespolizei, »Internationale Angelegenheiten, Europäische Zusammenarbeit«, sein Spezialgebiet, immerhin.

Jetzt, vier Monate später, stand er vor ihr, auf der Durchreise in ein neues Leben ohne sie.

Im Augenwinkel nahm Louise eine Bewegung wahr, ein helles Gesicht in einem parkenden schwarzen Wagen, eine Hand bewegte sich am Lenkrad. Erst jetzt erinnerte sie sich, Birte war da. Bekam alles mit, das Unbeholfene, das Endgültige.

Aber sie hatte sich abgewandt, wollte nicht indiskret erscheinen.

»Es muss doch nicht … endgültig sein«, sagte Louise.

»Ich sehe keine andere Lösung.«

»Wir könnten ein Kind bekommen. Eine Familie werden.«

Er legte ihr die Hand auf den Arm, zog sie spontan in eine Umarmung. »Du wirst im August sechsundvierzig.«

»Dafür sehe ich aus wie sechsunddreißig.«

Sie hörte und spürte ihn lachen, eher ein krampfartiges Zucken der Muskulatur, und sie dachte, das war neu, Ben Liebermann rang mit Tränen.

»Ich möchte ein Kind, verdammt«, sagte sie. »Möchtest du nicht auch eins? Eine kleine Familie?«

»Nein … Nicht hier, in Freiburg.«

Sie lehnte sich zurück, sah ihn an. »Was? Aber in Sarajevo?«

»So war's nicht gemeint.«

»Das ist doch bescheuert, Ben. Nicht in Freiburg, aber vielleicht in Sarajevo oder in Osijek? Das ist echt bescheuert.« Wut schoss ihr durch die Adern, heilsame Wut, mit ihr kam die Kraft zurück. Niemanden lieben hieß: niemanden verlieren, vor allem nicht sich selbst. Zu spät im Fall Ben Liebermann, dachte sie und wurde noch wütender. »Ich hab dich meiner Mutter vorgestellt, verdammt!«

Er sah sie überrascht an, war weit weg jetzt, unerreichbar.

»Okay, kein gutes Argument«, gab sie zu und dachte: Argument wofür? Wogegen? Es wurde immer bizarrer.

Sie wurde immer bizarrer.

»Ich muss da jetzt wieder hoch. Ich muss wieder arbeiten.«

Er nickte, küsste sie auf die Wange. »Ich bleibe bis morgen Mittag. Falls du noch mal reden willst.«

Noch mal reden, dachte sie.

Also war es doch endgültig.

25

Eine lange Nacht, vielleicht die längste ihres Lebens, sicherlich die seltsamste. Sie schlief nicht länger als fünfzehn, zwanzig Minuten am Stück, schrak im Sessel hoch, bevor die traurigen Träume und die Albträume kommen konnten. Manchmal saß Kabangu dann schief im Bett, manchmal stand er am Fenster, manchmal vor ihr, den Oberkörper gebeugt, ihr Gesicht betrachtend. Sie war davon überzeugt, dass er nicht an Sex dachte, obwohl er nicht mehr trug als grüne Boxershorts und fünfundsechzig kein Alter war, in dem man nicht an Sex dachte, und obwohl sie an Sex dachte. Nein, er dachte an etwas anderes, etwas Unergründliches. Mit fragenden Augen sah er sie an, als erwartete er Antworten von ihr, ob sie nun schlief oder nicht.

Manchmal erwachte sie, weil er in einer fremden Sprache zu ihr oder sich selbst oder Großvater Mabruk sprach. Manchmal erwachte sie, weil sie sprach. Was sie zu wem sagte, war in dem Moment vergessen, da sie die Augen aufschlug.

Nach Mitternacht traf eine SMS ein, viel später eine zweite: Birte war gegangen, Gerd war gekommen.

Einmal riss sie ein lichter Gedanke aus dem Schlaf, und als sie Kabangu gebückt vor sich stehen sah, sagte sie: »Alles erfunden, muss ja so sein, Sie hätten Aufzeichnungen über Feldmann und Koch überhaupt nicht lesen können, die waren wohl kaum auf Französisch oder Ruandisch geschrieben.«

»O ja, im Gegenteile«, erwiderte Kabangu auf Deutsch, sehr

langsam und mit starkem Akzent. »Glücklicherweise aber war es dem Großvater und genauso dem Vater inniglicher Wunsch, ich solle die Sprache des Brüderlandes erlernen. Wohl bin ich mir klar bewusst, dass uber die Jahre ein Verlust an Wortern sich einstellte und wohl an Sinn, dieses möge mir verzeihbar sein. So sei es meiner bescheidenen Person gestattet, Fräulein Louise, künftig zum Französischen wiederzukehren.«

»Verdammt«, sagte Louise, und Kabangu lachte beglückt.

Als es dämmerte, konnte sie nicht mehr einschlafen. Sie wartete, bis Kabangu ächzend aus dem Schlaf fuhr, wünschte ihm einen guten Morgen und begann, von ihren Toten und ein paar Lebenden zu erzählen, mal auf Deutsch, mal auf Französisch, beginnend mit Ben Liebermann, der zu reden angeboten und »Leb wohl« gemeint hatte, bloß nicht lieben, sagte sie, man kommt ja nie mehr los, aber das wissen Sie wohl. Der unsterbliche Rolf Bermann wanderte durchs Zimmer, der Mönch Taro, immer wieder Germain, der tote wie der lebende, man kommt ja ganz durcheinander mit der Erinnerung, sagte sie, wenn der eine Bruder so heißt und der andere auch, der kleine Germain Nachfolger des jungen, wilden Germain aus einem früheren Leben, der eine lebt nur, weil der andere tot ist, wer soll das bitteschön auf die Reihe kriegen und noch lächeln dabei?

Abschließend tauchte verlässlich René Calambert auf, und sie sagte: Es hat geschneit damals, ich hab nichts gesehen, bloß seinen Schemen und das entführte Mädchen in seinem Kofferraum und meine Wut, der Schemen hatte eine Waffe und hat sie vielleicht gehoben und vielleicht auf mich gerichtet, aber das ist nicht relevant, er war ein ganzes Stück entfernt und hatte meine Kugel im Bein, relevant ist die Wut, Herr Kabangu, ich nehme mal an, die Wut hat ein zweites Mal geschossen, aber genau erinnere ich mich eben nicht, und wissen Sie, wer Ordnung ins Chaos gebracht und ein hübsches Geschenkpapier um diese Geschichte gewickelt und *mich* beschützt hat?

»Ich«, sagte Rolf Bermann, und sie nickte und schwieg.

Um halb acht duschte sie. Eine Haarbürste gab es nicht, immerhin hatte die Rezeption eine Zahnbürste zur Verfügung gestellt.

Sie kehrte ins Zimmer zurück.

Kabangu stand angezogen da, ein Stück Schokolade in der Hand, und musterte sie, als hätte er schon eine Weile auf sie gewartet.

»Warum haben Sie mir das erzählt?«, fragte er nicht unfreundlich.

»Denken Sie, ich kann Ihnen Trost spenden? Weil ich ein Ruander bin, ein Afrikaner? Denken Sie, ein Afrikaner wird schon wissen, wie man mit Leid und Verlust umgeht? Mit Toten, die nicht reden oder die zu viel reden? Ein Afrikaner tröstet und stellt Verbindungen her und ist eins mit allem, was war, ja? Er befragt Orakel oder ein Stück Holz oder den Staub der Straße und findet auf diese Weise Antworten? Hat metaphysischen Kontakt zum Jenseits? Ich kann Ihnen nicht helfen, Madame Bonì. Ich kann nicht einmal mir selbst helfen.«

Sie nahm ihre Jacke und schlüpfte hinein. »Gut, hätten wir das auch geklärt. Fehlt nur noch eins: Waren Sie süchtig danach zu töten? Das möchte ich wissen, bevor ich Ihnen das Leben rette.«

»War ich«, sagte Kabangu und schob sich das Stück Schokolade in den Mund und ging zur Zimmertür.

26

Erneut ein milder Tag, wenn auch bewölkt. Die Luft roch nach Regen und Sommer, ein leichter Wind ging. Gerd stand auf der Straße vor dem Hotel, an den Escort gelehnt, hob zum Gruß flüchtig zwei Finger an die Stirn. Auf dem Beifahrersitz sah Louise den Vogelkäfig. *Ich bring den Willi mit,* hatte er gesimst, *der hält mich wach, den musst du mal singen hören, Boni.* Er löste sich vom Wagen, setzte sich auf gleicher Höhe mit ihnen in Bewegung.

Auch Marek wollte später kommen, wenigstens zum Café, hatte aber nichts versprechen können. Kollegen vom Revier Nord hielten sich in der Nähe des Münsterplatzes auf. Mehr Schutz hatte sich nicht organisieren lassen. Die WM-Vorbereitungen hatten Priorität. Alles hatte Priorität. Hubert Vormweg – Cord – war skeptisch geworden. Das Dauerfeuer aus Stuttgart, hatte Graeve vor wenigen Minuten am Telefon erklärt. Außerdem gebe es, gelinde gesagt, nicht allzu viele belastbare Indizien dafür, dass sie recht habe.

Recht womit?, hatte sie gefragt.

Nicht mal das lässt sich genau sagen, hatte Graeve erwidert.

Zumal der »*Sky Wave*« aus Jena gefunden worden war, samt Dieb. Die belgischen Kollegen hatten das Wohnmobil am frühen Morgen nahe Lüttich auf einer Raststätte entdeckt. Der Dieb, ein verlotterter Gelegenheitsjobber aus Aachen, hatte gestanden. Aber nicht nur das – er hatte den offiziellen Mieter, Matthias »Matze« Seibert aus Jena, als jenen Mann identifiziert, der unmittelbar vor dem Diebstahl aus dem Wagen gestiegen sei.

Das müsste schon ein sehr gut organisiertes Netzwerk sein, hatte Graeve gesagt.

Ist es, hatte Louise entgegnet.

Kabangu ging in Gedanken versunken neben ihr. Seit sie das Zimmer verlassen hatten, schwieg er. Der Nachhall der Nacht, vielleicht auch ihrer Fragen. Sie hätte sich gern mit ihm unterhalten, um nicht an Ben denken zu müssen.

Reden, dachte sie.

Ich bleibe bis morgen Mittag, dachte sie.

Also heute Mittag.

Linker Hand tauchte der Colombipark auf. Kein Verdächtiger weit und breit.

Enders rief an. Er war auf dem Rückweg nach Freiburg, das Gespräch im Ministerium hatte nur eine halbe Stunde gedauert. Ein Staatssekretär, ein Bundesanwalt, ein Verfassungsschützer. Die drei hatten neunundzwanzig Minuten unter sich aufgeteilt, er hatte eine bekommen, zur Begrüßung, zur Verabschiedung. Fazit: Nachrichtensperre, das LKA übernahm die Ermittlungen, Freiburg war draußen, *und halten Sie* – er lachte wütend – *um Himmels willen die Kollegin Boní an der kurzen Leine.* Alles sehr heikel. Staatsgeheimnisse könnten verraten werden. V-Leute könnten enttarnt werden, verdeckte Operationen gefährdet. Spekulationen schössen ins Kraut, siehe den Tod von Ricky J. Außerdem werde irgendwann ein zweites NPD-Verbotsverfahren kommen, deshalb müsse man höchst vorsichtig vorgehen und das große Ganze im Blick behalten. Ganz abgesehen davon gebe es weder ein Neonazi-Netzwerk in Baden-Württemberg noch überregionale Strukturen. Und die WM! Nicht auszudenken, wenn die internationale Presse ... »Und so weiter.«

»Haben die Janisch denn schon obduziert?«, fragte Louise.

»Heute Nacht, Graeve wird gleich informiert.«

»Und?«

»Keine Ahnung. Aber es wird uns nicht gefallen. Und ich wiederhole: Wir sind draußen. Das Ermittlungsteam wird eben aufgelöst.«

»Ich verstehe dich gerade so schlecht«, sagte sie.

»Ich höre dich nicht mehr«, sagte Enders.

»Leif?«

»Louise?«

Sie beendeten die Verbindung.

Die schmale Rathausgasse. Passanten, wie man sie an einem Donnerstagmorgen um 8.15 Uhr erwartete, nicht mehr, nicht weniger, nicht anders.

Ben, der auf einer Brücke stand, über einen Fluss blickte.

Zu reden anbot und in Wahrheit fortging.

Kabangu spazierte dicht am Bächle entlang. Louise hielt zwei Meter Abstand, achtete darauf, dass sich niemand zwischen sie schob. Immer wieder sah sie sich nach Gerd um, der ein paar Schritte hinter ihr war und signalisierte, dass er alles im Blick habe. Sie überquerten den Rathausplatz. Niemand, der in irgendeiner Weise auffällig wäre. Im Grunde rechnete sie auch nicht damit. Kabangus Ziel war bekannt. Wenn sie es an diesem Morgen versuchen wollten, dann dort.

Die Kaiser-Joseph-Straße. Zwei Streifenwagen, der eine stand, der andere rollte vorüber. Dann der Münsterplatz. Zu spät fiel ihr der Markt ein. Doch der Trubel hielt sich in Grenzen.

Trotzdem, für ihren Geschmack immer noch zu viele Menschen. Sie schloss zu Kabangu auf, legte ihm die Linke an den Arm und steuerte ihn zwischen den Ständen hindurch.

Er deutete auf den Glockenturm. »Zu hoch für mich. So hoch oben wird mir schwindlig. Man sieht zu viel. Man sieht, wie kompliziert und vielfältig der kleine Raum ist, in dem man sich bewegt. Man begreift, dass man nichts kontrollieren kann. Nur wer die ganze Zeit oben ist, kann kontrollieren. Aber dann wäre man nicht unten und könnte nicht teilnehmen. Wie Großvater Mabruk.«

Die Gasse, in der das Café lag, kam in Sicht. Louise hielt Kabangu zurück, Gerd überholte, verschwand in dem Sträßchen. Zwei Minuten später simste er – der Innenraum leer, auch draußen saß noch niemand. Zwei Eingänge, einer zur Gasse, der andere zum angrenzenden Museum.

»Können wir bitte woanders frühstücken?«, fragte Louise.

»Nein«, erwiderte Kabangu.

Sie verließen den Münsterplatz. Vier, fünf Häuser, das letzte das Museum, dann wich die Front zurück. Ein Baum, ein paar Tischchen, an einem saß jetzt eine Frau. Als sie Kabangu bemerkte, hob sie die Hand und winkte.

»Maria«, sagte er.

Maria hatte eine schlüssige Erklärung: Sie lebte in Kirchzarten. Der Einfachheit halber habe sie Kabangu erzählt, sie sei aus Freiburg.

»*Kirsch-sarten*«, wiederholte Kabangu.

»Nein«, sagte Maria. »Kirch-zarten. Gleich der nächste Ort, wenn man Richtung Schwarzwald fährt.« Sie sprach mit starkem badischem Einschlag, lachte scheu. Eine adrette ältere Dame, zierlich und gebildet, nach Lilien duftend.

Louise erschien sie glaubwürdig. Trotzdem bat sie sie, sich auszuweisen. Maria verzog verlegen das Gesicht. »Das geht leider nicht, ich habe meine Geldbörse daheim vergessen, sie muss auf dem Küchentisch ...« Sie wandte sich Kabangu zu. »Ob Sie mir wohl mit zehn Euro aushelfen könnten, Ludwig? Sie bekommen es heute Abend zurück.«

Kabangu lachte freundlich, natürlich konnte er.

»Heute Abend?« Louise musterte Maria, das Misstrauen war wieder da.

»Wir gehen ins Kino.«

»Was dagegen, wenn ich Sie später nach Hause begleite?«

»Nach Kirchzarten?«

»Dorthin, wo Sie leben.«

Maria lächelte. »In einem Streifenwagen?«

»Wenn Sie das möchten.«

»Ja, gern. Wie aufregend! Und außerordentlich praktisch.«

»Madame Bonì ist sehr skeptisch und sehr gründlich«, sagte Kabangu aufgeräumt.

»Ich denke, das muss eine Kriminalbeamtin auch sein, nicht wahr? Aber weshalb ist … *die Polizei* involviert?« Maria hatte die Stimme gesenkt, die letzten Wörter beinahe geflüstert. Die Augen waren groß geworden, zeigten Neugier. Die feingliedrigen Finger zitterten leicht, die Wangen waren ein wenig gerötet.

»Die Gebeine«, sagte Louise. »Da …«

»Großvater Mabruk«, erläuterte Kabangu.

»Da gibt es kriminalrechtliche Aspekte.«

Eine Kellnerin kam, sie bestellten. Vom Münsterplatz schlenderte Gerd heran, setzte sich zwei Tische weiter. Er hatte die Gasse aus einem anderen Winkel im Blick als Louise, saß schräg, sodass er auch den Café-Eingang sehen konnte, wenn er den Kopf leicht drehte.

Vor sich hin summend, vertiefte er sich in die Getränkekarte.

»Kriminalrechtliche Aspekte?« Marias weißlichblonde Haare waren gefärbt, an den Wurzeln schimmerte Hellgrau durch. Am Hals pochte die Schlagader in einem sanften Rhythmus. Der Blusenkragen streng geschlossen, auch das Gesicht wirkte auf den zweiten Blick streng. Die Neugier und das Scheue kamen Louise plötzlich wie ein Widerspruch vor. Schienen nicht zur Strenge zu passen.

»Madame Bonì«, mahnte Kabangu, als sie nicht gleich antwortete.

»Die Gebeine von Großvater Mabruk wurden damals möglicherweise illegal aus dem Grab entnommen, aber das wissen Sie vermutlich.«

Die Kellnerin brachte die Getränke. Über das Klirren des Geschirrs legten sich ferne Kirchenglocken. Die Glocken des Münsters folgten. Neun Schläge.

Der Klang war verhallt, ein Sirren blieb. Ein Sirren in ihrem Kopf, weil das Blut mit einem Mal lauter rauschte. Drei Stunden bis Mittag, dachte sie. Vielleicht vier. Je nachdem, was »Mittag« für Ben bedeutete.

Auf Marias Stirn hatte sich ein feiner Schweißfilm gebildet. Die Halsschlagader pulsierte jetzt rasend schnell. Louise sah zu, wie sie die Tasse hob und trank, die Augen für einen Moment schließend. Mit beiden Händen setzte sie sie ab. Ein Lächeln, eine gemurmelte Entschuldigung, dann stand sie auf und verschwand im Café.

Zwei Eingänge, dachte Louise.

Zwei Ausgänge.

Sie erstarrte, die Muskeln wie gelähmt, die Hände eiskalt. »Gerd!«, rief sie und zog die Waffe aus dem Holster.

Bevor Gerd reagieren konnte, wurde sein Oberkörper nach vorn gestoßen, kam auf dem Tisch auf, Blut quoll seitlich aus seinem Hals, dann platzte Blut in einer Fontäne aus seinem unteren Rücken, wieder hatte Louise keinen Schuss gehört. Kabangu stieß einen Schrei aus, eher ein Laut der Überraschung als der Furcht. Sie zerrte ihn mit sich zu Boden, bekam noch mit, dass hinter ihm Putz aus der Gebäudemauer flog, dann hatte sie den Tisch umgerissen und vor ihre Körper gezogen.

Zwei Schützen, dachte sie, einer im Eingang des Cafés, von dem Baum verdeckt, der andere kam aus der Gasse, dort hatte sie im Augenwinkel Bewegungen wahrgenommen.

Die Finger der linken Hand in Kabangus Unterarm krallend, wagte sie einen Blick auf Gerd. Er schien zu leben, sein Arm tanzte in krampfartigen Zuckungen.

Ein Schatten glitt über den Boden, Schritte näherten sich vom Café. Sie zog den Schlitten der Waffe zurück, spannte den Hahn. Diesmal hörte sie den schallgedämpften Schuss, die Kugel stieß den Tisch gegen sie, sauste als sirrender Querschläger weiter.

Ein weiteres Projektil prallte gegen das Metall.

»Schießen Sie«, sagte Kabangu ruhig.

Da erklang ein gedämpfter Ruf, plötzlich waren auf der Straße die Schritte zahlreicher Personen zu hören. Keine Warnung, sie feuerten sofort, Schmerzensschreie mischten sich in die Schüsse, Glassplitter regneten auf Louise herab, die Fensterscheibe des Cafés war zu Bruch gegangen.

Dann, von einer Sekunde auf die andere, trat Stille ein.

Unsere Leute, dachte sie.

»Unten bleiben«, sagte sie und erhob sich.

Die beiden Angreifer lebten nicht mehr. Der eine lag vor dem Café-Eingang, der andere an der gegenüberliegenden Häuserwand, hatte ein Fahrrad mit sich zu Boden gerissen. Ein Dutzend vermummte Einsatzkräfte reglos über ihnen, die Waffen auf die Leichen richtend, weitere sicherten den Vorplatz. Durch die zerborstene Frontscheibe sah Louise auch drinnen SEK-Leute.

Gerd, halb auf dem Tisch liegend … Ein Mann und eine Frau standen über ihn gebeugt, versuchten, die Blutungen zu stoppen. Sein linker Arm zuckte wie ein ans Ufer gespülter Fisch.

In geringer Entfernung sprangen Sirenen an und näherten sich, Kranken- und Einsatzwagen nur ein paar Straßen weiter. Alles perfekt vorbereitet, dachte sie. Lediglich mit Gerd hatten sie nichts anzufangen gewusst. Hatten keine Rücksicht nehmen können.

Ein Maskierter mittlerer Größe kam auf sie zu, der Einsatzleiter, bullig, mächtige Oberschenkel. »Schaff deinen Mann fort, Bonì«, bellte er, in Richtung des umgestürzten Tisches nickend, hinter dem Kabangu noch hockte. Sie kannte die Stimme nicht, kein Namensschild an der Schutzweste, natürlich nicht.

Sie trat zu Gerd, ganz sachte, als könnten schnellere Bewegungen sein Leben beenden. Die Frau hob den Kopf, aufgeputschte blaue Augen musterten sie, der Rest des Gesichts unter Schwarz verborgen.

In diesem Moment erschlaffte Gerds Arm.

»Ein Kollege von dir?«

Louise nickte, dachte: Gerd Rehberg, Fahndungsdezernat, geschieden, keine Kinder, nur ein Wellensittich, Willi.

»Tut mir leid.«

»Ja.«

Der Wellensittich ging ihr nicht aus dem Kopf. Sang im Escort vor sich hin und wartete auf einen, der nicht zurückkehren würde.

Keine Ausflüge mehr sonntags in den Park.

Ben, dachte sie.

Bermann fehlte, der würde Ordnung ins Chaos bringen.

Ruhig bleiben, Bonì. Durchhalten jetzt.

Sie wandte sich dem Einsatzleiter zu. »Habt ihr die Frau?«

Ein gleichgültiges Achselzucken. »Bedauere.«

Sie verstand. Keine Auskünfte. Freiburg war raus.

Sie blickte auf den Leichnam neben dem Baum hinunter. Er lag auf dem Rücken, zahlreiche Eintrittswunden in Brust- und Bauchbereich, die rechte Wange zerschossen. Trotzdem erkannte sie ihn sofort. Campen im Idyll, der Mann mit dem Rucksack. Das Gesicht, das Gerd vor dem Hotel fotografiert hatte, ohne es zu bemerken.

Hätte er es nur bemerkt, dachte sie. Gestern oder heute. Er hätte doch nur den Kopf drehen müssen.

»Abmarsch, Bonì«, sagte der Einsatzleiter.

Sie ging zu dem anderen Attentäter. Er war quer über dem Fahrrad zum Liegen gekommen, der Kopf wurde von der Hauswand gehalten. Der zweite Mann, den Riedls Überwachungskamera in der Nacht zum Dienstag aufgenommen hatte. Ähnliche Wunden wie bei dem anderen, die Beine unversehrt. Sie hatten ausschließlich auf die Oberkörper gezielt.

Kabangu trat neben sie. »Vorbei«, sagte er mit matter Stimme.

»Nein«, erwiderte sie.

III

27

Eine Stunde später war der Fall abgewickelt.

Sie saßen im vierten Stock in Cords Büro, blinzelten im Sonnenlicht, Graeve, Vormweg, sie und ein Bundesanwalt, Heinrich Behr, ein großväterlich wirkender Mann um die sechzig. Louise hatte vor Jahren einmal mit ihm zu tun gehabt, hatte ihn als freundlich und harmlos erlebt, auch ein wenig realitätsfern. Er lächelte viel, passte in ihrer Vorstellung eher mit Enkeln vor den Weihnachtsbaum als an den Tisch der Staatsanwaltschaft in einem Prozess gegen Terroristen oder Rechtsextreme.

Doch sie ahnte, dass er auch anders konnte.

»Gratulation«, sagte Behr, und seine sanften Augen wanderten über ihre Gesichter. »Ihnen ist es zu verdanken, dass der Anschlag verhindert werden konnte.«

Keiner der Freiburger antwortete. Sie hatten einen Kollegen verloren, da verbot es sich, Glückwünsche entgegenzunehmen.

»Und nicht nur das«, sagte Behr. »Die Zelle ist zerschlagen.«

»Blödsinn«, sagte Louise.

Behr nickte, berührte ihr Knie mit einer großväterlichen Hand. »Mein Beileid zu Ihrem Verlust. Gerd Rehberg war ein guter Mann, habe ich gehört.«

Cord räusperte sich. »Danke.«

»Atmen Sie durch, es ist vorbei.«

Eine SMS traf ein, Enders, er stand auf der A 5 im Stau.

»Wenn Sie mal zusammenfassen würden«, sagte Louise.

Behr neigte den Kopf zur Seite, blinzelte konzentriert. »So tragisch wie klassisch. Zwei junge Männer aus der ehemaligen DDR verlieren im Mahlwerk der Wiedervereinigung Orientierung und Status, radikalisieren sich. Irgendwann planen sie die Rache für alles, was sie nicht erreicht haben und erdulden mussten.«

»Und die anderen? Die geholfen haben?«

»Hier ein Sympathisant, dort ein Kamerad. Können wir ihnen Unterstützung nachweisen, kommen sie vor Gericht.«

»Torsten Schulz?«

»Ist raus«, erwiderte Graeve. »Sein Anwalt hat eben Haftbeschwerde eingelegt. Christopher Rothe, Sie kennen ihn.«

Louise nickte, sah Behr wieder an. »Und der Auftraggeber?«

»Welcher Auftraggeber?«

»Der Ludwig Kabangu töten lassen wollte.«

»Bei der Ausführung des Mordanschlags zu Tode gekommen.« In Behrs Blick kroch Fatalismus. »Einen anderen Auftraggeber als die beiden gibt es nicht. Das müssen Sie doch verstehen, Frau Bonì.«

Sie hatte es nicht anders erwartet. Priorität der Bundesanwaltschaft waren nicht Fakten, war nicht die Wahrheit, sondern das große Ganze. Im großen Ganzen Deutschland durfte es keine überregionalen rechtsterroristischen Strukturen geben. Die Gefahr von rechts war lediglich singulär, verortet an wenigen sozialen Brennpunkten. Ein paar Helfershelfer mochten herumspringen, mehr nicht. Ein durch und durch demokratischer Staat mit ein paar einzelnen Radikalen.

Sie sah Graeve an. »Wie ist Janisch zu Tode gekommen?«

»Durch einen diabetischen Schock.«

»Er war Diabetiker? Haben wir in seiner Wohnung einen Insulinpen gefunden? Ein Messgerät? Ein Rezept?«

Graeve verneinte.

»Wusste er vielleicht gar nicht, dass er Diabetiker war?«

»So wird es wohl gewesen sein.«

»Das ist ja mal eine Geschichte.«

Wieder glitt Behrs Blick vom einen zum anderen. Er lächelte milde, und Louise ahnte, was ihm durch den Kopf ging: Ich verschwinde in ein paar Minuten und habe Bonì hinter mir. Ihr müsst sie weiterhin ertragen.

Sie sah Graeve an. »Ist schon Mittag, Chef?«

Er warf einen Blick auf die Armbanduhr, schüttelte den Kopf. »Kurz vor elf.«

»Wann ist für Sie Mittag? Halb zwölf? Zwölf? Eins?«

»Bonì?«, brummte Cord gereizt.

Sie erhob sich. »Ludwig Kabangu wartet auf mich.«

»Bereiten Sie die Akte bitte zur Übergabe an das LKA vor«, sagte Cord.

»Die *vollständige* Akte«, ergänzte Behr.

Sie ging zur Tür, wandte sich um. »Solange wir den Auftraggeber nicht kennen, ist die Akte nicht vollständig.«

Kabangu stand in ihrem Büro am Fenster, die Hände auf dem Rücken verschränkt. Als sie die Tür schloss, drehte er sich zu ihr. Er wirkte erschöpft, ratlos. Er hob eine Hand, ein Mobiltelefon lag darin. »Maria nimmt nicht ab. Wurde sie verhaftet?«

»Ich nehme es an.«

»Sie wissen es nicht?«

»Stuttgart hat übernommen. Das Innenministerium, das Landeskriminalamt. Staatsanwälte, die für den Bund arbeiten.«

»Was bedeutet das?«

»Dass es um Politik geht, nicht mehr um die Wahrheit.«

»Wie in meinem Land.«

»Na ja«, sagte Louise.

Er schmunzelte flüchtig, wandte sich wieder zum Fenster, fragte nach den Bergen am Horizont, dem Grenzverlauf. Sie trat neben ihn und erklärte die Landschaft, die Vogesen im Dunst, schon weit davor Frankreich, der Rhein trennte die Länder. Mehr rechts lag, weitgehend im Nebel, der Kaiserstuhl, und was aus dem Nebel herausragte, war seine höchste Erhebung, der Totenkopf.

Womit sie wieder beim Thema waren, dachte sie.

»Wer kommt auf die Idee, einen Berg so zu nennen?«

»Die hatten da wohl vor tausend Jahren ein paar Hinrichtungen und haben ihn dann eben so genannt.« Sie sah Kabangu an. »Es gibt in Kirchzarten nur eine Maria Schmidt. Sie ist siebenunddreißig. Ist Ihre Maria siebenunddreißig?«

»Nein.«

»Sie hat Sie reingelegt.«

Er hob die Brauen, als wäre er nicht restlos überzeugt. Als wollte er sagen: Möglich ist vieles, auch ganz anderes.

Es klopfte. Ein Kollege trat ein, brachte den Käfig mit Gerds Wellensittich.

»Auf den Tisch, bitte.«

»Und eine Nachricht von Mats Benedikt. Letzte Amtshandlung in diesem Fall, sagt er.« Er legte ein Blatt Papier neben den Käfig, ging hinaus. Der Zeitungsartikel mit dem Foto von Lothars Freundin, die Demonstration in Lörrach. *Sie heißt Kristina Gendrich*, hatte Mats Benedikt darunter geschrieben.

Louise wandte sich dem Käfig zu. Der Wellensittich hatte einen hellblauen Bauch und schmale dunkelblaue Wangen. Er saß auf dem Boden in einer Ecke, starrte sie mit großen runden Augen an. Er sah aus, als wüsste er, dass von diesem Tag an erneut alles anders werden würde und vermutlich schlechter.

Willi, dachte sie. Was für ein Name für einen Vogel.

Willi und Gerd.

Sie fingerte das leere Wasserschälchen aus dem Käfig, füllte es am Waschbecken und befestigte es wieder. Futter war noch vorhanden, Körner und anderes, was nicht zu identifizieren war.

Kabangu war zu ihr getreten. »Möchten Sie, dass ich ihn zum Singen bringe? Sicher wissen Sie, dass wir Afrikaner mit den Vögeln sprechen können. Wir sprechen und singen mit ihnen, und nicht nur das: Wir verstehen sie, und sie verstehen uns.«

Louise winkte ab. »Nicht wieder eine neue Geschichte, Monsieur Kabangu. Sie erzählen zu viele Geschichten, Ihre Geschichten stapeln sich in meinem Kopf und blockieren meinen Verstand.«

»Vielleicht ist es ja umgekehrt?«

»Ach, was weiß ich.« Louise nahm den Käfig, sie gingen zur Tür, Kabangu wollte ins Hotel, zu Fuß und ohne »Schutz«, um ein wenig zur Ruhe zu kommen.

Sie sagte, ohne »Schutz« sei keine gute Idee.

»Sie machen sich immer noch Sorgen?«

»Wir wissen nicht, wer der Auftraggeber ist. Vielleicht …« Sie sprach den Satz nicht zu Ende. Die Paranoia hatte sich in ihrem Kopf festgesetzt.

Sie würden es nicht ein zweites Mal versuchen, nach diesem Desaster.

Im Flur sagte sie: »Sie hatten keine Angst. Sie waren überrascht, aber Angst hatten Sie nicht.«

Kabangu riss die Augen auf. »O doch, und wie ich Angst hatte! Große Angst! Ich hatte Angst, auf Großvater Mabruk zu fallen, der ein kleiner, fast zierlicher Mann war. Wer auf ihn fällt, quetscht ihn zu Tode! Und ich hatte Angst, mir beim Fallen Kaffee über die Hose zu schütten. Ich habe nur noch diese saubere Hose, es ist meine Lieblingshose, ich hatte große Angst, sie für immer zu ruinieren.«

Louise brachte ein Lächeln zustande. »Heute Abend möchte ich die ganze Geschichte hören. Die Geschichte ohne Geschenkpapier.«

»Sie wird Ihnen nicht gefallen.«

»Das ist kein Kriterium.«

Langsam stiegen sie die Treppen hinunter, passierten die Schleuse. »Dein Abendessen?«, fragte der Pförtner, auf den Vogel deutend, lachte.

Im Freien sagte Kabangu unvermittelt: »Ich mag dieses Land nicht. Viele Menschen hier sind nicht das, was sie zu sein scheinen. Wie Maria sagen sie das eine und denken oder tun etwas anderes. Dr. Arndt sagt, es gebe keine Gebeine aus Deutsch-Ostafrika in seinem Archiv, aber er handelt aus Angst und weiß das. Die Polizei sagt, sie will mich beschützen, aber dann benutzt sie mich als eine Art Lockvogel. Die Regierung sagt, sie will die Wahrheit herausfinden, aber es geht ihr nur um Politik. Sie, Madame Bonì, sind anders, doch das hilft nicht viel.« Er hob den Blick für einen Moment zum Himmel, senkte ihn wieder. »Nein, Großvater Mabruk, das ist nicht unser Bruderland, das ist nicht unser großer Bruder – jedenfalls nicht, solange wir ihm nicht wieder nützlich sind.«

Um zwölf stand sie in ihrer Wohnung und lauschte der endgültigen Stille. Verflucht, dachte sie, zwölf Uhr ist Mittag, Ben, du kannst nicht sagen, du bleibst bis Mittag, und dann gehst du vor zwölf …

Auch unten auf dem Balkan war zwölf Uhr doch Mittag. Oder war zwölf dort zu früh? War in Osijek und Sarajevo erst um ein Uhr Mittag?

Man könnte Thomas Ilic fragen, den Kroaten, wenn man noch in Kontakt gewesen wäre.

Oder Ben Liebermann anrufen.

Aber das ging natürlich nicht.

Sie sah den Wellensittich an, der wieder in seiner Ecke hockte. »Sag was, Willi. Sing endlich.«

Er schwieg.

Sie ließ sich aufs Sofa sinken und wartete bis eins.

Wartete bis zwei. Kein Ben, keine Nachricht, und der Vogel sang nicht.

Als die Stille zu schmerzen begann, schlief sie ein.

Um halb drei weckte sie das Handy.

»Wir können zu Witiko«, sagte Stefan Bremer.

28

»Das sind sie?« Bremer hob die beiden Aufnahmen der Überwachungskamera von Riedls Campingplatz näher vor die Augen.

Louise zuckte mit den Achseln, ohne den Blick von der Straße zu nehmen. Sie hätte es nicht beschworen, aber: Ja, möglicherweise waren dies die Männer, die vor zwei Jahren in Karlsruhe Timo Kahle erschossen und Bremer schwer verletzt hatten.

Rechtsradikale Auftragsmörder, die töteten, wenn sie losgeschickt wurden. Die heute selbst gestorben waren und nie aussagen würden.

Sie hatte Stefan Bremer am Hauptbahnhof in Karlsruhe abgeholt und war dann auf die A 65 gefahren. Inzwischen hatten sie den Rhein überquert, Baden-Württemberg verlassen.

»Kommt irgendeine Erinnerung?«

»Eine merkwürdige Erinnerung«, erwiderte Bremer. Er hatte einen Mann mit Fahrrad vor Augen. Der Mann stand bei dem Rad, Kopf gesenkt, blätterte in einer Illustrierten. Ein seltsam vertrauter und beruhigender Anblick, als hätte er diesen Mann öfter gesehen, täglich, auf ihren Runden durch die Stadt.

»Einer der Attentäter hatte ein Rad bei sich«, sagte Louise.

Bremer hatte sich vorgebeugt und kramte im Rucksack, der zwischen seinen Füßen stand. Richtete sich auf, hatte offenbar nicht gefunden, was er gesucht hatte. »Ein Zeuge ... Eine Zeugin hat erzählt, sie hätte einen Radfahrer gesehen. Er stand vor dem Imbiss, hatte eine Zeitschrift in der Hand.«

»Eine offizielle Zeugin?« Aus dem Augenwinkel sah sie, dass er den Kopf schüttelte.

»Kann ich die Fotos behalten? Für meine Unterlagen.«

»Sind für dich.«

Er beugte sich wieder vor, war eine Weile damit beschäftigt, die richtige Klarsichthülle für die Fotos zu finden. Louise spürte seine Aufregung. Endlich neue Indizien, endlich Gesichter, die vielleicht eines Tages konkrete Entsprechungen in seiner Erinnerung finden würden. Endlich Antworten auf Fragen, die ihn seit zwei Jahren quälten.

Inoffizielle Antworten. Keine der beteiligten Behörden würde sie jemals bestätigen, weil sie der offiziellen Version widersprachen. Ein Rom hatte die beiden Beamten überfallen, keine rechtsradikalen Auftragsmörder.

Die Wahrheit ging unter, dachte sie, waren die Lügen nur lange genug in der Welt.

Bei Kandel verließen sie die Autobahn und hielten sich in westlicher Richtung, bei Bad Bergzabern bogen sie nach Norden ab. Bremer wirkte zunehmend verunsichert. Er sagte, er wisse nicht, in welchem Zustand Witiko mittlerweile sei. Ob er sich an ihn und das Gespräch vor einem Jahr erinnere, an den 30. April 2004, Dortmund, die NPD-Veranstaltung. Daran, dass Amadeus ihn im Rollstuhl geschoben habe und deshalb als Zeuge für Karlsruhe nicht infrage komme.

»Wir werden sehen«, sagte Louise. Witikos Erinnerungen interessierten sie weniger. Erinnerungen waren Geschichten, die man sich selbst erzählte, um so zurückzublicken, wie man zurückblicken wollte.

Viel interessanter, dachte sie, waren Witikos Fantasien.

Ein lang gezogenes, helles Gebäude vor dem Wald, Haupthaus und zwei Flügel, vereinzelt weitere kleinere Häuser, Parkplätze unter Bäumen, Wiesen im spätnachmittäglichen Sonnenlicht. Spazierwege führten durch grüne Gärten, in denen erste Rhododendren und Flieder blühten, Goldregen. Ein paar Sitzbänke, hier und da Menschen, manche allein, manche in Begleitung. Gut drei Jahre zuvor hatte Louise von der Therapeutin ihres Vertrauens Prospekte dieser Klinik bekommen, hatte sich vorgestellt, für ein paar Wochen oder Monate hinter einem dieser Fenster zu leben und in diesen Anlagen ein neues Leben zu beginnen. Am Ende war die Wahl auf Oderberg für die Entgiftung und das elsässische Zenkloster Kanzan-an für die Entwöhnung gefallen.

Während sie mit Bremer auf den Haupteingang zuging, fragte sie sich, was und wer sie heute wäre, wenn sie sich damals nicht in die Einsamkeit des Kanzan-an begeben hätte, sondern an einen Ort der Interaktion wie diesen. Hier, dachte sie, hätte sie sich vielleicht auch von sich selbst entwöhnen können, wäre nicht, wie in den Wäldern um das Kloster, noch mehr Louise Bonì geworden.

Ein schweigsamer junger Arzt, Dr. Verhagen, holte sie an der Rezeption ab und brachte sie durch lange, menschenleere Gänge zu Witikos Zimmer.

»Kein Licht«, sagte er, »dann geht es vielleicht.«

»Vor einem Jahr ging es auch mit Licht«, sagte Bremer.

»Inzwischen nicht mehr.«

»Warum kein Licht?«, fragte Louise.

Verhagen zuckte die Achseln, kratzte sich den Nasenflügel. »Chancengleichheit vielleicht. Er lebt zunehmend in einer Art Umnachtung und holt Besucher auf diese Weise aus ihrer gewohnten hellen Welt in seine.« Er klopfte und öffnete die Tür, ohne auf eine Aufforderung zu warten.

Im Zimmer herrschte fast vollkommene Dunkelheit, die Vorhänge zugezogen, keine der Lampen eingeschaltet. Die Luft kam Louise kühl und frisch vor, ein Fenster musste geöffnet sein. In einer Ecke lief Musik, dünn und konturlos wie aus einem alten Tischradio der Siebziger, ein Schlager. Auch die Sängerin eine Erinnerung an die siebziger Jahre, Daliah Lavi. Der erste Germain hatte als Fünfzehn-, Sechzehnjähriger für sie geschwärmt, bis echte Mädchen wichtiger geworden waren.

»Ihr Besuch«, sagte Verhagen.

»Besuch?«

»Stefan Bremer, der Polizist, und eine Kollegin.«

»Tür zu«, sagte Witiko. Seine Stimme klang hoch und dünn, eine Kehlkopfstimme, weit entfernt vom Bauch, dachte Louise, vom Kern des Körpers. Zu nah am Kopf und all den Fehlschaltungen, die sich dort im Lauf der letzten Jahre eingeschlichen hatten.

Verhagen hatte die Tür geschlossen. Sie spürte ihn dicht hinter sich, rechts stand Bremer. Sie schloss die Augen, öffnete sie langsam. Allmählich war ein Rechteck aus hellerem Dunkel zu erkennen, das Fenster; der Vorhang schluckte das Tageslicht nicht ganz. Witiko sah sie nicht. Vermutlich stand oder saß er links von ihnen, dort, wo die Musik spielte. Sie rief sich den Mann auf Bremers Foto in Erinnerung – Anfang fünfzig, wirres weißes Haar, das Grinsen enthusiastisch, um nicht zu sagen: durchgedreht.

»Ich erwarte keinen Besuch.«

»Stefan Bremer, der Polizist, der schon mal hier war«, sagte Verhagen emotionslos, aber geduldig. »Und eine Kollegin aus Freiburg.«

»Können die auch selbst reden?«

»Der Mord in Karlsruhe«, sagte Bremer, klang verunsichert, als wüsste er nicht so recht, wohin er sich wenden sollte. »Wir haben vor einem Jahr darüber gesprochen, erinnern Sie sich?«

»Und die Frau, kann die auch reden?«

»Kann sie«, sagte Louise.

Witiko lachte, ein hohes, sägendes Geräusch, fast asthmatisch. Abrupt brach es ab.

Sie hob eine Hand, fand Bremers Arm und drückte ihn kurz. »Weiter«, flüsterte sie.

»Der Polizistenmord am 30. April 2004. Mein Kollege wurde erschossen, Timo Kahle. Ich war dabei, habe ... überlebt.«

»Glückwunsch. Hab nie was davon gehört.«

»Doch, doch«, murmelte Bremer.

»Doch, doch«, äffte Witiko ihn nach und lachte wieder.

Louise sprang ein. »Sie sagten, an dem Tag waren Sie mit Amadeus in Dortmund. Sie hatten sich den Fußknöchel gebrochen ...«

»Verstaucht«, korrigierte Bremer mit matter Stimme.

»... und saßen im Rollstuhl, und Amadeus hat Sie geschoben.«

»Ich kenne keinen Amadeus.«

»Ein V-Mann.«

»Und am Fuß hatte ich auch noch nie was.«

Louise wandte sich um, bat Verhagen, sie allein zu lassen.

»Ihre Verantwortung«, entgegnete er.

Ein grelles Rechteck aus Licht, als er die Tür öffnete, dann wieder Dunkelheit.

»Ist der Doktor weg?«

»Ja«, sagte sie.

»Bringt auch nichts.«

Willst du mit mir gehn, sang Daliah Lavi, *wenn mein Weg ins Dunkel führt. Willst du mit mir gehn, wenn mein Tag schon Nachtwind spürt.*

Witiko summte mit, für eine Weile sagte niemand etwas. Unwillkürlich dachte Louise an Ben, an die Stille in ihrer Wohnung. Sie dachte, dass auch ihr Weg eines Tages vielleicht ins Dunkel führen würde. Dass auch sie eines Tages vielleicht im Dunkel sitzen und Musik hören würde, um die Stille nicht ertragen zu müssen, die die Abwesenden und die Toten erzeugten.

Aber hatte sie ihr Weg nicht längst ins Dunkel geführt?

Sie musste lächeln. Sie fand sich doch gut zurecht im Dunkeln.

»Schöne Zeiten waren das«, sagte Witiko. »Geld im Überfluss, Frauen im Überfluss, Ficken für die deutsche Revolution. Fick mich, ich bin das Landsermädchen, ich bin das reine Mädchen aus der arischen Verheißung, und wir tanzen im weißen Kreis und machen Stalingrad ungeschehen, wir machen Berlin ungeschehen, wir machen Dresden ungeschehen, wir machen Nürnberg ungeschehen, und alle paar Monate gibt es Geld. Ich brauche einen Tipp, sagt mein Führungsidiot, mein Goldesel, wen sollen wir uns genauer ansehen? Und ich sag: den und den und die auch, wir hatten Listen angelegt mit irgendwelchen Leuten und mit Leuten, denen nicht zu trauen war. Und in einer Woche wird jemand ein Ausländerhaus anzünden, sage ich, irgendwo bei Stuttgart. Und wir also hin und zünden ein Ausländerhaus an irgendwo bei Stuttgart, und der Goldesel ist zufrieden und klopft mir auf die Schulter und legt ein paar Scheine drauf. Schöne Zeiten waren das, so viel Geld für die Sache, für den Kampf des Adlers, Organisation kostet, Pläne kosten, die deutsche Revolution kostet, und wenn es nur CDs für die Schulen sind, die Rekrutierung von Nachwuchs, Schulungen für die Jungen, Konzerte, wir tanzen für den Adler, wir tanzen für das Reich, wir wappnen uns für den weißen Tag, und ihr wisst nichts davon, ihr dürft nichts wissen, ihr sollt es nicht erfahren, eure Führungsidioten und eure Chefs und eure Politiker sorgen dafür. Ihr sollt nicht wissen, dass wir in Trainingslagern der Kameltreiber üben und bei den wahren Freunden in den Staaten und bei denen in Russland, im Ausland und im Inland mit der Bundeswehr, dass wir in den Kasernen Netze spannen und in den

Gefängnissen. Das kostet, es ist teuer, gewappnet zu sein, es braucht eine Armee, es braucht Soldaten, die kämpfen können, wir gehen zum Wehrdienst, wir verpflichten uns auf Zeit, wir bauen eine Armee, um den Feind im Inneren zu besiegen, der weiße Wolf ist geduldig und wartet auf den großen Tag, und hin und wieder schlägt er zu aus dem nationalsozialistischen Untergrund, um euch ein wenig zu verwirren und Angst zu säen und die Listen abzuarbeiten. Ein schönes Leben ist das, im Geheimen und auch wieder nicht, eine große Familie, ein großes Spiel, und bald wird daraus Ernst.«

»Ich dachte, Sie wären ausgestiegen«, sagte Louise.

»Tarnung«, flüsterte Witiko. »Dass ich dabei war und dass ich nicht dabei war, dass ich hier bin und nicht hier bin, was ich sage und was ich nicht sage: alles Tarnung, der weiße Wolf versteht es, sich zu tarnen.«

Bremer bewegte sich, nahm den Rucksack ab, schien Unterlagen hervorholen zu wollen. »Ich brauche Licht, kann ich das Licht ...?«

»Nein!«, bellte Witiko.

Bremer bückte sich, um den Rucksack abzustellen, richtete sich auf. »Damals haben Sie gesagt, dass Sie keinen Sinn mehr gesehen haben. Nur Gewalt und Hass, aber keinen Sinn, kein ...«

»Damals?«

»Vor einem Jahr, als ich bei Ihnen war.«

»Sie waren nie hier, sonst würde ich Sie kennen, aber ich kenne Sie nicht.«

»Wenn ich das Licht ...«

»Sind Sie taub?«

»Ich habe Fotos der beiden Täter, bitte werfen Sie wenigstens einen Blick darauf.«

Stille.

Willst du mit mir gehn, Licht und Schatten verstehn.

Erneut begann Witiko mitzusummen.

»Schlägt der weiße Wolf einfach so zu?«, fragte Louise. »Oder gibt ihm jemand einen Auftrag?«

»Wo lebt der Wolf? Im Wald lebt der Wolf, in seinem geheimen Versteck lebt er, wie soll er da wissen, wo er zuschlagen kann in der Welt, wo es nötig ist zuzuschlagen, damit Angst gesät wird und die Familie zufrieden ist und der Ernst geprobt wird für den großen Tag, wenn die Lawine zu rollen beginnt?«

»Von wem bekommt er seinen Auftrag?«

»Von einem hier, von einem dort.«

»Der Mord in Karlsruhe?«

»Nie davon gehört.«

»Doch!«, warf Bremer verzweifelt ein.

Witiko brach in Gelächter aus. Als er verstummte, herrschte Schweigen.

Bremer bewegte sich, wurde immer unruhiger.

»Der Auftraggeber, Witiko«, sagte Louise.

»Gibt mehrere.«

»Friedrich Krüger?«

»Nein.«

»Julius Krüger?«

Witiko kicherte.

»Sie kennen Julius?«

»Ich kenne keinen Julius.«

»Thomas Walczak? Paulus Riedl?«

»Hab die Charlie gefickt. Schöne Zeiten waren das, so viele Frauen, die für die arische Verheißung gefickt werden wollten, am schnellsten lag immer die Charlie auf dem Rücken und machte die Beine breit und stöhnte ›für Blut und Ehre, fürs Vaterland, spritz in mich, mein Rudolf, mein Adolf, mein weißer, weißer Wolf‹.«

Ein Klicken, eine Taste war gelöst worden, das Lied zu Ende.

Sie hörte, dass Witiko sich bewegte. Eine Kassette lief zurück, das Stück begann von vorn. *Willst du mit mir gehn, wenn mein Weg ins Dunkel führt ...*

»Erik Willig?«

»Kenne ich nicht.«

»Ricky Janisch?«

»Kenne ich nicht.«

»Ein V-Mann wie Sie. Wie Amadeus.«

»Der mit dem Rollstuhl? Ich hatte nie was am Fuß.« Er begann, leise mitzusingen: »›Wenn ich nicht mehr Vagabund sein will, baust du mein Haus und ruhst du mit mir vom Leben aus.‹ Erik, Erik«, wisperte er, »den sieht man meistens nicht, der kommt meistens unter der Kapuze, also weiß man nicht, ob er da ist oder nicht, er ist ein christlicher Ritter, wie der kleine ängstliche Blumenmann mit dem Hund. Man hält, heißt es, sehr viel von Erik, denn er kennt die wichtigen Leute, die schweigsamen weißen Adler hoch oben, die keiner sieht und keiner hört.«

»Ist Erik einer der Auftraggeber?«

Witiko hustete, krächzte: »Keine Zigaretten mehr, mein Allerliebster, das ist vorbei, das waren schöne Zeiten, jetzt rauchst du nicht mehr, auch egal. Was für ein Erik? Erik Blutaxt? Erik der Tönerne? Erik der Rote?«

»Mir reicht's allmählich«, sagte Louise.

»Mir auch«, entgegnete Witiko. »Und Schluss.« Das Klacken der Taste, das Lied brach mittendrin ab.

»Der Auftraggeber, Witiko.«

Er antwortete nicht.

»Ich will einen Namen. Ohne Namen gehe ich nicht.«

Die Sekunden verstrichen, Witiko schwieg. Louise tastete nach der Wand hinter sich, betätigte den Lichtschalter.

Nichts geschah.

Sie zog die kleine Stablampe aus der Jackentasche, schaltete sie ein und suchte mit dem Lichtpunkt Witiko, der zu keifen begann und sie mit Flüchen überschüttete, als sie ihn fand. Ein leichenblasses, von zahllosen roten Äderchen durchzogenes Gesicht, buschige Brauen über den vor Zorn aufgerissenen Augen, die Haare wie auf dem Foto in allen Richtungen abstehend.

»Ausmachen!«, schrie er. »Sofort!«

»Schließ die Tür ab, Stefan«, sagte Louise.

Bremer lief hinter sie. »Es gibt keinen Schlüssel!«

»Dann halt sie zu.«

Sie hörte ihn ächzen, er schien sich schon dagegenzustemmen. Es klopfte, Verhagens gedämpfte Stimme erklang.

»Moment noch«, sagte Louise.

»Einen Moment noch!«, rief Bremer.

Verhagens Stimme, leise, das Klopfen setzte aus. Allzu viel Mühe gab er sich nicht.

»Witiko, ich will einen Namen. Eine Adresse. Irgendwas.«

»Licht aus!«

Sie senkte die Taschenlampe. »Also?«

»Erik, Erik, was für ein Erik? Erik der Rote? Erik der Tote?«

»Erik Willig, arbeitet im Uni-Archiv in Freiburg.«

»Kenn ich nicht. Ich kenn nur die Charlie, die wollte gefickt werden, fünf mal am Tag, spritz das Reine in mich, das Ewige, reinige mich, mein weißer Wolf ...«

Sie hob die Lampe. Witiko heulte auf und schlug die Hände vor die Augen. Langsam ging sie auf ihn zu. »Heute haben Ihre Kameraden in Freiburg versucht, einen Mann zu töten, und ich will wissen, von wem der Auftrag kam.«

»Mach das aus! Mach das aus!« Seine Stimme überschlug sich, die Finger krümmten sich wie Krallen, als wollte er ihr das Gesicht zerkratzen.

Louise blieb stehen und schaltete die Lampe aus, tat im selben Moment lautlos ein paar Schritte zur Seite. Keinen Moment zu früh, sie spürte die Schwingungen der Luft, als Witiko nach vorn sprang und ins Leere glitt.

»Verfluchte Hure!«, zischte er.

Die Lampe sprang an, das Licht kroch über seinen schmächtigen, schiefen Rücken, erfasste dünne Ärmchen, den weißen Schopf. »Ein Name, dann sind Sie mich los.«

Witiko ließ sich auf den Boden sinken und schlug die Beine übereinander, gab keinen Laut von sich. Sie bewegte die Taschenlampe von ihm fort, meinte zu sehen, dass er dem hellen Punkt mit dem Blick folgte. Das Licht holte einen runden Tisch aus der Dunkelheit, einen Kassettenrekorder, eine rote Plastiktasse, einen Stuhl. An der Wand dahinter bunte Poster von Schlagersängerinnen, Daliah Lavi, Nana Mouskouri, Lena Valaitis, Mireille Mathieu, Vicky Leandros, andere, deutsche wie ausländische, auch jüdische, Witikos Gesinnung machte vor der Musik oder schönen Frauen Halt.

Sie schaltete die Lampe aus.

»Heute, ja?«, fragte er.

»Ja.«

»Dann werden sie heute Nacht tanzen, die weißen Ritter, so wie immer, wenn der weiße Wolf zugeschlagen hat. Folgen Sie dem Blumenmann, er führt Sie hin.«

Vor dem Gebäude rief sie Enders an. Ihr Blick glitt über die Rhododendren, den Flieder, den Goldregen. Endlich, dachte sie, ließ sich Julius Krüger einordnen. Der Blumenmann war ein weißer Ritter.

Wie Erik Willig.

»Dafür bekomme ich keine Leute«, sagte Enders. »Wir sind draußen.«

»Dann mach's selbst«, erwiderte sie.

Sie stiegen ins Auto, kehrten nach Baden-Württemberg zurück. Bremer wirkte deprimiert, er hatte sich mehr erhofft. Weitere Antworten, vielleicht sogar die Erklärung für alles, was am 30. April 2004 geschehen war. Nicht nur Analogien, die sich nicht beweisen ließen: Vertuschungsversuche übergeordneter Behörden. Matthias »Matze« Seibert, der damals wie jetzt ein Campingmobil gemietet hatte und nicht selbst damit in den Urlaub gefahren war. Zwei Männer, die vermutlich damals wie jetzt in den Südwesten gekommen waren, um zu morden. Dieselben Hintergründe, dieselben Motive, dieselbe Todesliste. Weiße Ritter, weiße Wölfe.

Falls nicht alles, was Witiko von sich gegeben hatte, Unsinn war.

»Was hat er mit ›weiße Ritter‹ gemeint?«, fragte Bremer.

»Den Ku-Klux-Klan. Wir haben auch von anderer Seite Hinweise, dass eine deutsche Sektion involviert ist.«

»Ich höre zum ersten Mal davon.«

»Zeit für eine neue Liste.« Sie lächelte.

Bremer war nicht nach Scherzen zumute. »Ich fahre nach Jena und spreche mit Seibert.«

»Er wird nicht mit dir reden. Und es ist gefährlich.«

»Für mich ist es gefährlicher, nichts zu tun.«

Sie verstand, was er meinte. Nichts zu tun würde bedeuten, der Selbstzerstörung freien Lauf zu lassen.

In gewisser Hinsicht galt das auch für sie.

Am Bahnhof in Karlsruhe verabschiedeten sie sich.

»Rufst du an, wenn du mehr weißt?«, fragte Bremer.

Sie nickte. »Du auch.«

Sie sah ihm nach, während er zur Haltestelle der Straßenbahn ging, ein noch junger Mann, den die Last des Rucksacks krümmte, die Last eines unerklärlichen, vergessenen Tages zwei Jahre zuvor, der vielleicht nie enden würde.

29

Gegen halb acht war Louise wieder in Freiburg. Von unterwegs hatte sie Ludwig Kabangu angerufen, das Essen und die Wahrheit auf den nächsten Tag verschoben, *Frühstück, wenn Sie einverstanden sind.* Sie hatten sich für halb neun im Hotel verabredet.

Anschließend hatte sie mit Reinhard Graeve telefoniert und gefragt, was er von ihrem Ausflug in eine rheinland-pfälzische psychiatrische Klinik erfahren wolle.

Besser, Sie wissen nicht zu viel, Chef, das meiste würden Sie sowieso nicht glauben.

Erzählen Sie mir das, was ich glauben kann.

Die haben da Rhododendren und Flieder im Garten.

Nahe dem Hauptbahnhof besorgte sie in einem Imbiss zwei Döner. In Haslach wieder die jungen Fußballer, ergänzt um einen deutlich älteren, der mehr Spaß zu haben schien als die anderen zusammen. Sie hielt und rief durchs geöffnete Beifahrerfenster: »Abendessen!«

Leif Enders hatte Neuigkeiten.

Der Thüringer Verfassungsschutz hatte die Bitte der »geschätzten Kollegen« bezüglich Hinweisen zu Matthias »Matze« Seibert abschlägig beschieden. Laufende eigene Ermittlungen »verunmöglichten« den Informationsaustausch.

Außerdem war in Berlin der einstige Doktorand befragt worden, den Erik Willig in seinen »kleinen Kreis wertkonservativer Intellektueller« eingeladen hatte. »Er erinnert sich nicht«, sagte Enders kauend. »Weder an das Gespräch noch an Willig.«

»Wissen wir, wo er politisch steht?«

»Weit rechts, sagen die Berliner.« Er publiziere in rechten Zeitungen, betreibe ein einschlägiges Internetblog, mache keinen Hehl aus seiner Gesinnung.

»Dass die das alle durchhalten«, murmelte Louise. »Leugnen, schweigen, nichts wissen.«

»Lernen sie doch von der Politik.«

Sie saßen in ihrem Peugeot am Ende der Straße, in der die Krügers wohnten, kleckerten auf die Hosenbeine, die Jacken. Sie hatten freien Blick auf das Gebäude der Krügers, auf die Fenster des Alten unten und die von Julius' Familie im ersten Stock. Die Wohnung im Erdgeschoss lag im Dunkeln, die darüber war hell erleuchtet. *Sind gerade beim Abendmahl,* hatte Enders gesagt.

»Weiß Graeve, dass du hier bist?«

Er schüttelte den Kopf. »Ich hab Feierabend.«

Auf seinem Telefon ging mit einem sanften Gongschlag eine SMS ein. Er antwortete mit einem Finger, warf Louise einen flüchtigen Blick zu, aß weiter.

»Wolfgang aus Aachen?«

»So in der Art.«

Eines der Fenster im ersten Stock wurde geöffnet, Julius' Frau schüttelte ein Tischtuch aus. Sie trug eine blassblaue Bluse, hatte die Haare zu einem Zopf geflochten, wirkte ausgehfertig.

»Vielleicht begleitet sie ihn«, sagte Enders.

Wieder eine SMS, wieder schrieb er.

Bekam eine Antwort, antwortete selbst.

»Das geht jetzt nicht, Leif, das nervt mich.«

Er gab ein Brummen von sich, sagte: »Mich auch.« Starrte aufs Handy, schrieb, offenbar hatte er den Ton abgeschaltet.

»Ich mein's ernst.«

Er knüllte Papier und Alufolie zusammen, sah sie an. »Können wir reden?«

»Können wir morgen reden?«

Er deutete auf sein Telefon. »Hängt damit zusammen.«

Die Eingangstür öffnete sich, Julius und seine Frau traten ins Freie, beide herausgeputzt, als wollten sie in die Oper, ins Theater, zu einem Empfang. Im Abendlicht kamen sie auf Enders und Louise zu. Auf halber Strecke blieben sie neben einem senffarbenen Wagen stehen. Sie stiegen ein, fuhren los. Ein Opel Corsa, etwas älter.

Louise startete den Motor, achtete auf sicheren Abstand.

Enders sagte: »Meine Frau trinkt.«

Verdammt, nicht *das*, dachte Louise.

»Das Problem ist, sie leugnet es.«

»Ich hab keine Lust auf so was, Leif. Mich um andere kümmern.«

»Ich brauche nur einen Rat.«

»Wie du sie dazu kriegst, es sich einzugestehen?«

Er antwortete nicht.

Sie waren der Basler Straße in Richtung Westen gefolgt, dann nach Norden abgebogen, passierten die Polizeidirektion.

Der Hauptbahnhof, weiter geradeaus, Herdern.

»Kann ich kurz erzählen?«

»Kann ich dich davon abhalten?«

»Nein.«

Sie hatten sich auseinandergelebt, nach zwanzig Ehejahren vor der Trennung gestanden, hatten dann beschlossen, es noch einmal zu versuchen, irgendwo anders. Ein Neuanfang, egal wo, nur nicht in Aachen, wo alles vertraut und belastet war, oder Berlin, wo sie einige Jahre gelebt hatten. Enders hatte von der vakanten Dezernatsleitung in Freiburg gehört und sich beworben. Sie waren umgezogen, aber es funktionierte nicht. Nur Streitereien, Vorwürfe, getrennte Nächte. Alkohol.

»Zähringen«, sagte Louise. Der senffarbene Corsa war nach Osten abgebogen, fuhr langsam durch schmale Zähringer Nebenstraßen. »Was heißt ›auseinandergelebt‹?«

»Ich hatte Affären.«

»Da hat sie angefangen zu trinken.«

»Umgekehrt.«

Sie lachte bitter. »Und ihre Version?«

»Sie trinke nicht. Jedenfalls nicht mehr als ich.«

»Und wenn sie doch mal zu viel trinkt, dann nur, weil du sie betrügst.«

»Sie hat schon früher … Egal, darum geht's nicht.«

»Wer ist Wolfgang aus Aachen? Eine deiner Affären?«

»Ein Therapeut, bei dem wir dreimal die Woche sind.«

»Ist sie suizidal?«

»Möglicherweise.«

»Und heute geht es ihr besonders schlecht?«

»Scheint so.«

»Fahr heim. Kümmer dich um sie. Du bist ihr Mann.«

Weiter vorn hielt der Corsa, umständlich parkte Julius Krüger ein, während Louise und Enders in einer Garageneinfahrt warteten. Schweigend beobachteten sie, wie die Krügers die Straße überquerten, ein Gartentor öffneten, von einer Frau empfangen wurden und im Haus verschwanden.

»Die sechzehn«, sagte Louise.

Enders hob das Handy, ein kurzes Gespräch mit dem Dauerdienst. »Weinmann«, sagte er. »Bert und Hannelore.«

Sie fuhren am Haus vorbei. Die Tür stand offen, in einer großen Diele waren Menschen zu sehen, Gläser in der Hand. Eben ging ein weiterer Ankömmling durch den Vorgarten. Louise hielt an, parkte halb auf dem Gehsteig. *Heute Nacht,* hatte Witiko gesagt. Was genau bedeutete das? Zehn Uhr? Elf? Oder erst zwei? Wenn zwölf nicht Mittag war, wie sollte sie dann wissen, was mit »Nacht« gemeint war?

Ben, dachte sie. Saß jetzt in Osijek oder Sarajevo in der milden Abendluft an einem Fluss und hatte, jede Wette, *sie* vor Augen. So einfach würde auch ihm das mit dem Endgültig nicht fallen.

»Hier.« Enders hielt ihr das Handydisplay vor die Augen. Zehn verpasste Anrufe. Vierzehn SMS. »Sie ist betrunken.«

»Fahr nach Hause, Leif.«

»Wozu? Wir reden jeden Abend, streiten jeden Abend, betrinken uns, sie weint und wirft mich aus dem Schlafzimmer.«

»Sie braucht dich jetzt.«

»Und ich brauche …« Er deutete auf das Haus der Weinmanns. »Das hier.«

»Dann trennt euch.«

»Ist nicht so einfach. Ich bin nicht gut im Verlassen.«

»Sie sollte *dich* verlassen. Du betrügst sie!«

»Alles nicht so einfach, Louise, nach zwanzig Jahren. Ein Neuanfang mit Ende vierzig, da …«

»Schaffen andere auch.« Sie öffnete die Tür. »Warte hier.« Sie stieg aus, lief in die nächste Querstraße, bog wieder ab. Hecken, Gärten, die Rückseiten der Häuser. In einem Garten Trubel, Stimmen und Gelächter, Kerzenlicht schimmerte durch die Zweige hindurch – das Haus der Weinmanns. Im Zaun befand sich ein kleines Tor, durch Hecken und Gebüsch führte ein kaum sichtbarer Pfad zum Haus.

Es dauerte eine Weile, bis sie Julius Krüger inmitten der Gäste entdeckt hatte.

Sie informierte Enders. Dann suchte sie sich auf der gegenüberliegenden Straßenseite einen durch Bäume halbwegs geschützten

Beobachtungsposten und hörte sich an, was Rolf Bermann zu sagen hatte.

Du hast angefangen zu saufen, nachdem dich dein Mann sitzen gelassen hat.

Ich saufe nicht, Herrgott!

Hörte sich, als das Telefon summte, an, was Leif Enders zu sagen hatte.

Um kurz vor halb elf bog ein Wagen in die Straße ein und hielt nahe dem Gartentor. Die Scheinwerfer gingen aus, der Motor blieb an. Am Steuer ein Mann, ansonsten befand sich niemand darin.

Geht los, simste Louise.

Sekunden später tauchte am Tor ein Schatten auf. Körpergröße, Kontur, Bewegungen passten: Julius Krüger.

Er stieg ein, und der Wagen, ein Daimler A-Klasse mit Lörracher Kennzeichen, setzte sich in Bewegung.

Sekunden später kam Enders mit ihrem Peugeot.

30

»Frankreich?«, murmelte Enders.

Sie waren etwa zwanzig Kilometer nördlich von Freiburg von der A 5 abgefahren, folgten der Landstraße in Richtung Rhein, eben hatten sie den letzten Ort vor der Grenze passiert, Sasbach am Kaiserstuhl. Die Rückleuchten des Daimlers waren gerade noch zu erkennen, Louise hielt den Abstand so groß wie möglich, um nicht aufzufallen, es herrschte kaum Verkehr.

»Könnte bürokratische Probleme geben.«

»Ach wo«, sagte sie.

Enders lachte leise.

Sie wusste, dass ihm nicht wirklich nach Lachen zumute war. Dreiundvierzig Kurznachrichten bis halb elf, neunzehn nicht angenommene Anrufe.

Ein Leuchten in seiner Hand, das Display. Der zwanzigste Anruf.

»Geh um Himmels willen endlich dran.«

»Ich kann nicht, ich bin im Dienst.«

»So kann ich nicht arbeiten, Leif.« Sie bremste hart, hielt an. »Klär das, dann komm nach.«

»Ist nicht dein Ernst!«

»Ist es. Aussteigen, Chef.«

Leif Enders war nicht Rolf Bermann, er knurrte, brüllte, zürnte nicht, gelegentlich ein angenehmer Unterschied, wie Louise fand. Er erkannte, dass sie nicht nachgeben würde, und akzeptierte es. Löste den Gurt, öffnete die Tür und stieg aus.

Ein paar Sekunden, dann hatte ihn die Dunkelheit im Rückspiegel verschlungen.

Frankreich war nur Tarnung. Eine halbe Stunde später kehrte der Daimler bei Rhinau nach Deutschland zurück, weit hinter ihm Louise. Südlich von Lahr überquerten sie die A5, fuhren in die Ausläufer des Schwarzwalds hinein. In Ettenheimmünster wandten sie sich nordwärts, folgten einer schmalen Straße, die Hügelflanken entlang durch dunkle Wälder.

Achtzig Minuten nachdem Enders ausgestiegen war, schien die Fahrt zu Ende zu sein. Der Daimler hielt mitten im Wald am Straßenrand, die Scheinwerfer gingen aus. Türen schlugen zu.

Louise manövrierte den Peugeot rückwärts in einen Forstweg, schlüpfte aus der roten Jacke, der schwarze Pulli darunter perfekt geeignet für die Nacht. Rasch simste sie *Nördlich Ettenheimmünster* an Enders, der sich von einem Streifenwagen nach Hause hatte bringen lassen, im Abstand von fünfzehn Minuten schrieb, er fahre »gleich« los.

Fahre jetzt dann los, antwortete er.

Sie stieg aus.

Der Daimler stand neben zwei weiteren Autos, von Julius Krüger und dem anderen Mann war nichts zu sehen. Louise wollte sich eben die Kennzeichen notieren, als in nicht allzu großer Entfernung Motorengeräusch zu hören war. Zwei Scheinwerferpaare näherten sich von Ettenheimmünster.

Im Schutz der Bäume wartete sie.

Ein Golf, ein Ford, hielten bei den anderen Autos. Drei Männer und eine Frau schulterten schweigend Rucksäcke, betraten einen Pfad, verschwanden in der Dunkelheit. Keinen von ihnen kannte sie. Sie huschte zu den Autos, schrieb die Kennzeichen in eine SMS, zweimal Freiburg, je einmal Lörrach, Karlsruhe und

Straßburg, dazu Marke, Modell, Farbe, schickte die Nachricht an Enders.

Dann folgte sie den sechs Menschen in den Wald.

Minutenlang hörte und sah sie niemanden. Sah so gut wie nichts – über den Bäumen hingen Wolken, kein Mondlicht, nur die finstere Nacht. Der Pfad führte anfangs hügelaufwärts, dann am Hang entlang. Sie ging langsam und trat so leise wie möglich auf, kam deshalb kaum voran.

An einer scharfen Biegung blieb sie stehen und lauschte. Trittgeräusche, aber *hinter* ihr.

Im letzten Moment fand sie ein Versteck. Mit angehaltenem Atem hockte sie inmitten von Büschen, das Gesicht unter dem schwarzen Pulli halb verborgen, die Augen frei.

Ein großer Mann ging mit schweren, weiten Schritten keuchend an ihr vorüber. Wie die anderen trug er einen Rucksack. Walczak? Sie war sich nicht sicher. Sah zu wenig von ihm.

Nein, dachte sie, nicht Walczak, der Einzelgänger.

Sie ließ dem Mann ausreichend Vorsprung, dann glitt sie auf den Pfad zurück. Der Geruch von Männerschweiß hing noch in der Luft.

Kurz darauf gabelte sich der Pfad. Der eine Weg schien auf die Hangkuppe zu führen, der andere nach unten. Sie entschied sich für Ersteren. Wenige Minuten später stand sie erneut vor einer Gabelung, ging wieder nach oben weiter, erreichte die Kuppe. Der Weg mündete in eine Wiese, die sich über die ganze Hügelspitze zog. Wo er sich fortsetzte, war in der Dunkelheit nicht zu erkennen. Sie wartete eine Weile hinter Bäumen, nichts geschah, keiner der sieben Menschen tauchte irgendwo auf, kein achter kam hinter ihr.

Sie hatte sie verloren.

Hastig kehrte sie zur ersten Gabelung zurück und nahm den anderen Weg, der kurz nach unten führte, dann steil anstieg. Einen breiteren Pfad kreuzte.

Sie kauerte sich an einen Baumstamm, schloss die Augen. Hörte Nachtvögel, den leichten Wind in den Bäumen, hin und wieder knarzten Äste, brachen Zweige. Schräg über ihr ein seltsames Geräusch, dass sie erst nach einer Weile deuten konnte, *wupp wupp wupp*. Windräder.

Sonst nichts.

Gerd kam, Bermann kam, Großvater Mabruk. Ben, der sich nahtlos in die Phalanx der Verstorbenen eingereiht hatte.

Sie drängte sie beiseite. Aufpassen jetzt, Bonì. Nicht der geeignete Moment für Lebenshader oder Selbstmitleid.

Nur der Wald und die Nacht. Die Vögel, das Rauschen des Windes in den Bäumen, der Geruch des feuchten Erdbodens, der Natur.

Und irgendwo in der Nähe sieben oder acht oder fünfzehn Menschen, Witikos weiße Ritter.

Falls er die Wahrheit gesagt hatte.

Eine Viertelstunde später war es so weit – ein neuer Geruch drang an ihre Nase. Scharf, würzig. Brennendes Holz.

Sie stand auf, folgte dem Geruch und sah nach wenigen Minuten im Schwarz des Waldes Feuerschein.

Das Kreuz war nicht allzu hoch, etwa eineinhalb Meter, brannte lichterloh. Von Seilen gehalten, stand es in der Mitte einer kleinen Lichtung, die nach Norden und Westen von senkrecht aufragenden Gesteinswänden abgeschirmt war, auf den anderen Seiten von Wald. Elf in weiße Kutten und Kapuzen gekleidete Menschen hatten sich im Kreis aufgestellt, jeder eine Fackel in der Hand, taten nichts, sagten nichts, schienen nur auf das in Flammen stehende

Kreuz in ihrer Mitte zu blicken, das Licht Jesu Christi, wie Louise gelesen hatte, der Klan war eine radikalchristliche Vereinigung. Auf manchen der Kutten erkannte sie runde rote Aufnäher, auf anderen rote Kreuzsymbole, manche hatten rote Säume.

Sie kauerte am Ende des Pfades hinter massigen Baumwurzeln, kaum zehn Meter vom nächsten Klansmann entfernt, und verfolgte das Geschehen. Hin und wieder wagte sie es, mit dem Handy Fotos zu machen.

Als den Flammen der Nährstoff auszugehen begann, ertönte aus dem Kreis eine wohlklingende Männerstimme. Was sie sagte, ging im Knistern und Knacken des Feuers unter. Gemurmel setzte ein, alle sprachen gleichzeitig, rezitierten irgendetwas. Der Anfang durcheinander, dann ordneten sich die einzelnen Stimmen zum Chor und wurden verständlich, offenbar ein Bibelspruch: »›... in Fesseln werden sie gehen und werden vor dir niederfallen und zu dir flehen; denn bei dir ist Gott, und ist sonst kein Gott mehr.‹«

Die Männerstimme erklang wieder, sprach zwei, drei Sätze. Die anderen antworteten mit ein paar nicht zu verstehenden Wörtern.

Schweigen.

Wieder der Mann, mehrfach, der Chor antwortete jedes Mal, diesmal lauter und deutlicher: »*White Power!*«

Dann stimmte der Mann ein Lied an, die anderen fielen ein, eine Art Hymne, in schlechtem Englisch gesungen.

Zwei Optionen, dachte Louise.

Erstens: warten, bis der Spuk vorüber war, und morgen die Halter der Autos ermitteln. Was nicht viel bringen würde. Dass die Autos hier standen, bewies nicht, dass die Halter hier waren. Falls es sich doch beweisen ließ – was wollte sie ihnen vorwerfen? Dass sie gegen das baden-württembergische Waldgesetz verstoßen hatten, indem sie ein offenes Feuer entzündet hatten? Und wie sollte sie Julius Krüger oder Erik Willig nachweisen, dass sie zum

Ku-Klux-Klan gehörten? Selbst wenn es gelänge, was würde es bringen? Der Klan war in Deutschland nicht verboten.

Erstens, dachte sie, war keine Option.

Also zweitens.

Sie simste die Fotos an Enders, überflog anschließend seine Nachrichten:

Dauert noch

Eine Freundin kommt

Zehn Min

Bin jetzt unterwegs

Wo bist du

Sie legte das Telefon auf den Boden, schob ein paar Blätter darüber und erhob sich.

Zweitens: zeigen, dass sie da war. Dass sie Widerstand leistete, nicht aufgeben würde, weil es doch irgendjemanden geben musste, der nicht aufgab.

Den Dienstausweis in der einen und die gesenkte Waffe in der anderen Hand verließ sie den Schutz der Bäume und ging auf die Lichtung hinaus.

Noch immer sangen die Klansleute ihre Hymne, noch immer brannte das Kreuz.

Langsam näherte sie sich dem Kreis. Erst als sie keine drei Meter mehr von dem am nächsten stehenden Kapuzenträger entfernt war, wurde sie bemerkt. Ein Ruf erscholl, die Ersten brachen den Gesang ab, die anderen folgten.

Sie betrat das Rund, blieb inmitten der Weißgekleideten stehen. Nur die Geräusche des Feuers waren jetzt noch zu hören. Während sie sich einmal um die eigene Achse drehte, hielt sie den Dienstausweis hoch über sich und sagte laut: »Louise Bonì, Kripo Freiburg, wenn Sie freundlicherweise die Kapuzen abnehmen würden.«

Sekunden verstrichen, niemand reagierte.

Dann begann ein Mann hinter ihr, mit aggressivem Ton »*White Power!*« zu skandieren, und die anderen fielen nach und nach ein. Ein paar Fäuste reckten sich in den Nachthimmel, andere hoben die Fackel.

Und immer wieder »*White Power!*«, nicht einmal laut, doch unerbittlich.

Louise trat zu dem ihr am nächsten stehenden Klansmann, so dicht, dass sie im rötlichen Widerschein der Flammen seine Augen sah. Sein Blick voller Verachtung, hielten ihrem stand, ein wenig höhnisch, er wusste, dass sie nicht viel ausrichten konnte.

Sie begann, die weiße Phalanx abzuschreiten. Julius Krüger musste hier sein, vielleicht Erik Willig. Krügers Augen, seine Körperhaltung würde sie wiedererkennen, bei Willig war sie sich nicht sicher.

Eine Frau, dann zwei Männer, einer zu dick, der andere zu klein.

Eine weitere Frau. Der große Mann, der im Wald hinter ihr gewesen war, sie erkannte den starken Schweißgeruch wieder. Ein Fremder, die Augen taxierten sie fast neutral, nachdenklich. Sie spürte seine Autorität, einer, der schon lange dabei war, viel zu sagen hatte.

»Zeigen Sie sich«, forderte sie ihn auf.

Die Augenränder bewegten sich, er schien unter dem Stoff zu lächeln. Erwiderte gelassen: »*White Power.*«

Sie ging weiter, kam zu einem mittelgroßen Mann, der von der Haltung an Krüger erinnerte. Auch die Augen passten, konnten ihren Blick nicht halten. Er brachte noch ein geflüstertes »*White Power*« hervor, dann brach er ab.

Louise nickte in Richtung der anderen. »Auch eher Bekannte als Freunde, Herr Krüger?«

Er antwortete nicht.

Vier Klansleute blieben, drei Männer, eine Frau. Alle blickten sie an, warteten.

Sie setzte den Rundgang fort. Ein Mann, definitiv nicht Erik Willig, in seinem Blick Erschrecken, eine Spur Angst. Die Augen kamen ihr vage bekannt vor, aber sie mochte sich täuschen. »Runter mit der Kapuze«, sagte sie.

Der Mann zuckte zurück, die Fackel bewegte sich, er hatte die Hand leicht angehoben. Im selben Moment sah sie aus dem Augenwinkel schnelle Bewegungen, etwas Weißes sprang von hinten auf sie zu. Sie fuhr herum, die Pistole hochreißend. Einen Meter vor ihr der Mann, vor dem sie zuerst gestanden hatte, die Fackel über dem Kopf, schon kurz vor dem Zuschlagen, jetzt hielt er in der Bewegung inne.

Sie richtete den Lauf der Waffe knapp über ihn und schoss. Mit einem Ruf des Erschreckens fuhr er zurück, die Fackel fiel zu Boden.

»Versuchter Angriff auf eine Polizeibeamtin«, sagte sie, in Richtung der Kreislinie zurückweichend, um möglichst alle Weißgekleideten ins Blickfeld zu bekommen. Ein Moment der Wut, der Angst, sie herrschte den Mann an: »Kapuze runter, Hände vor, Sie sind verhaftet, her zu mir, na los, *her zu mir*!«

Sie registrierte noch, dass er reglos stehen blieb, da prallte etwas glühend Heißes gegen ihre Schläfe. Sie wich zur Seite aus, kam ins Stolpern, fiel. Fluchend fing sie sich mit beiden Händen ab. Ein Stiefel trat ihr schwer auf die Pistolenhand und fixierte sie, ein Tritt in den Rücken warf sie nach vorn.

Ein Weißgekleideter bückte sich, nahm ihre Waffe. Andere zerrten ihre Arme nach hinten, legten ihr die eigenen Handfesseln an.

Der Geruch von verbranntem Haar, auf der Kopfhaut stach Hitze.

Ich brenne, dachte sie.

Ein Schwall kühler Flüssigkeit traf ihre Schläfe, Wasser. Der Schmerz ebbte ab.

Da spürte sie eine Hand am Jackensaum, unsanft wurde ihr Oberkörper hochgezerrt. Jemand stülpte ihr eine weiße Kapuze über.

»*White Power*«, flüsterte eine Stimme an ihrem Ohr.

Die Hand ließ los. Ungebremst fiel sie nach vorn, schlug mit dem Kopf auf. »Scheiße«, sagte sie und verlor das Bewusstsein.

31

Dunkle Träume, und diesmal war sie ihnen ausgeliefert. Sie stand in Flammen, um sie herum ihre Toten, Bermann, Gerd, Germain und die anderen, alle in Weiß gekleidet, sprachen nicht, sahen nur zu, wie sie verbrannte. Sie schrie vor Wut, vor Enttäuschung und Schmerz. Dann sah sie einen durch den Wald hetzen, er trug eine Frau auf den Armen, eilte einen Hang hinab. Im Halbschlaf zwischen den Träumen erinnerte sie sich, die Wälder um Oberried vor ein paar Jahren, Bermann hatte sie getragen und gerettet, besser: Sie hatte sich von ihm tragen und retten lassen. Dann plötzlich Kilian, beugte sich über sie, schüttelte den Kopf, als wollte er signalisieren: alles vorbei, alles zu Ende, leb wohl, und sie sagte im Traum: Du auch, Kilian?, und begann zu weinen.

Später, im künstlichen Licht, wieder Weißkittel, zwei Frauen, eine davon kannte sie, die indische Ärztin, die sie damals bei Oberried erstversorgt hatte. Alles geriet nun durcheinander, dachte sie, aber es *war* doch längst alles durcheinander im Leben und Denken und Fühlen von Louise Bonì, und keiner bekäme das wieder entwirrt.

Als sie in der Morgendämmerung erwachte, stand Kilian neben ihr, der lebende, nicht der tote. Er hatte die Haare zum Zopf gebunden, war leichenblass, hohlwangig, ein Schatten seiner selbst.

»Du musst schlafen«, sagte sie.

Er deutete in Richtung Wand, wo offenbar ein Stuhl oder ein weiteres Bett stand. »Hab ich, zwei Stunden.«

»Leg dich wieder hin, ich passe auf.«

»Ich muss los.«

Sie nickte, was ein bisschen wehtat im Kopf. »Ich nehme an, das ist ein Krankenhaus?«

»Ja.«

»Freiburg?«

»Ja.«

»Ich hab gebrannt, oder?«

»War wohl nicht so schlimm.«

Sie betastete ihren Kopf, fühlte viel Stoff, wenig Schmerz. »Wie komme ich hierher?«

»Keine Ahnung.«

»Und woher wusstest du, dass ich hier bin?«

Statt einer Antwort ein erschöpftes Lächeln. Sollte wohl heißen: Wir sind eben immer ein bisschen besser informiert als der Rest.

Unangenehme Gedanken kamen hoch. Auch Kilian war, irgendwie, *unsere Leute*. Wusste mehr, tauchte überraschend auf, zog Strippen.

»Und bei euch? Wie sieht es aus?«

Er zuckte die Achseln. »Zugriff verschoben. Ein paar Tage, höchstens eine Woche.«

»Und unser Informant?«

»Schlägt sich wacker.« Er strich ihr über die Schulter, verließ den Raum, bevor sie sich für seinen Besuch bedanken konnte. Im selben Moment trat Enders ein, vielleicht auch ein, zwei Stunden später, mittlerweile war es taghell in dem Zimmer.

»Erzähl mal«, murmelte sie müde. »Vergangene Nacht drüben bei Ettenheimmünster.«

»Erst du.« Er zog sich einen Stuhl heran, rieb sich das Gesicht, ein weiterer Geist – es war offensichtlich, dass er in dieser Nacht keine Sekunde lang geschlafen hatte.

Louise berichtete, während sie sich die Fotos ansahen, die sie ihm nachts auf das Handy geschickt hatte. Natürlich taugten die meisten nichts, waren wegen der Dunkelheit verwackelt, auf anderen war lediglich ein grell loderndes Feuer zu sehen. Die Techniker würden sich darum kümmern, zumindest ein paar Klansleute hervorzuzaubern.

Dann erzählte Enders. Er war Ewigkeiten nördlich von Ettenheimmünster herumgefahren, hatte ihren Wagen nur durch Zufall entdeckt. Anschließend war er eine Stunde lang durch den Wald gerannt, immer dem Geruch von verbranntem Holz nach, der am Ende kaum noch wahrzunehmen gewesen war. Schließlich hatte er ihre Stimme gehört.

»Ich war wach?«

»Du hast auf dem Boden gesessen und geflucht.«

Sie verzog den Mund zu einem zornigen Lächeln. Allmählich kam die Erinnerung. Die weiße Kapuze … Ein Bild für die Ewigkeit. Louise Bonì auf dem Erdboden hockend, eine Ku-Klux-Klan-Kapuze über dem Schädel.

Enders schüttelte den Kopf, wollte für ein paar Sekunden gar nicht aufhören damit. »Tut mir leid, dass es so lange gedauert hat. Ich hätte früher kommen müssen.« Er saß da, den Kopf schüttelnd, haderte mit sich.

»Na, immerhin durftest du mich auf die Weise retten. Sehe ich das richtig, du hast keine Blumen dabei?«

Er lachte, wurde für einen Moment wieder munter. »Ich habe Arbeit dabei.«

»Ist auch besser als Blumen.«

Enders hatte die Kennzeichen der fünf Autos überprüfen lassen. Er las drei Namen vor, die Louise nie gehört hatte, darunter der Halter des Lörracher Daimlers, der Julius Krüger am Abend geholt hatte.

Dann der vierte, Hans Gendrich, Freiburg.

»Gendrich? Schon mal gehört.«

»Die Neonazi-Freundin von Lothar. Kristina Gendrich.«

»Richtig. Seine Tochter?«

Enders nickte.

»Volltreffer.«

»Wird noch besser. Oder schlimmer. Der letzte Wagen ist auf Michael Ahlert, Freiburg, zugelassen.«

Louise schüttelte unbedacht den Kopf, verzog vor Schmerz das Gesicht. »Kann nicht sein.«

»Sein Auto war jedenfalls dort.«

»Ali Ahlert?«

Er nickte wieder, die Stirn gerunzelt. »Dezernat für Organisierte Kriminalität. Das 23er.«

»Ali Ahlert ist beim Ku-Klux-Klan? Was für eine Scheiße!«

Michael Ahlert war Hauptkommissar, stammte aus Breisach, war mit Unterbrechungen insgesamt sicherlich seit acht, neun Jahren bei der Freiburger Kripo. Ein unauffälliger, eher verschlossener Kollege Anfang fünfzig, der sich, soweit sie wusste, bislang nichts hatte zuschulden kommen lassen, sah man von seinem merkwürdigen Spitznamen ab. Geschieden, zwei Kinder, Bermann war nach Feierabend gelegentlich mit ihm und anderen auf ein Bier gegangen.

»Holen wir ihn uns«, sagte sie.

»Schon passiert. Er sitzt in Handfesseln in meinem Büro, hat ein bisschen Zeit nachzudenken. Zu überlegen, ob er weiter leugnet.«

»Das macht sie stark, das Leugnen. So hebeln sie uns aus.«

»Ja«, sagte Enders, drehte sich um, da Louise Anstalten machte aufzustehen. »Um neun ist großes Hearing, Graeve, Vormweg, die Staatsanwältin, du, ich und Ahlert.«

Sein Telefon klingelte, Natalie. Er hielt es ihr hin. »Sie erreicht dich nicht.«

Louise ließ sich zurücksinken. Aus dem kleinen Lautsprecher drang Musik, Falco, unverkennbar: *»Amadeus, Amadeus, oh, oh, oh, Amadeus, Come and rock me, Amadeus.«*

»Bin gerade nicht zum Scherzen aufgelegt«, sagte sie.

»Kein Scherz«, erwiderte Natalie.

Der Refrain von »Rock Me Amadeus« war der Klingelton von Ricky Janischs Prepaidhandy.

32

»Kann das sein? Janisch war Amadeus?«

»Keine Ahnung, ich blicke nicht mehr durch«, knurrte Enders.

Halb zehn, sie saßen in seinem Dienstwagen, quälten sich im Stop-and-Go durch die Bismarckallee in Richtung Polizeidirektion, weiter vorn ein Unfall. Die Sonne schien zu grell, der Schlag gegen den Kopf war nicht allzu schlimm gewesen, aber das Schmerzzentrum reagierte empfindlich auf Licht. Louise kniff die Augen zusammen, nahm billigend in Kauf, dass dadurch ein paar neue Fältchen hinzukommen würden. Plötzlich sehnte sie sich danach, zwei Tage, fünf Tage, fünf Wochen lang nichts anderes zu tun, als sich mit sich selbst zu beschäftigen, mit ihrem Körper, sich ihren Körper mal wieder genauer anzusehen, Pläne zu schmieden für das Äußere, rausholen, was noch rauszuholen war, Sport, Meditation, Maniküre, Pediküre, Friseur, Fältchen zählen. Das, dachte sie, waren schließlich die einzigen Gewissheiten im Leben, die Fältchen vermehrten sich, genau wie die weißen Haare, Speck heftete sich an die Hüften. Alles andere war undurchschaubar und unkontrollierbar.

Janisch war Amadeus gewesen, vielleicht auch nicht. Zusammenhänge deuteten sich an, und man musste wohl damit leben, nie Gewissheit zu bekommen. Zu viele Interessen im Spiel.

Unsere Leute.

Sie betastete ihren Kopf. Er schmerzte nun doch ein wenig, aber mehr innen als außen. Das außen heilte rasch, das innen vielleicht nicht mehr.

Sie hatte Kabangu angerufen und das Gespräch erneut verschoben. Kein Problem, hatte er gesagt, er müsse mindestens noch über das Wochenende bleiben, Dr. Arndt sei bislang nicht überredet, *es gibt noch kein Gentleman's Agreement.*

Und sie hatte Kilian gesimst: *Wir haben vielleicht ein Leck.*

Heißt?

Einer von der OK war heute Nacht dabei.

»Blaulicht, bitte«, murmelte sie.

Enders setzte das Licht aufs Dach, scherte aus, fuhr halb auf dem gepflasterten Mittelstreifen. Er roch anders heute, ungepflegt, nach Testosteron. Etwas ging in ihm vor, die Bewegungen waren aggressiver, der Ton seiner Stimme unwirscher, als verlöre er zunehmend die Contenance.

»War's noch schlimm gestern Abend bei euch?«, fragte sie.

»Reden wir über Janisch und Amadeus.«

Sie lehnte sich zurück, schloss die Augen. »Amadeus war in den Neunzigern in einer Neonazi-WG in Dortmund, 1999 hat ihn der Verfassungsschutz rekrutiert. Im April 2004 soll er mit Witiko in Dortmund gewesen sein, ebenfalls 2004 ist er ins Zeugenschutzprogramm gekommen, seitdem abgetaucht. Janisch ist seit 2004 in Freiburg, er war damals schon in der ›Brigade Südwest‹ aktiv, im August die Geschichte mit der Körperverletzung, du erinnerst dich, die Anzeige des Aussteigers.«

»Ja.«

Sie öffnete die Augen halb. »Sie sehen sich schon ähnlich, von hinten zumindest, das Gesicht von Amadeus ist auf Bremers Foto nicht zu sehen.«

Sie hatten das Ende des Staus erreicht, vorsichtig umkurvte Enders die Unfallstelle. »Könnte also hinkommen.«

»Könnte es«, sagte sie, dachte: noch mal rauf zu Witiko also, die Taschenlampe einschalten, ihn zwingen, sich ein Foto von Janisch anzusehen. Sich an die Wirklichkeit zu erinnern. Die Wahrheit zu sagen.

Ein eher aussichtsloses Unterfangen.

Als sie im Hof auf das Dienstgebäude zueilten, rief Natalie an. In Ricky Janischs Biografie gab es tatsächlich eine Auffälligkeit. Die offiziellen Daten stimmten zwar, Schulen, Ausbildungen und so weiter, auch die Eltern existierten, zumindest auf dem Papier, Kfzs waren an- und abgemeldet worden. In einer Wohnung jedoch war zum selben Zeitpunkt wie Janisch und dessen Eltern eine vierköpfige Familie gemeldet gewesen. Mit der Tochter hatte sie eben telefoniert. Sie hatten allein dort gewohnt, den Namen Janisch kannte sie nicht.

»Auch ein Geheimdienst macht mal einen Fehler«, sagte Natalie und lachte zufrieden.

Ein Blick auf Michael Ahlert, und Louise wusste, dass er eher früher als später zu einem Deal bereit sein würde: Du redest, dann ab in die Provinz, und wir vertuschen. Sein Blick huschte hin und her, der Atem ging zu schnell.

Aber noch hielt er durch.

Hubert Vormweg hatte begonnen, seine Fassungslosigkeit und Naivität waren beinahe rührend. Welten prallten aufeinander. Auf der einen Seite Cord, der Altachtundsechziger, der sich noch immer ein paar Ideale leistete, auf der anderen Ahlert, den solche Ideale sicherlich nie interessiert hatten. Der trotzig nur an sich selbst dachte, daran, wie er sich aus dieser misslichen Lage herauslog oder heraushandelte.

»Ali, Sie repräsentieren den Staat, diese Stadt, Sie …«, sagte Cord.

»Boni hat sich verschrieben«, unterbrach Ahlert ihn leise. »Mein Auto war nie da oben.«

Cord lächelte, ein trauriges Lächeln, als wären seine Beamten für ihn wie die eigenen Kinder oder Geschwister. »Wie oft mussten Sie sich solche Ausflüchte bei Vernehmungen anhören?«

»Jedenfalls stand mein Auto in der Garage.«

»Typ, Farbe und Kennzeichen stimmen überein.«

»Kann nicht sein, Herr Vormweg.«

Ahlert saß allein auf dem breiten Sofa, schräg vor ihm hatten Cord und Enders auf Sesseln Platz genommen, auf der anderen Seite Graeve und Louise. Marianne Andrele, die Staatsanwältin, war nicht gekommen.

Louise war Ahlert länger nicht begegnet. Sie hatte ihn als aufgedunsen und blass in Erinnerung, mittlerweile schien er Idealgewicht zu haben, sah durchtrainiert aus. Auf irgendeiner Klan-Website hatte sie gelesen, dass für »deutsche Christen mit germanischer Abstammung« auch Selbstverteidigungskurse angeboten würden. Fitness war wichtig, man musste vorbereitet sein, um das Abendland verteidigen zu können.

»Und die verbrannten Stoffreste in Ihrem Garten, Ali?«

»Ein Vorhang, ich hatte … Maden in einem Vorhang.«

Cord fuhr sich über den eisgrauen Vollbart, wirkte an diesem Morgen so alt wie noch nie. »Was finden Sie bei diesen Leuten? Gemeinschaft? Anerkennung? Der *Ku-Klux-Klan*, Mann! Ein rassistischer Geheimbund! Sie als Polizist!«

Ahlert antwortete nicht gleich, sagte dann nur, fast überrascht: »Ich bin kein Rassist.«

Louise wandte sich flüsternd an Graeve: »Wo ist Andrele?«

Er zuckte die Achseln.

»Wenn Sie Fragen haben, Frau Bonì …« Matt deutete Cord auf Ahlert.

»Welche Rolle spielt Hans Gendrich im Klan?«

Ahlert wandte ihr erstmals an diesem Morgen das Gesicht zu.

Sie musterte seine Augen, Brauen, die Nasenwurzel, meinte sich zu erinnern. Der letzte Mann, vor dem sie gestanden hatte, bevor sie niedergeschlagen worden war.

Dieselbe Angst in den Augen.

Sie lächelte.

»Woher soll ich das wissen?«

»War er gestern dabei?«

Sein Kopf schoss vor. »Musst mal wieder einen Kollegen in die Pfanne hauen, ja?«

Reinhard Graeve ergriff das Wort, sagte sehr nüchtern: »Was werden die Techniker noch in Ihrem Haus finden, Herr Ahlert? Fackeln? Diesen albernen … Kloran? Und auf Ihrem Laptop? Auf Ihrem Mobiltelefon? Sie wissen, was gerade vor sich geht. Was die Techniker alles rekonstruieren können.«

Ahlert senkte den Blick, starrte schweigend auf seine verschränkten Hände, die Finger klappten auf, klappten zu.

Sie hatten ihn.

Louise langte nach dem Wasserglas, trank. Eine SMS traf ein, sie zog das Handy hervor. Marianne Andrele, die Staatsanwältin. *Behr übernimmt. Ist in fünf Min. bei Ihnen.*

Fünf Minuten, dachte sie. Fünf Minuten, dann waren sie draußen. Die Stuttgarter würden den Deal machen, Ahlert wäre unantastbar, ungreifbar.

»Du hattest Zugang zur Fallakte«, sagte sie. »Hast du Informationen weitergegeben?«

Cord stöhnte erschrocken auf, gab sich keine Mühe, es zu unterdrücken.

Ahlert sah nach wie vor auf seine Hände, brachte es nicht mehr fertig, irgendjemanden anzuschauen. Hatte den Körper hart gemacht, die Seele vergessen.

»Letzte Chance, Herr Ahlert«, sagte Graeve. »Reden Sie, oder wir lassen Sie fallen und gehen den üblichen Weg, inklusive Pressemitteilung, Untersuchungshaft und so weiter. Mittäterschaft bei einem tätlichen Angriff auf eine Polizeibeamtin, Geheimnisverrat – am Ende werden Sie ohnehin gestehen, um ein paar Jahre Haft weniger herauszuholen. Wenn Sie jetzt reden, können wir mehr für Sie tun.«

Ahlert schlug die Hände vors Gesicht, sah dann abrupt auf. »Was?«

»Die Dienststelle würde sich für Strafmilderung einsetzen.«

»Das reicht nicht. Keine Anzeige, keine Haft.«

Graeve schüttelte den Kopf. »Sie kommen vor Gericht.«

»Also ist es wahr …«, nuschelte Cord in seinen Bart.

Ahlert zögerte kurz, sagte schließlich: »Dann sorgen Sie dafür, dass die Strafe unter einem Jahr liegt.«

Louise schnaubte durch die Nase. Unter einem Jahr hieß, er würde nicht aus dem Beamtendienst entlassen werden. Er würde wieder arbeiten, wenn auch vielleicht im letzten Winkel der baden-württembergischen Zivilisation, und seine Pensionsansprüche behalten. Er würde glimpflich davonkommen.

Aber sie hatten keine andere Wahl.

»Wir versuchen es«, sagte Graeve.

»In Ordnung«, murmelte Ahlert.

»Wer ist Gendrich?«, fragte Louise.

»Hat die Sektion gegründet. 2002 oder 2003.«

»Seit wann sind Sie dabei?«, fragte Graeve.

»2005.«

Ungeduldig berührte Louise seinen Arm, anderes war jetzt wichtiger. »Hat Gendrich den Mord an Kabangu in Auftrag gegeben?«

»Keine Ahnung. Hab nur am Rande davon gehört.«

»Kennst du Erik Willig?«

»Nicht persönlich.«

»Er gehört nicht zum Klan?«

257

»Nicht zu unserer Sektion.«

»Gibt es Neonazis bei euch?«

»Gendrich hat Kontakte nach rechts, und manchmal nehmen welche an Zeremonien teil.«

»Wie einer Kreuzverbrennung?«

»Kreuzerleuchtung. Ja.«

»Hast du Informationen aus der Akte weitergegeben?«

Ein Klopfen, die Tür öffnete sich, Heinrich Behr trat ein, zwei Männer im Schlepptau. Er stellte sie vor, Kollegen vom LKA, sagte mit Bedauern in der Stimme: »Wir brauchen Herrn Ahlert in Stuttgart.«

»Ali, hast du Informationen weitergegeben?«

Ahlert sah Vormweg an. »Was wollen die?«

Behr schlenderte zu ihnen, langsam, hatte alle Zeit der Welt. Ein Lächeln auf den Lippen reichte er Vormweg ein Papier. »Die Besprechung ist beendet, Herr Ahlert wird ans LKA überstellt.«

»Und unser Deal?«, fragte Ahlert Graeve.

»Hinfällig«, erwiderte Behr.

Enders, der bislang geschwiegen, nur konzentriert zugehört hatte, erhob sich abrupt, knurrte: »Das ist doch wirklich zum Kotzen!«, und griff mit beiden Händen nach Ahlerts Jackensäumen. Er zerrte ihn hoch, schob ihn vor sich her, bis sie die Wand erreichten, stieß ihn hart dagegen. Louise, die wie Cord aufgesprungen war, hörte ihn flüstern, hörte Ahlert vor Schmerz aufstöhnen, dann murmelte er ein paar unverständliche Wörter.

Wieder sprach Enders, wieder antwortete Ahlert.

Dann hatten Behrs Begleiter die beiden erreicht, zerrten Enders zurück, führten Ahlert, der sich Hilfe suchend nach Cord umwandte, aus dem Raum.

»Jetzt beruhigen wir uns alle wieder«, sagte Graeve, der sitzen geblieben war, angespannt.

Auch Heinrich Behr hatte sich nicht bewegt. »Das wäre ganz in meinem Sinne. Und dann wird sich die Freiburger Kripo endlich ausschließlich mit anderen Fällen befassen. Anweisung aus dem Innenministerium, und zwar nicht dem in Stuttgart, sondern dem in Berlin.«

Enders beachtete ihn nicht, war schon auf dem Weg zur Tür. Er sah Louise an, sagte: »Komm.«

33

Hans Gendrich wohnte und arbeitete im Rieselfeld im äußersten Westen der Stadt, besaß ein Reinigungsunternehmen, das Büro zwei Straßen von der Wohnung entfernt. Er hatte einen Sohn, eine Tochter – Kristina, die Freundin von Lothar Krüger –, seit 2002 war er verwitwet. Keine Vorstrafen, im Gegenteil, sein soziales Engagement machte ihn zur tragenden Säule seiner gesellschaftlichen Umgebung – Schatzmeister einer Freikirche, Elternbeirat des Gymnasiums, in das die Kinder gingen, Schützenverein, außerdem sang er in einem Rieselfelder Chor.

»Tenor«, sagte Natalie.

»Ist er politisch aktiv?« Louise saß neben Enders in dessen Dienstwagen, Telefon am Ohr, hörte sie auf der Tastatur tippen.

»Er ist in ein paar Bürgerinitiativen ... Gegen das AKW Fessenheim, für den Mooswald ...«

»Da vorn raus«, flüsterte Louise.

Enders setzte den Blinker, sie verließen die B 31a.

»Ein Saubermann«, sagte Natalie und kicherte.

Sie legten auf.

Louise sah Enders an. »Hätte ich ja nicht gedacht, dass du mal die Kontrolle verlierst.«

Er zuckte die Achseln. »Mir reicht's eben langsam.«

Sie ahnte, was er meinte. So machte der Job keinen Spaß, so hatte er keinen Sinn. Rausgedrängt zu werden von *unseren Leuten*, denen es nicht um Aufklärung ging, sondern um Informationskontrolle. Wer wusste schon, was da wirklich geschah, was geschehen war, in Karlsruhe 2004, in Freiburg 2006? Wer involviert war, welche Rolle die Politik spielte, ein zweites NPD-Verbotsverfahren? Was die Verfassungsschützer und ihre Dienstherren, die Innenministerien, zu tun bereit waren, um zu verhindern, dass ihre heiklen Deals mit der Neonazi-Szene umfassend ans Licht kamen? Wer wusste schon, wie groß das staatliche Fehlverhalten in Wirklichkeit war? Wie stabil und gefährlich die deutschen Neonazi-Strukturen waren, wie durchseucht die Bundeswehr, die Gefängnisse, wie kriminell das Heer der bezahlten V-Leute?

Eine SMS unterbrach die düsteren Gedanken. Kilian.

Wer?

Noch auf dem Weg zu Enders' Wagen hatte sie ihn gewarnt, das Leck bestätigt. Auch wenn Irina in der Fallakte nicht erwähnt wurde, war sie in Gefahr. Wer die Unterlagen aufmerksam las, fand Hinweise auf eine Quelle im Umfeld der Russen in Baden-Baden.

Später, schrieb sie.

Gib mir einen Namen.

Kann ich noch nicht.

Nicht auszudenken, wenn Kilian auch Ali Ahlert heimliche Besuche abstatten würde …

»Ist ja nicht so, dass es nichts gebracht hätte«, sagte Enders.

»Bringt meistens was, wenn einer die Kontrolle verliert.«

In Enders' Griff hatte Ahlert geredet.

Am Morgen zuvor hatte er von einem ihm unbekannten Andreas einen Anruf erhalten. Wie verlangt, hatte er sich Zugang zu den Falldaten im Computersystem verschafft, den Ausdruck in einen braunen Umschlag gesteckt, war dann nach Ehrenkirchen südlich von Freiburg gefahren und hatte dort in einem bestimmten Supermarkt eingekauft. Den Umschlag hatte er im Einkaufskorb unter einer Werbebroschüre liegen gelassen. Wer ihn anschließend an sich genommen hatte, wusste er nicht.

Derselbe Andreas, der auch Paulus Riedl angerufen hatte? Andreas vom »Heimatschutz Baden«?

Sie würden es vielleicht nie erfahren.

Kurz darauf hatten sie das Rieselfeld erreicht, eines der neueren Viertel Freiburgs, sauber, aufgeräumt, ruhig. Sie fuhren durch hübsche Straßen, an modernen, maximal fünfstöckigen Häusern entlang, die Bebauung luftig, unterschiedliche Farben, viel Grün. Früher waren hier die Abwässer Freiburgs verrieselt, daneben hatten in selbstgezimmerten Bruchbuden Sinti-Familien gehaust, die einen unter den Nazis aus Freiburg vertrieben und nach dem Krieg zurückgekehrt, andere, die die KZs überlebt hatten. Jahre später brachte die Stadt sie in nahen Barackensiedlungen unter, dann in Sozialwohnungen, man benötigte den Boden, Freiburg dehnte sich aus.

Hans Gendrichs Firma lag im Zentrum des Viertels, die gläserne Bürofront neben einer Hofeinfahrt mit Firmenautos in Hellblau. Jenseits der Fensterscheiben sah Louise Frauen und Männer, die Oberteile in demselben Blauton trugen. Hellblau wie der Morgenhimmel, wie Vergissmeinnicht, Hellblau wie Urlaub.

Wie die Brust von Willi, dem Wellensittich.

Sie stiegen aus, betraten das Gebäude. Eine Empfangsdame in Hellblau kündigte sie an, ein Mitarbeiter in Hellblau brachte sie in den ersten Stock.

»Lass mich mal«, sagte Enders.

»Solange du dich zusammenreißt.«

»Ist das dein Ernst?«

Sie rieb vorsichtig über das dicke Pflaster an ihrer Schläfe, unter dem es zu jucken begonnen hatte. »Weiß ich noch nicht.«

Auch Hans Gendrich trug am Oberkörper Hellblau. Er war mittelgroß, gedrungen, muskulös, die Säume der T-Shirt-Ärmel drohten zu platzen, als er ihnen die Hand reichte. Seine Wangen waren ähnlich prall, der ganze Mann ein bis zum Anschlag aufgeblasener Körper. Die verbliebenen Haare ein kurz geschnittener Kranz, verliehen dem Gesicht beinahe etwas Mönchhaftes.

»Setzen Sie sich, ich bin ganz Ohr«, sagte er. Louise hielt den Atem an, ließ ihn langsam ausströmen, mit einem Mal zutiefst erschöpft, zutiefst erleichtert, kein Funken Wut, nur ein seltsames Gefühl angenehmer Ermattung: dieselbe wohltönende Stimme, die in der Nacht zuvor den anderen Klanleuten vorgesprochen hatte. Die Augen erkannte sie nicht wieder, vielleicht war er einer der Männer am Ende ihres Rundgangs gewesen, denen sie nicht gegenübergestanden hatte.

Sie warf Enders einen Blick zu und nickte.

»Der Ku-Klux-Klan«, sagte er. »Erzählen Sie mal.«

Gendrich, der sich eben an den Schreibtisch gesetzt hatte, erhob sich. »Einen Moment, bitte.« Er ging in den Nebenraum, kehrte mit einem Mann zurück, der etwas weniger freizeitmäßig gekleidet war, eine Krawatte zum hellblauen Hemd trug. »Erich Karmer«, sagte Gendrich, »Mitarbeiter, Freund der Familie, Hausjurist.«

Schweigend reichte Karmer ihnen die Hand, wich dann zur Fensterbank zurück, die Arme vor der Brust verschränkend. Er war um die fünfzig, hager, hatte eingefallene Wangen, freudlose Lippen, eine runde Brille mit Silberfassung. Louise, die eine Menge Juristen und Anwälte aus dem Freiburger Raum kannte, hatte seinen Namen noch nie gehört.

Gendrich saß wieder hinter dem Schreibtisch, wartete teilnahmslos, hatte die Initiative an Karmer abgegeben.

»Wann haben Sie die badische Klan-Sektion gegründet?«, fragte Enders.

»Vernehmen Sie Herrn Gendrich als Zeugen oder als Beschuldigten?« Karmers Mund blieb ein Strich, wollte sich nicht richtig öffnen beim Sprechen.

»Beschuldigt welcher Tat?«, fragte Enders zurück.

»Als Zeugen also?«

»Als Beschuldigten.«

»Wie lautet der Vorwurf?«

»Anstiftung zum Mord und ein paar Bagatellen: Bildung und Unterstützung einer kriminellen Vereinigung, unterlassene Hilfeleistung.« Er leierte die Belehrungen herunter.

Karmer rieb sich die Augen unter der Brille. »Fragen Sie.«

»Wann haben Sie die badische Klan-Sektion gegründet?«

»Kein Kommentar«, sagte Karmer.

»Bedauere«, sagte Gendrich.

»Haben Sie sie allein oder mit anderen gegründet?«

»Kein Kommentar«, sagte Karmer.

»Bedauere«, sagte Gendrich.

»Vergangene Nacht haben Sie mit zehn Mitgliedern Ihrer Klan-Sektion nördlich von Ettenheimmünster eine Kreuzverbrennung durchgeführt. Sie …«

»Kein Kommentar«, unterbrach Karmer.

»Bedauere.«

»Ihr Auto war dort, eine Zeugin hat Ihre Anwesenheit bestätigt. Was …«

»Ich«, sagte Louise. »Die Zeugin bin ich.«

Karmers Blick lag auf ihr, scharfe, kluge Augen. »Sie behaupten, Sie hätten Hans Gendrich vergangene Nacht in wo auch immer gesehen?«

»Gehört.«

Er winkte ab. Hören war nicht sehen. Hören bedeutete: keine Gefahr.

»Seit wann ist Michael Ahlert beim Klan?«, fragte Enders.

»Kein Kommentar.«

»Bedauere.«

»Kennen Sie Erik Willig?«

Karmer schwieg.

»Nein«, sagte Gendrich.

Die erste Lüge, dachte Louise.

· Enders legte vier Fotos der beiden Attentäter vor Gendrich – die nächtlichen Aufnahmen von Paulus Riedls Überwachungskamera, dazu Polizeifotos der Leichen. Gendrich tat nicht einmal so, als würde er einen Blick darauf werfen. Er hatte die Ellbogen auf den Tisch gestützt, die Hände verschränkt, sah Enders unverwandt an.

»Kein Kommentar«, sagte Karmer.

»Bedauere.«

Enders fuhr sich mit beiden Händen über das Gesicht, wirkte zunehmend ungeduldig, desillusioniert. »Sie sind verheiratet?«

»Verwitwet.« Gendrich trug seinen Ehering noch, treu über den Tod hinaus. Er sah, fand Louise, nicht aus wie ein Ehemann, der lieben konnte, wirkte zu kategorisch, selbstbezogen. Ein Mann, der die Richtungen vorgab, in die alle anderen zu gehen hatten, inklusive der eigenen Familie.

»Was ist passiert?«

Gendrich warf einen Blick zu Karmer, der die Achseln zuckte, die Lippen spitzend, ernste Miene, fokussiert. Dann sagte er: »Sie hatte einen Autounfall.«

»Unverschuldet?«

Gendrich deutete ein Kopfschütteln an, die Augen blieben distanziert. »Sie war alkoholisiert, eins Komma zwei Promille. Meine Frau war Alkoholikerin, Herr Enders.«

»Willkommen im Klub.« Enders grinste, und Louise fragte

sich, ob er dasselbe dachte wie sie: dass Gendrich längst über seine Frau informiert war. Den Gegner besser kannte als der Gegner ihn.

»Dann passen Sie auf sie auf. Tun Sie, was ich nicht getan habe.«

»Und das wäre?«

»Übernehmen Sie Verantwortung.«

»Verantwortung«, sagte Enders, nickte nachdenklich. »Kennen Sie Julius Krüger?«

»Ja.«

»Ist er Mitglied im Klan?«

»Kein Kommentar«, sagte Karmer.

»Bedauere.«

»Ricky Janisch?«

Karmer schien die Lust am Reden vergangen zu sein, er schüttelte nur den Kopf.

»Bedauere.«

»Ludwig Kabangu?«

»Auch ein Mann, der seine Frau verloren hat«, fügte Louise hinzu.

Karmer schwieg, schien überrascht. Gendrich sagte: »Kabangu, das klingt afrikanisch. Ich liebe Afrika. Safari in Kenia, die Strände dort. Namibia. Da war ich letztes Jahr mit den Kindern. Eine Schwarze Mamba ist ins Zelt gekrochen, aber wir hatten Glück. Mein Sohn möchte wieder hin, meine Tochter träumt noch von der Mamba. Sie war in ihrem Schlafsack. Na ja. Von einer Sekunde auf die andere kann das Leben vorbei sein, man muss höllisch aufpassen. Das kleine Heim sauber halten. Kaffee?«

»Nein«, sagte Enders.

»Mit Zucker«, sagte Louise.

Kraftvoll sprang Gendrich aus dem Schreibtischstuhl, verließ den Raum, kam mit einem Tablett und drei Espressi zurück.

»Sie *haben* aufgepasst?«, fragte Louise.

»Nehmt einen Stock, klopft den Schlafsack damit ab, habe ich ihnen vorher eingeschärft. Ich bin öfter unten, habe Freunde dort. Buschjäger.«

»Schwarze?«

»Deutschstämmige.«

Sie tranken schweigend. Karmer leerte die Tasse in einem Zug, verbarg seine wachsende Ungeduld nicht. Verschwendete Minuten, sinnloses Gespräch signalisierten seine Gestik, seine Mimik.

»Zeit für eine Geschichte«, sagte Louise. »Wie es gewesen sein könnte.«

Gendrich wandte sich ihr zu. »Ich bin ganz Ohr.« Er saß jetzt aufrecht, die Arme auf den Lehnen, stellte die entspannte Muskulatur zur Schau.

»Im März erfahren Sie, dass Ludwig Kabangu Ende April nach Freiburg kommt, vermutlich von Erik Willig oder einem seiner elitären rechten Bekannten. Ein Neger aus der ehemaligen Kolonie, denken Sie, stellt Forderungen, die Welt wird immer schlimmer. Sie wollen ein Exempel statuieren, mal raus aus dem Wald, wo Sie immer bloß um ein brennendes Kreuz herumstehen und ›*White Power*‹ rufen.

Also aktivieren Sie das Netzwerk. Ein Ansprechpartner reicht dafür, vielleicht Andreas vom ›Heimatschutz Baden‹. Andreas telefoniert herum. Kameraden in Jena, in Freiburg, sonstwo werden aktiv. Andere Heimatschutz-Leute, ›*Blood-&-Honour*‹-Leute, Mitglieder der ›Brigade Südwest‹. Die meisten werden Sie nicht kennen. Zum Beispiel die beiden Männer, bei denen Ihr Auftrag, Ludwig Kabangu zu töten, am Ende landet und die vielleicht nicht ganz so professionell sind, wie Sie es erwartet haben: Sie haben keine Waffen, jedenfalls nicht die, die sie für einen solchen Auftrag brauchen, eine Makarow und eine Tokarew.

Das Netzwerk leitet die Information an Sie zurück. Was tun?

Sie rufen einen Freund an, Mike, amerikanischer Ku-Klux-Klan, häufig in Europa, Wohnsitze in Moskau und Wien, schildern Ihr Problem: Sie müssen eine Makarow und eine Tokarew besorgen, irgendwo, irgendwie. *No problem,* sagt Mike und nennt Ihnen einen Kontaktmann und bürgt dort für Sie, nennen wir ihn Niko.

Sie bestellen die Waffen.

Unterdessen mietet in Jena ein Matthias Seibert ein Campingmobil, die beiden Auftragsmörder und deren Begleiterinnen sollen es gemütlich haben auf dem Weg in den Breisgau. Weitere Anrufe werden getätigt: Am Montagabend kommen Kameraden aus Jena, ein ›Sky Wave‹, du trägst ihn nicht ins Journal ein – Paulus Riedl, Camping im Idyll. Und: Wir brauchen für eine Nacht ein Auto, Eschholzstraße, Samstagabend, einundzwanzig Uhr dreißig – Julius Krüger, der Blumenmann, Mitglied Ihres Klans, ich habe ihn gestern Nacht erkannt. Und: ein weißer Golf, steht in der Eschholzstraße, der Schlüssel steckt, du fährst damit nach Baden-Baden, holst im ›Iwan und Pauline‹ eine Schachtel – Ricky Janisch, einstiger V-Mann des Verfassungsschutzes im Zeugenschutzprogramm, Deckname ›Amadeus‹, lebt nicht mehr, diabetischer Schock, heißt es. Ihn könnten Sie gekannt haben, er war einer der wichtigeren.

Janisch holt die Schachtel, gibt sie einem Mann, den Sie wiederum eher nicht kennen, Thomas Walczak, lebt mit neunzehn Hunden bei Bollschweil im Wald. Nachts geht Walczak los, trifft die beiden Männer aus dem ›Sky Wave‹, überreicht ihnen die Schachtel, vermutlich ohne zu wissen, was drin ist: die Makarow und die Tokarew. Mittlerweile sind die Waffen im Besitz des LKA Stuttgart, die beiden Männer wurden gestern Morgen erschossen, aber so weit sind wir noch nicht.

Janisch trifft Walczak noch einmal, bekommt von ihm einen Umschlag mit Geld, der vielleicht über einen Supermarkt in Ehrenkirchen ausgeliefert wurde, wir wissen es noch nicht. Unser Kollege Michael Ahlert, bedauerlicherweise ebenfalls Mitglied Ihres Klans, war in diesem Supermarkt, gestern Morgen, auch er hat einen Anruf von Andreas bekommen – derselbe Andreas? Egal. Ahlert fährt nach Ehrenkirchen, ein paar Stunden später halten Sie die Ermittlungsakte in Ihren Händen und wissen, was wir wissen.

Habe ich etwas vergessen?

Ach ja, ein weiterer kleiner Auftrag: Du lernst in Basel einen Neger kennen, geh in Freiburg mit ihm Kaffee trinken, spazieren, ins Museum, ist dir das zuzumuten? Am Donnerstagmorgen um halb neun triffst du dich mit ihm im Café hinter dem Münsterplatz. Wenn die Glockenschläge verhallt sind, verschwindest du durch den Ausgang zum Museum und gehst und gehst und bleibst nicht stehen – die angebliche Maria Schmidt.«

Louise nahm die Kaffeetasse, trank. Sie spürte die Blicke der drei Männer auf sich liegen, spürte auch, dass Gendrich in keiner Weise beeindruckt, geschweige denn beunruhigt war. Sie räusperte sich. »Am Donnerstagmorgen sitzt Maria Schmidt mit Ludwig Kabangu und mir in dem Café, ein paar Tische weiter sitzt einer meiner Kollegen, Gerd Rehberg. Rehberg stirbt um kurz nach neun, doch seine Mörder, die Männer aus Jena, sterben auch, denn es gibt einen weiteren Player, mit dem Sie nicht gerechnet haben, Herr Gendrich, ich zu diesem Zeitpunkt dagegen schon: Experten für solche Lagen. Allerdings habe ich zwanzig, dreißig Sekunden früher mit ihnen gerechnet, ein kapitaler Fehler. Warum sind sie zu spät gekommen? Ich weiß es nicht. Zwanzig Sekunden früher, und Gerd Rehberg wäre noch am Leben, so wie Ludwig Kabangu am Leben ist. Sie wollten ein Exempel statuieren und haben vier Menschen ins Grab gebracht, doch den einen, den Sie töten lassen wollten, weil er Ihr wahnhaftes Weltbild beschmutzt, den haben Sie nicht erwischt.

Mehr noch: Sie haben viele kleine Spuren hinterlassen. Telefonate, eine Bemerkung hier, eine da. Ihr Wagen war in Ettenheimmünster, *Sie* waren dort, vielleicht waren Sie auch noch woanders. In dem Supermarkt in Ehrenkirchen zum Beispiel, wo es Überwachungskameras gibt. Ihre Tochter ist mit Lothar Krüger befreundet, eine Verbindung, die Sie vielleicht eines Tages angreifbar macht, junge Leute sind unkontrollierbar, selbst wenn sie rechtsextrem denken.

Irgendjemand wird eines Tages reden, Herr Gendrich, vielleicht eines der Kinder, vielleicht Julius Krüger, der schwach ist und mir nicht in die Augen sehen kann. Oder die Riedls, die ein trauriges Idyll verwalten, eine katastrophale Ehe, sie betrügt ihn, er verzweifelt. Einen der beiden aus dem Netzwerk herauszubrechen wird nicht unmöglich sein, ich habe schon damit angefangen. Oder Maria Schmidt, die in Polizeigewahrsam ist und mit einer Anzeige rechnen muss, was nicht der Deal war, richtig? Sie hat mich, eine Beamtin des Polizeidienstes, belogen, was ihre Identität betrifft. All die anderen, Torsten Schulz aus Heilbronn, Matthias Seibert aus Jena, der Mann in Aachen, der den ›Sky Wave‹ angeblich gestohlen hat – halten die einer genaueren Überprüfung oder einer intensiven Befragung stand? Halten sie durch? Jede Wette: nein. Wir kriegen Sie. *Ich* kriege Sie. Nicht heute, nicht morgen, aber vielleicht übermorgen.«

Ein paar Sekunden lang herrschte Schweigen, lag Anspannung in der Luft, ein paar Sekunden lang schienen Möglichkeiten auf, war Hoffnung da, eine dumme, irrationale Hoffnung am Ende anstrengender Tage und Nächte …

Dann gähnte Karmer, sagte, während der Mund sich wieder schloss: »Polizeibeamte am Ende ihrer Weisheit. Sind wir fertig? Ich habe zu tun.«

Und Gendrich erhob sich mit einem milden Lächeln und deutete auf ihre Tasse und sagte: »Sie haben nicht ausgetrunken. Kolumbianischer Kaffee, ich lasse ihn eigens importieren, es wäre schade drum. Schmeckt er Ihnen nicht?«

Sie standen im Hof vor dem Auto, tauschten sprachlos Blicke, Polizeibeamte am Ende ihrer Weisheit, tatsächlich. Noch nie hatte Louise sich so ratlos gefühlt.

Das Telefon durchbrach die Erstarrung.

»Nachtrag zu Ahlert«, sagte Natalie.

Ali Ahlert war ab 2002 zwei Jahre lang bei der Kripo Karlsruhe gewesen, Dezernat Staatsschutz, zuständig unter anderem für politisch motivierte Straftaten wie Rechtsterrorismus. Ende 2004 war er nach Freiburg zurückgekehrt.

»Und?«, sagte Louise. Ihr Blick fiel auf das gläserne Bürogebäude. Hinter der deckenhohen Fensterwand seines Büros stand Hans Gendrich, die Hände in den Hosentaschen, beobachtete sie. Sie hörte Enders' Telefon klingeln, hörte seine Stimme. Er stieg in den Wagen, schloss die Tür.

»Ahlert war da im Polizeisportverein, bei den Schützen, Pistole und Revolver«, sagte Natalie, klang hartnäckig, geduldig.

»Ich verstehe nicht, was du mir sagen willst.« Louise sah wieder zu Hans Gendrich hoch, der unverändert hinter der spiegelblank geputzten Scheibe stand. Er bewegte sich nicht, machte keine Anstalten, sich abzuwenden, als wollte er sichergehen, dass sie sein Territorium auch wirklich verließen. Ein Kriegsherr auf dem Hügel, scheinbar unbesiegbar, studierte die Bewegungen des machtlosen Feindes. Plante den nächsten Schachzug, die nächste List.

Aber auch er hatte doch verloren. Auch er war doch besiegt – der Anschlag auf Kabangu war gescheitert.

Die Frage war: Nahm ein Mann wie Gendrich Niederlagen einfach hin?

Nein, dachte sie.

Ein Schauer lief ihr über den Rücken.

»Timo Kahle«, sagte Natalie. »Er war auch bei den Schützen in Karlsruhe. Es gibt Fotos von ihm und Ahlert mit anderen. Vereinsfeier, irgendein Wettbewerb. Sie kannten sich.«

»Timo Kahle und Ali Ahlert?«

»Ja.«

»Scheiße. Hast du mehr?«

»Nein, keine Zeit. Ich soll für die OK … Egal.«

»Ist Ali noch da?«

»Nein, er ist seit heute Mittag im Urlaub. Vier Wochen, es gibt schon einen unterschriebenen Antrag. Herr Graeve sagt, wir werden ihn nicht wiedersehen. Er gehört jetzt Stuttgart.«

Louise öffnete die Beifahrertür, stieg ein. Die Angst um Kabangu war wieder da, aber da war noch ein anderes Gefühl …

Dass es aussichtslos war. Dass sie am Ende keine Chance hatten.

Enders, der sein Gespräch beendet hatte, startete den Motor.

»Ahlert und Kahle kannten sich«, sagte sie zu ihm. »Und Gendrich wird …«

»Noch was«, unterbrach Natalie.

Enders sah sie an, der Blick, die Stimme ausgelaugt. »Und Gendrich wird?«

»Er wird es noch mal versuchen«, sagte Louise.

»Was meinst du damit?«

»Kabangu.«

Enders, der im Losfahren begriffen war, wandte sich ihr zu. »Er wird noch mal versuchen, Kabangu töten zu lassen?«

Sie nickte. Die Schauer intensivierten sich, Tränen schossen ihr in die Augen. Kabangu, der nicht bereit war abzureisen. Der nicht rund um die Uhr zu schützen war, ohne Fahnder, ohne Team. Ohne seine Bereitschaft.

Keine Chance, dachte sie. Du hast keine Chance.

»Louise?«, sagte Natalie an ihrem Ohr, drängend jetzt.

»Was?«

»Herr Enders wird nach Lörrach versetzt.«

»Tja«, sagte Enders.

»Die versetzen einen Dezernatsleiter?«

»Tja«, sagte er wieder.

»Wegen der Sache mit Ahlert?«

Er nickte. Ein Dezernatsleiter, der die Kontrolle über sich verlor und im Büro des Polizeidirektors auf einen Beschuldigten losging, war untragbar – falls man dies wollte. Keine Nachsicht, keine Abmahnung, sondern gleich Versetzung. Graeve wollte nicht, Cord nicht, dachte sie. Stuttgart wollte.

Sie hatten die B 31a erreicht. Über die Schwarzwaldhügel zogen Wolken, färbten die Wälder und Kuppen schwarz, Freiburg lag noch im Licht, wie so oft. Enders fuhr langsam, als wollte er den Lauf der Dinge verzögern. Termine bei Cord, in der Landespolizeidirektion, vielleicht bei einem Rechtsanwalt. Nach Hause kommen, allein sein mit den Gedanken, der Wut. Später das Gespräch mit seiner Frau.

»Die bluffen nur«, sagte sie. »Das gehört dazu. Sie drohen mit Lörrach, du gelobst Besserung, und nach einer Woche sitzt du wieder an deinem Schreibtisch.«

»Will ich das? Ich weiß nicht.«

»*Ich* will das.« Sie sah ihn schmunzeln. »Moment«, sagte sie und zog das Handy hervor.

Kabangu weigerte sich nach wie vor abzureisen. Er wollte bleiben, bis Arndt ihm die Gebeine von Großvater Mabruk ausgehändigt hatte. Er war in seinem Zimmer, klang düster, ratlos, wie aus der Bahn geworfen, zurück in eine unerfreuliche Vergangenheit.

»Sollen sie es tun«, sagte er bedrückt, »vielleicht bin ich ja deshalb hier. Um aus diesem Leben geholt zu werden.«

»Blödsinn«, sagte Louise.

Sie hörte ihn lachen. »Kommen Sie wieder her, um auf uns beide aufzupassen?«

»Bin in fünfzehn Minuten da.« Sie legte das Telefon in den Schoß, sah Enders an. »Ich frage mich, warum sie dich aus dem Verkehr ziehen, nicht mich.«

»Hat bislang wohl nie was gebracht, dich aus dem Verkehr zu ziehen.«

Sie schmunzelten matt.

»Sie kappen dir die Versorgung. Natalie, das Ermittlungsteam, ich, die Fahnder, alle weg. Du wärst auf dich allein gestellt.«

»Ich wäre?«

Enders nickte. Die linke Hand lag am Lenkrad, die Finger der anderen kratzten unrasierte Stellen am Unterkiefer, seit sie Gendrichs Parkplatz verlassen hatten. »Zeit zu kapitulieren, Louise.«

»Ach, weißt du.«

»Gendrich, Walczak, die Riedls, Willig, du wirst sie nicht drankriegen, keinen von ihnen.«

»Dann kriege ich die Krügers dran. Julius«, erwiderte sie. »Abgesehen davon glaube ich, dass Riedl reden würde.«

»Weder Julius noch Riedl. Nicht jetzt, solange du keine Unterstützung hast und allein anmarschiert kommst. Sie müssen nur schweigen und leugnen, und nichts wird passieren. Das wissen sie.«

»Heißt?«

Er hob die Schultern. »Geduld haben.«

Sie wusste, was er meinte. Spuren sammeln, Lücken suchen, die Kollegen vom Staatsschutz bitten, sie auf dem Laufenden zu halten, während sie sich um andere Fälle kümmerte. Graeve und

Cord bearbeiten, wenn die Zeit gekommen war. Versuchte sie es auf ihre Weise, würde sie wie Enders aus dem Verkehr gezogen werden.

»Und Kabangu?«

»Ist für sich selbst verantwortlich.«

Enders legte auch die Rechte ans Lenkrad, wirkte ruhiger jetzt, als fügte er sich allmählich in sein Schicksal. Er fuhr zügig wie gewohnt.

Die Brücke über die Dreisam, im Nordwesten die Spitze des Münsterturms im goldenen Licht, ein freundlicher Spätnachmittag im April. Gendrich würde bald nach Hause fahren, dachte sie, für die Kinder kochen vielleicht. Ein paar weitere Anrufe tätigen.

Ein Anruf genügte.

Das Netzwerk würde wieder aktiv werden.

Vielleicht standen die nächsten Mörder schon bereit. Das war das Problem mit dem Vertuschen durch *unsere Leute*, mit den Lügen des Staates: Die anderen fühlten sich nicht bedroht. Sprachen ein wenig leiser, telefonierten seltener, hielten sich für eine Weile zurück.

Und machten weiter.

Sie standen vor Kabangus Hotel, fanden nicht die richtigen Worte. Schon wieder ein Abschied, dachte Louise, vielleicht nicht endgültig, man würde sich wiedersehen. Und dennoch, auf eine andere Art vielleicht doch endgültig, falls Enders nicht zurückkehrte. Nicht zurückkehren wollte, nicht durfte.

»Also dann«, sagte sie.

»Lass was von dir hören.«

»Du auch.«

»Und bleib in Deckung.«

»Ja, ja.«

Sie stieg aus, sah ihm nach. Sie wusste, dass er recht hatte. Sie war kaltgestellt. Ausmanövriert von den eigenen Leuten, damit das große Ganze keinen Schaden nahm.

Unsere Leute, dachte sie.

Zeit, sich neue Leute zu suchen, dachte sie.

Zeit zu kapitulieren.

Doch zwei Aufgaben blieben noch.

Mit Kabangu sprechen.

Mit Walczak sprechen.

34

»Ich bin hierhergekommen, um einen Toten heimzuholen, und lasse einen anderen Toten zurück«, sagte Ludwig Kabangu. »Erklären Sie mir das, Madame Bonì, bitte. Erklären Sie mir den Sinn. Bekomme ich meinen Toten nur im Austausch gegen einen anderen? Ist das der Preis? Aber warum müssen *Sie* ihn zahlen, nicht ich? Schließlich habe *ich* nicht auf Sie gehört. Ich habe Ihre Warnungen nicht ernst genommen. Nein, schlimmer: Es war mir gleichgültig, ob Sie recht haben oder nicht, weil es mir gleichgültig war, ob ich sterbe oder nicht. Nun ist an meiner Stelle Ihr Kollege gestorben. Ist das vielleicht die Erklärung? Mein Leben gegen seinen Tod? Bitte, ich brauche eine *Erklärung*.«

Diesmal saß Louise auf der Bettkante, Kabangu im Sessel. Er hatte die Vorhänge zugezogen, das weiche Nachmittagslicht ausgesperrt, als wären die Antworten auf seine Fragen in der Dunkelheit leichter zu finden. Sie hatte Mühe, seine Züge zu erkennen, seine Mimik zu lesen. Wieder war es heiß und stickig in seinem Zimmer, schlug ihr der kalte Zigarettengeruch auf den Magen.

»Ich habe keine Erklärung, Monsieur Kabangu«, erwiderte sie.

»Oder geht es gar nicht um mein Leben, sondern um meinen Tod? Ist der eigentliche Sinn meiner Reise in Ihre Stadt, dass ich mein Leben hier verlieren soll?«

»Warum sollte das einen Sinn haben?«

277

Er beugte sich vor, flüsterte: »Weil ich früher selbst getötet habe. Weil ich so viele Menschen getötet habe, dass ich mich an keinen Einzelnen mehr erinnere. Wissen Sie, was ich getan habe?«

»Ich kann es mir denken.«

Flüsternd fuhr er fort, die Hände auf den Knien: »Eines Tages sagte man uns, den ruandischen Hutu, die Tutsi wollten uns umbringen. Wir konnten es in den Zeitungen lesen und im Radio hören, immer öfter, Tag für Tag: Die Tutsi wollen uns Hutu töten, also müssen wir zuerst zuschlagen. Wir lasen und hörten von schlimmen Verbrechen der Tutsi an Hutu. Wir lasen und hörten, dass die Tutsi keine Demokratie wollten, sondern die alleinige Macht, um uns unterdrücken und töten zu können. Wir bildeten Milizen, wir bekamen Waffen. Wer Glück hatte, bekam eine Pistole, wer weniger Glück hatte, eine Machete, davon gab es mehr. Pistolen sind teuer, Macheten billiger, es ist ganz einfach.

Aber noch war es nicht so weit. Noch begannen wir nicht mit dem Töten. Vielleicht hätten wir nie damit begonnen, wenn nicht unser Präsident, ein Hutu, ermordet worden wäre. Sein Flugzeug wurde 1994 kurz vor der Landung in Kigali abgeschossen. Von wem? Ich weiß es nicht. Es gibt Leute, die behaupten, von extremistischen Hutu. Wenn es so ist, muss ich es akzeptieren. Andere Leute sagen, es waren die Tutsi um Paul Kagame, der unser Land heute regiert. Wenn es so ist, muss ich es ebenfalls akzeptieren. Ich schätze diesen Mann. Wir haben Frieden unter ihm.

Damals brach der Frieden, der Krieg begann, das Schlachten begann. Ich will und kann Ihnen nicht davon erzählen, denn ich erinnere mich nicht. Ich habe zu viele Tutsi und Hutu-Kollaborateure getötet, um sie zählen zu können. Ich sehe nicht ein einziges Gesicht eines Sterbenden vor mir. Ich erinnere mich an keinen einzigen dieser Morde. Ich weiß, ich habe vielfach gemordet, aber in meiner Erinnerung geschah es lautlos in der Dunkelheit, als hätte ich es nicht bemerkt. Als hätte ich es geträumt und den Traum vergessen. Ich las und hörte, dass wir alle Tutsi töten müssten, um selbst zu überleben, und so tötete ich. Ich tötete Fremde, Nachbarn, Freunde, wahllos und immer schneller. Ich war von Sinnen, ich war in einem Rausch, ich war besessen von den Worten und Stimmen, die ich las und hörte. Doch ich erinnere mich an keinen Menschen, den ich tötete, an keine Tränen, keinen Schrei, an keinen Moment, in dem ich tötete.

Was ich noch weiß, ist, dass ich meine Frau … Auch sie war eine Tutsi. Ich war so besessen von den Worten und Stimmen, dass ich sie schlug. Ich vergewaltigte sie, ich sperrte sie ein, aber das war mir nicht genug. Ich war so besessen, dass ich mich fragte, ob es nicht nötig wäre, auch sie zu töten.

An jenem Abend betrank ich mich, um den Mut zu finden, es zu tun. Doch in diesem anderen Rausch brach sich meine Liebe zu ihr durch all den Hass Bahn, und ich trat zu ihr und sagte: Geh, sonst muss ich dich töten. Sie wollte nicht, also schlug ich sie wieder und wieder und wieder, und dann jagte ich sie in die Nacht hinaus und rannte hinter ihr her, um ihr Angst zu machen und sie für immer zu vertreiben.«

Kabangu füllte ein Glas mit Wasser, reichte es Louise. »Hier, nehmen Sie.« Auch er trank. Sie meinte Tränen auf seinen Wangen zu erkennen, mit einer hastigen Bewegung schien er sie wegzuwischen. »Ich habe sie nie wiedergesehen, Madame Bonì. Einige Jahre später, als längst Frieden herrschte in Ruanda, erfuhr ich, dass sie 1998 in Armut und Einsamkeit gestorben war.« Er hob die Arme, ließ sie sinken. »Das ist die Geschichte ohne Geschenkpapier.«

»Und Großvater Mabruk?«

Er antwortete nicht gleich. Die Augen irrten umher, die Hände rieben über die Knie. Schließlich sagte er: »Mabruk war der Lieblingsgroßvater meiner Frau.«

»Die Geschichte mit den Gebeinen stimmt?«

»Aber natürlich!«

»Dass Mabruks Gebeine von Deutschen aus dem Grab geholt wurden und über Feldmann nach Freiburg kamen?«

Sie sah ihn nicken. »Jedes Wort davon ist wahr. Wenn auch vielleicht nicht in Ihrem Verständnis von Wahrheit, also Wort für Wort.«

»Mabruk war ein Tutsi, nicht wahr?«

»Man tut, was man kann. Es ist nicht viel. Es ist ... so wenig. Ein klein wenig Buße.« Er beugte sich vor, senkte die Stimme wieder zu einem Flüstern. »Aber vielleicht besteht meine Buße gar nicht darin, Großvater Mabruk heimzuholen, wie ich es immer gedacht habe. Es ist zu wenig! Es ist gar keine Buße! Es ist ... doch bloß eine Geste. Vielleicht besteht die wahre Buße darin, dass ich hier mein Leben lasse. Dass ich ermordet werde, wie ich ermordet habe. Denken Sie nicht?«

»Ich glaube nicht an solche Zusammenhänge.«

»Metaphysische Zusammenhänge?«

»Wie auch immer man so was nennt.«

»Ich kann Sie verstehen, aber ich denke anders.« Wieder beugte er sich vor. »Es gibt einen größeren Zusammenhang.«

Vor der Ankunft der Deutschen in Ruanda, erzählte er, seien »Hutu« und »Tutsi« nicht als ethnische Kategorien verwendet worden, sondern als soziale. Die Tutsi waren die Bessergestellten, sie besaßen Rinder, betrieben Viehzucht, sie herrschten. Die Hutu waren die Bauern, betrieben Landwirtschaft, besaßen höchstens einige wenige Rinder, sie dienten. Dann gab es noch die Twa, die ältesten Bewohner Ruandas, die als Jäger und Sammler lebten. Als die Deutschen das Land aufkauften und in Besitz nahmen, brauchten sie indigene Statthalter in der Kolonie. Ihre Wahl fiel auf die herrschenden Tutsi, die sie für höherstehende Hamiten hielten, eingewandert aus dem Norden und letztlich verwandt mit den europäischen Völkern. Die Hutu betrachteten sie als minderwertiges negroides Volk, das diente, weil es als Rasse den Tutsi unterlegen war. So wurden aus sozial besetzten Begriffen ethnisch besetzte: die »höherwertigen« Tutsi auf der einen, die »minderwertigen« Hutu auf der anderen Seite.

Belgien, das Ruanda nach dem Ersten Weltkrieg zugesprochen bekam, baute dieses System aus. Alle Ruander erhielten Pässe, in die eingetragen wurde, ob sie Tutsi, Hutu oder Twa waren. Nun war die ethnische, die rassische Unterscheidung offiziell festgeschrieben. Erneut wurden die Tutsi bevorzugt, auch in den Schulen der Katholischen Kirche, obwohl die Hutu die Mehrheit im Land stellten. Gegen Ende der Kolonialherrschaft entstanden Tutsi- und Hutu-Parteien. Es kam zu Gewalttaten, Hunderte Menschen starben. Was taten die Belgier? Sie begannen, die Hutu zu fördern. Die Tutsi fürchteten um ihren Einfluss, und so drehte sich die Eskalationsspirale immer weiter.

»Wozu die Erschaffung der ruandischen Ethnien am Ende führte, wissen Sie«, sagte Kabangu. »Und hier sitze ich nun, in Deutschland, einer der Mörder von 1994, der vielleicht nur deshalb zum Mörder geworden ist, weil die Deutschen und die Belgier uns Ruander durch ihre rassistische Kolonialpolitik in verschiedene Ethnien unterteilt haben.«

»Das ist der Zusammenhang?«

»Ja. Ein Kreis schließt sich.«

»Nein«, sagte Louise. »Das ist Zufall. Bloß ein blöder Zufall.«

»Nicht aus historischer Sicht. Ich bin hier, weil die Deutschen in Ruanda waren.«

Ihr Handy klingelte, Marek, tiefe Stimme, ähnlich monoton wie die von Gerd, ähnlich distanziert. Fahnder waren eine eigene Gattung Mensch, reglose, geduldige Wesen, deren Kraft im Beobachten lag, nicht im Handeln, nicht im Reden. »Bin da, Bonì.«

»Ich komme runter.«

Sie stand auf, ging zur Zimmertür, instruierte Kabangu: kein Spaziergang ohne Schutz, bis er von ihr hörte. Niemanden hereinlassen. Vorsicht an den Fenstern.

Den Koffer packen.

Später, wenn sie wieder hier war, blieben ihm zwei Optionen: sich von ihr zu irgendeinem Flughafen bringen und in irgendein Flugzeug setzen zu lassen, das die Erde erst außerhalb Europas wieder berührte. Oder sich von ihr in die Provence fahren zu lassen, einer alten, einsamen, verbitterten Kämpferin Gesellschaft leisten, bis Großvater Mabruk aus der Kellergruft des Uni-Archivs ausgelöst war.

Kabangu hatte sich erhoben, war ein paar Schritte auf sie zugegangen. Sie sah ihn lächeln, er blinzelte, die Augen waren noch oder wieder feucht. »Sie wollen jemanden retten, der es nicht verdient, gerettet zu werden, Madame Bonì.«

»Ich finde, *ich* habe es verdient«, erwiderte sie.

Marek saß vor dem Hotel im Wagen, das Gesicht grauer als sonst, die Augen verstört, alles geschah noch träger als sonst, das Blinzeln, das Atmen, das Nicken. Manchmal runzelte er die Stirn, als hielte er es für undenkbar, dass er sich in der Wirklichkeit befand, einer Welt ohne den langjährigen Kollegen. Er war größer als Gerd, ähnlich rund, rauchte wie Gerd, auf der Mittelkonsole Kaffee, vor dem Beifahrersitz zu ihren Füßen stand ein Sixpack Bier.

»Ich nehme den Vogel«, sagte er.

»Klar.«

»Willi, was für ein dämlicher Name für einen Vogel.« Er schüttelte den Kopf. »Macht der einfach 'nen Abgang. Er weiß doch, dass man nach links und rechts schauen muss.«

Sie schwieg, dachte an Gendrich. *Von einer Sekunde auf die andere kann das Leben vorbei sein, man muss höllisch aufpassen.* Vieles von dem, was er gesagt hatte, kam ihr wie ein zynischer Kommentar zu den Ereignissen der letzten Tage vor.

»Unfassbar«, sagte Marek. »Na ja. Du hast zwei Stunden, dann muss ich weiter.«

Sie nickte. »Aufpassen, Marek.«

»Keine Sorge, Boni. Wir führen das zu Ende, ihm zu Ehren.«

35

Wittnau und Sölden im milden Abendlicht, im Osten die Schwarz-
waldhänge, die Wälder. Mit gemischten Gefühlen nahm sie die Abzweigung nach St. Ulrich. Bis zum letzten Moment überlegte sie, ob
es wirklich nötig war, noch einmal zu Thomas Walczak zu fahren.

Nein, dachte sie. Wozu?

Aber sie folgte ohnehin nicht der Vernunft, sondern der Intui-
tion.

Der Schotterweg. Im Schritttempo steuerte sie durch den Wald.
Keine Hunde zu sehen, kein Mann in Stiefeln und Fellweste. Sie
ließ das Fenster herunter. Die frische Luft tat gut nach Kabangus
überhitztem Zimmer.

Sie rief sich in Erinnerung, was Natalie im Lauf der Tage über
Walczak herausgefunden hatte. Viel war es nicht, doch genug für
ein paar Schlussfolgerungen. Ein bisschen Provokation.

Als sie die Lichtung erreichte, dämmerte es. Noch im Wagen
hörte sie Hundegebell, das anschwoll, sobald sie ausgestiegen war.
Sie überprüfte die Waffe, schob sie ins Holster zurück.

Die Hunde waren in den Zwingern, beruhigten sich schon wieder. Walczak sah sie nicht.

Sie wollte eben zur Hütte gehen, als sie seine Stimme hörte.
»Sie kommen spät.«

Er war hinter ihr. Sie drehte sich um, langsam, damit der Schreck
abklingen konnte. Er stand vier, fünf Meter entfernt zwischen den
Bäumen, eine Axt in der Hand, der abgewetzte Stiel gut einen

halben Meter lang. Die Weste, Hose, Schuhe, die sie bereits kannte, auch der Blick war derselbe, abschätzend und herausfordernd zugleich.

Ohne zu antworten, wandte sie sich ab und ging auf den Parcours zu.

Gedämpfte Schritte hinter ihr, Walczak folgte ihr langsam.

Am Zaun blieb sie stehen. Er trat neben sie, hielt Abstand. Fast das ganze Gesicht lag verborgen unter dem dichten, ungepflegten Bart, nur seine Augen waren deutlich zu erkennen. Harte, verschlossene Augen.

»Janisch ist tot«, sagte sie.

»Der Paketbote?«

Sie nickte, dachte im selben Moment, dass er es bereits wusste. Ihr Blick fiel auf die unbeleuchtete Hütte, Charlie vielleicht, kam abends mit Neuigkeiten herüber, bevor sie sich auf seine Matratze legte. »Wollen Sie wissen, was ich denke? Zu raffiniert für Gelegenheitskiller, für rechtsradikale Gewalttäter. Janisch geht auf unser Konto. Experten mit Dienstmarke, Kollegen, na ja, im weitesten Sinne.«

Walczak reagierte nicht, fragte nicht nach. Sein Blick lag unverwandt auf ihr. Sie spürte, dass er auf ihre Rückkehr gewartet hatte.

Aber weshalb? Was sah er in ihr?

Sie blickte auf die Axt, die auf dem Boden stand, der Stiel lehnte an seinem Oberschenkel. Walczak lächelte kaum merklich, griff danach, warf die Axt über den Zaun auf den Parcours, eine Bewegung aus dem Handgelenk, als hätte er ein Frisbee geworfen.

»Keine Ahnung, wie sie es gemacht haben«, sagte sie. »Offiziell war es ein diabetischer Schock, aber das ist Blödsinn.«

»Nicht mein Problem«, entgegnete er.

Sie wandte sich den Zwingern zu. Ein paar der Hunde sahen herüber, die meisten widmeten sich wieder Interessanterem. »Vielleicht schon. Janisch wusste zu viel, kannte zu viele Leute, die involviert sind. Der Verfassungsschutz hat ihn als V-Mann geführt. Sein Tod ist eine Warnung. Seht, wir räumen auf, wenn es nötig ist. Vielleicht wollen die weiter aufräumen.«

»Nicht mein Problem«, wiederholte er.

»Helfen Sie mir, Walczak.«

»*Herr* Walczak.«

»Von wem stammt das Geld, das Sie Janisch übergeben haben?«

»Dem Paketboten? Ich hab ihm kein Geld gegeben.«

»Wo kaufen Sie Lebensmittel ein? Was Sie zum Essen brauchen?«

»Ich esse, was die Hunde übrig lassen.«

Sie schmunzelte widerwillig. »In einem Supermarkt?«

»Gibt keinen hier.«

»In Ehrenkirchen gibt es einen, zehn Kilometer von hier. Sie haben kein Auto, aber vielleicht ein Moped, ein Fahrrad. Waren Sie mal dort?«

»Nein.«

»Sie fallen auf, irgendjemand wird sich an Sie erinnern. Ein Mitarbeiter, ein Kunde. Supermärkte haben Überwachungskameras, da werden Sie drauf sein.«

»Kommen Sie wieder, wenn sich jemand erinnert hat.«

»Ein anderer, der involviert war, sollte nach Ehrenkirchen fahren, im Supermarkt einen Umschlag hinterlassen. Für wen, Herr Walczak?«

»Sie fragen den Falschen.«

»Vielleicht stelle ich nur die falschen Fragen.«

Er schnaubte durch die Nase, sagte nichts.

Louise blickte auf die bloßen Arme, die hässlichen, obszönen Strichfiguren. »Die Tattoos, woher haben Sie die?«

»Jugendsünden.«

»Eher Jugendknast, richtig? Ein paar der Jungs haben Sie fest-gehalten, andere haben gestochen. Kugelschreibertinte, oder sie haben Ruß genommen, dazu irgendwas Spitzes, eine Feder aus einem Feuerzeug. Muss schmerzhaft gewesen sein.«

Walczak erwiderte ihren Blick reglos, sagte: »Noch jemand ist gestorben, hört man.«

Sie nickte. »Ein Kollege. Einer von den Guten. Von den guten Kollegen.« Ihr Telefon summte, auf dem Display stand »Enders«. Sie steckte es wieder ein. »Ich vermute, Sie haben Hilfe bekom-men, damals im Jugendknast. Rechtsextreme, die die Jungs mit der Tinte aufgemischt haben. So kamen Sie in die organisierte Szene. Aber Sie gehören nicht wirklich dazu. Politik interessiert Sie nicht. Sie haben ein Ventil für Ihren Hass gebraucht, brauchen es noch, der Hass ist noch da. Nur Hass. Und die Hunde. Einer der Erzieher, die Sie verprügelt haben, ist Jude. Sie haben ihm den Arm gebrochen. Haben den Arm so lange gegen einen Bettpfos-ten geknallt, bis er gebrochen ist.«

»Ja«, sagte Walczak.

»Weil er Jude war?«

»Weil er ein schlechter Erzieher war.«

»Dann ein Pole, zwei Deutsche. Warum die Deutschen? Lang-haarige Hippies? Kommunisten? Kinderschänder?«

»Schlechte Erzieher«, erwiderte Walczak ruhig.

»Einen anderen Erzieher haben Sie nicht verprügelt, obwohl er nachweislich Kinder geschlagen hat, Ihre dritte oder vierte Station, ein Heim in Bayern, richtig? Hofmann, glaube ich. Er wurde von einer Kollegin angezeigt und später entlassen, ein Gericht hat ihn verurteilt, weil er Minderjährige zu NPD-Veranstaltungen mitge-nommen hat. Sie auch? War er eine Art Ersatzvater für Sie?«

»Hofmann? Kenne ich nicht.«

»Blödsinn.«

Er lachte rau, deutete ein Nicken an.

Louise fiel eine handschriftliche Notiz Natalies ein, irgendwo tief im Stapel »Walczak«. »Ihr Großvater war zur Hälfte Russe, Ihr Vater zu einem Viertel.« Sie wusste nicht, ob es relevant war. Eine Möglichkeit, mehr nicht.

»Bonì, ist das französisch?« Walczak schien jetzt näher zu stehen als vorhin, nicht viel, ein paar Zentimeter.

»Vater Franzose, Mutter Deutsche, auch wenn sie es lieber umgekehrt hätten. Dann …«

»Die Polizei nimmt Ausländer?«

Sie zuckte die Achseln, lächelte, endlich kam sie voran. »Dann die Bundeswehr. Sechs Jahre lang waren Sie nicht auffällig. Kaum waren Sie draußen, ging es wieder los. Diesmal ein Bekannter, ich habe Fotos aus der Fallakte gesehen. Vorher, ein Passfoto. Nachher, bei der Einlieferung ins Krankenhaus. Man erkennt den Mann nicht wieder. Zwanzig Jahre älter als Sie, ein Hänfling, er hatte keine Chance, und Sie wollten das Leben aus ihm rausprügeln. Nur Hass, kein Mitleid, keine Fairness, kein Gewissen. Warum der Hänfling? Er ist Deutscher.«

»Vergessen«, sagte Walczak.

Wieder das Telefon, diesmal Marek. Sie ging dran. Ein Anruf aus dem Fahndungsdezernat, berichtete er, er war zu Cord zitiert worden. Keine Observierung in der Freizeit, eine Abmahnung drohte, zumindest ein Donnerwetter. Er machte sich Sorgen, sagte: »Fahre ich halt mal rüber.«

»Okay.«

»Wird schon schiefgehen, Bonì.«

Sie legte auf. Im selben Moment klingelte es erneut, wieder Enders, wieder nahm sie nicht ab. Kabangu ohne Schutz, dachte sie und spielte hastig ihre Optionen durch. Birte, sie selbst, einer der ehemaligen Kollegen, vielleicht Enders … Plötzlich kam sie sich wie eine Kranke vor, im Fieberwahn Lösungen für ein Problem suchend, das möglicherweise nicht existierte.

Doch die inneren Stimmen ließen sich nicht ignorieren. Kabangu ohne Schutz. Gendrich, der nicht wie ein Besiegter gewirkt hatte.

»Fünf Jahre Knast«, sagte sie, versuchte, sich zu konzentrieren, »danach war plötzlich alles anders. Soll ich raten?«

Walczak antwortete nicht. Seine rechte Hand lag jetzt auf dem Zaun, wieder schien der Abstand um Zentimeter geschrumpft zu sein.

»Sie sind hierhergezogen, in die Isolation. Keine Menschen mehr, kein Hass mehr, ganz einfach. Gelegentlich ein Kunde, eine Frau, ansonsten nur die Hunde.«

Er schwieg. Im schwindenden Licht sah sie seinen Blick nicht mehr, die Augen dunkle Flächen, nicht mehr zu lesen, der Bart tat ein Übriges.

»Helfen Sie mir, Herr Walczak. Ich habe keine Zeit mehr.«

Eine SMS traf ein, entnervt senkte sie den Blick auf das Telefon, das sie noch in der Hand hielt. Enders.

Frauenleiche BAD. Tabletten u Alkohol. Darja Poljonowa. Ruf mich an!

Ein Foto kam hinterher, ein blasses, schönes Frauengesicht, die Augen geschlossen.

Irina.

Louise stöhnte auf, hob den Blick, plötzlich waren Tränen da, Walczak verschwommen, bewegte sich jenseits der Tränen, ein dunkler, mächtiger Schatten. Ein Impuls ließ sie die Arme heben, um ihn abzuwehren, es war zu spät, um die Waffe zu ziehen …

Aber er griff nicht an, tat nichts, war nur da, dicht vor ihr. Schwer und bedrohlich füllte er ihr Gesichtsfeld aus, in dem keine Konturen mehr zu erkennen waren.

Sie senkte die Arme, den Kopf, plötzlich gaben ihre Beine nach. Sie fing sich mit den Händen ab, saß da und dachte: Irina.

Zitternd wischte sie sich die Augen trocken, wählte, als sie wieder fokussieren konnte, Kilians Nummer.

Nur das Freizeichen, unendliche Sekunden lang.

Eine Bewegung neben ihr, Walczak war in die Knie gegangen, hockte so dicht bei ihr, dass sie ihn roch, Alkohol, Schmutz, Hunde, ein weiterer Geruch, ein guter Geruch, würzig, frisches Holz. Ein lächerlicher Gedanke schoss ihr durch den Kopf: in die Isolation fliehen wie er, zurück ins Kanzan-an, oder, besser noch, sich hier in der vor Dreck starrenden Hütte verkriechen, schlafen, sich vom Morgenlicht oder den Hunden wecken lassen, keine Menschen mehr, keine Verantwortung mehr, keine Fehler, keine Schuld.

Keine Toten mehr.

Irina – kein Fehler, doch ihre Verantwortung.

Sie betätigte die Wahlwiederholung, lauschte dem Freizeichen. Er musste es längst wissen, die filigrane Villa hinter Bäumen und Büschen in Baden-Baden wurde rund um die Uhr observiert, ganz abgesehen davon, dass er ohnehin alles früher erfuhr, Zugang zu internen Systemen hatte, von deren Existenz sie nichts wusste.

Sie rief Enders an.

»Wurde auch Zeit, verflucht!«

»Fahr zum Hotel, ja? Bitte. Er ist allein.«

Enders zögerte, sagte schließlich: »Ich kann nicht, die sind hier noch nicht fertig mit mir. Ist sie es? Die Russin?«

»Ja.«

»Aber warum?« Er schrie es beinahe, machtlos, überfordert.

Louise zuckte die Achseln. Gendrich hatte die Fallakte richtig gelesen, musste Informationen an Niko in Baden-Baden weitergegeben haben. Man half sich gegenseitig, Störfaktoren gehörten beseitigt, Verräter. So erzeugten sie Angst, verschafften sich Respekt.

Informanten wurden getötet, Schwachstellen eliminiert. Die anderen im Räderwerk erfuhren davon und schwiegen, Menschen wie die Riedls, die Krügers.

Walczak.

Sie drehte den Kopf zu ihm, das bärtige Gesicht kaum zwei Handbreit von ihrem entfernt. Er machte den Eindruck, als studierte er sie. Er schien nicht zuzuhören, nur zuzusehen.

Enders wollte wissen, wo sie war. Sie legte auf.

»Heute wird noch jemand sterben, hört man«, sagte Walczak.

Louise schüttelte den Kopf, konnte die Tränen nicht zurückhalten, konnte nicht sprechen. Sie wusste, wen er meinte.

Dass sie keine Chance hatten.

Ohne ein weiteres Wort richtete Walczak sich auf, stieg über ihre Beine und entfernte sich in Richtung Hütte.

Während sie zum Wagen lief, mit dem Kriminaldauerdienst telefonierte, stand Walczak vor der Tür und sah ihr nach, und sie dachte, dass sie ihm vielleicht auf ganz andere Weise zu nah gekommen war, als sie gefürchtet hatte, weniger aus ihrer Perspektive zu nah als aus seiner.

36

Blaulichter zuckten in der Abenddämmerung. Ein halbes Dutzend Streifenwagen, der Notarzt, Einsatzwagen des Dauerdienstes. Auch Enders' Auto war da, das der Techniker. Minutenlang starrte Louise, ohne auszusteigen, auf die Fahrzeuge, die Kollegen der Schutzpolizei, die herumstanden, warteten. Immer wieder warf sie einen Blick auf den Hoteleingang, in der Hoffnung, Kabangu möge heraustreten, in Gedanken versunken davongehen, eine hagere, leicht krumme Gestalt. Fand nicht die Kraft, die Tür zu öffnen.

Graeve und Enders eilten auf die Straße, Graeve am Telefon, gestikulierte zornig, wandte sich ab. Enders sah sie und kam zu ihr. Er stützte sich mit den Unterarmen auf den Rahmen des offenen Fensters, wollte sprechen, schwieg.

»Wie?«

»Willst du es wirklich wissen?«

»Sonst würde ich nicht fragen.«

»Erschossen und dann aufgehängt, vielleicht auch umgekehrt, ist noch nicht klar.«

»Aufgehängt? Gelyncht?«

»Im Bad, am Rahmen der Duschkabine.« Er hatte plötzlich Tränen in den Augen, wischte sie weg. Zwei Eintrittswunden, sagte er, in Bauch und Kopf. Der Rezeptionist hatte gesagt, gegen sieben sei eine Frau erschienen, habe nach Kabangu gefragt, *richten Sie ihm bitte aus, Maria Schmidt möchte ihn sprechen.* Aber die Frau war nicht Maria Schmidt, sie war jünger, Anfang dreißig, ein ganz anderer Typ, »burschikos« nach Aussage des Rezeptionisten. Trotzdem war sie vermutlich nicht kräftig genug, um ... Doch Hinweise auf eine zweite Person gab es noch nicht.

»Hat sie eine Tätowierung auf der Schulter?«

»Sie hatte eine Jacke an.«

»Frag ihn. Eine ›schwarze Sonne‹. Auf der rechten Schulter.«

Enders schwieg, sah sie nur an.

Aufgehängt, dachte sie. Sagte: »Ich fahre jetzt.«

Er deutete mit dem Kopf in Richtung Hotel. »Falls du ...«

»Nein.« Sie startete den Motor, wartete, bis Enders sich aufgerichtet hatte, und fuhr los. Keine Bilder mehr, die sich unauslöschlich ins Gedächtnis brannten, in Albträumen wiederkehrten, monatelang, jahrelang. Bilder, die keine anderen Geschichten zuließen darüber, wie es auch hätte sein können, bis es vielleicht wirklich so gewesen war, Geschichten mit einem hübschen Geschenkpapier: Ein Mann aus Ruanda kam in die Stadt mit den vielen Flüsschen, um den Großvater seiner Frau nach Hause zu holen, trat an einem Freitagabend aus dem Hotel, hager, leicht krumm, ging in Gedanken versunken davon. Kam gegen Mitternacht zurück und sagte ein wenig zu schroff: *»Four fourteen.«*

Sie musste trotz allem schmunzeln. Der frische Wind, der durchs geöffnete Fenster drang, brachte diese und andere Geschichten, während sie durch die Straßen Freiburgs fuhr, ohne recht zu wissen, wohin.

Als sie an einer Ampel hielt, war das Bild, dem sie sich nicht hatte aussetzen wollen, plötzlich doch da. Sie schloss die Augen, das Bild blieb. Sie wünschte, auch Großvater Mabruk wäre darin zu sehen gewesen, aber er fehlte, Kabangu war allein. Niemand, der Trost hätte spenden können, ihm, ihr.

Hupen erklangen hinter ihr, die Ampel war auf Grün gesprungen. Sie fuhr weiter, bog mechanisch und zielgerichtet ab, der

Körper schien zu wissen, wohin, während das Bewusstsein mit anderem beschäftigt war.

Als sie die Straßen erkannte und begriff, dass sie ins Rieselfeld gefahren war, war sie nicht wirklich überrascht.

37

Hans Gendrich arbeitete lang. Schon von Weitem sah Louise, dass die Lichter in seinem Büro eingeschaltet waren, eine helle Wabe im ansonsten dunklen Gebäude. Sie bog auf den Firmenparkplatz ein, stellte den Wagen ab und kehrte zur Straße zurück.

Jetzt stand Gendrich am Fenster, er musste den Motor gehört haben. Wie am Nachmittag blickte er zu ihr herunter, die Hände in den Hosentaschen, scheinbar entspannt, unantastbar, doch vielleicht war das nur ihr Gefühl: dass dieser Mann unantastbar und sie selbst machtlos war, weil seine Strukturen funktionierten und die ihren nicht mehr. Der Kopf lag leicht schräg, die Züge konnte sie nicht erkennen. Ein melancholisches Lächeln hätte zu seiner Haltung gepasst, eine Art Empathie mit der Besiegten. Fast machte es den Anschein, als hätte er mit ihr gerechnet. Als hätte er seine Gegner so intensiv studiert, dass er ihre Schritte im Voraus wusste, selbst Schritte wie diesen.

Dann, dachte sie, kannte er im Gegensatz zu ihr auch das Ende.

Geh hinauf und frag ihn, dachte sie. Frag ihn nach dem Ende.

Geh hinauf und richte die Pistole auf ihn und frag ihn. Erzähl vom Anfang im Jahr 1907 in der Kolonie Deutsch-Ostafrika, als Großvater Mabruk widerrechtlich aus seinem Grab geholt wurde, und dann frag nach dem Ende. Sag zu ihm: Fast einhundert Jahre, wie endet eine Geschichte, die vor fast einhundert Jahren begonnen hat? Wie muss sie enden? Denn ich weiß es nicht.

Geh hinauf und frag ihn, dachte sie.

Da kam abrupt Bewegung in Gendrich, er drehte den Kopf eine Spur zu schnell, und sie sah, dass er etwas sagte. Offenbar war noch jemand im Raum, hatte den Raum eben betreten, denn Gendrich wirkte überrascht. Er zog die Hände aus den Hosentaschen, schien mit einem Mal nicht mehr entspannt, nicht mehr unantastbar. Er tat einen Schritt nach vorn, in den Raum hinein, die Hände erhoben, die Muskeln angespannt, kampfbereit, eine Mamba im sauberen Heim, die hatten sie nicht weggeklopft, weil sie nicht mit ihr gerechnet hatten, und Louise begriff, dass er das Ende erst jetzt vorhersagen konnte, genau wie sie.

In diesem Moment kippte Gendrichs Kopf in den Nacken, er machte wacklige, unkontrollierte Schritte nach hinten, die Fensterscheibe stoppte ihn. Erneut biss die Mamba zu, seine Arme krachten mit einem dumpfen Laut gegen das Glas, am Rücken färbte sich das Hellblau dunkel.

Er sackte in sich zusammen und fiel zu Boden.

Ein paar Sekunden lang geschah nichts. Dann erlosch das Licht, und der Tote am Fenster verschwand in der Dunkelheit.

Louise saß auf der Gehwegkante, ließ den Tränen freien Lauf, während sie wartete, Tränen der Trauer und der Erleichterung darüber, dass nicht sie hinaufgegangen war und die Waffe auf Gendrich gerichtet hatte. Autos passierten sie, Fußgänger, mit ihnen andere Geschichten, Geschichten der Normalität, in denen Ludwig Kabangu nicht vorkam und also lebte, irgendwo in Ruanda, vielleicht auch für ein paar Tage in Freiburg, Geschichten, in denen es möglich war, dass er an diesem Abend aus dem Hotel trat und davonging und spät zurückkehrte, *Four fourteen,* hörte sie ihn sagen, dann stieg er mühsam die Treppe hoch, weil ihm die Launen und Schwächen von Aufzügen nicht geheuer waren.

Da spürte sie, ohne dass sie Schritte gehört hätte, Fingerspitzen auf der Schulter.

»Du musst hier weg«, flüsterte er.

Sie nickte, nahm seine Hand und presste die Wange daran und bat ihn um Verzeihung wegen Irina, wegen Darja, kein Fehler, aber ihre Verantwortung.

Bat ihn um Verzeihung für das, was er getan hatte.

Für das, was vor ihm lag.

Sie wusste, dass er nun für immer verschwinden würde, irgendwohin, wo er mit dem, was geschehen war und was er getan hatte, leben konnte, ohne Tag für Tag lügen zu müssen, ohne sich verleugnen zu müssen. Wo er akzeptieren konnte, wer er geworden war, und sich vielleicht irgendwann verzeihen konnte.

Weil ihr nichts Besseres einfiel, sagte sie: »Versprich mir, dass du genug schläfst, okay?«

Seine Hand strich über ihre Wange, ihre Stirn. Wieder hörte sie nichts, spürte nur, dass er gegangen war.

Epilog

Ein Nachmittag Mitte Mai, tief unter Louise lag seit Stunden Afrika. Unmerklich löste ein fremdes Land das nächste ab. In einem weiteren fremden Land würde die Reise irgendwann ein Ende finden. Im Bauch des Flugzeugs standen ein Sarg und eine weiße Schachtel, beide versiegelt, die Heimkehr der Toten ein hochoffizieller Akt, wenn er auch in aller Diskretion verlief. Nur Louise begleitete sie.

Bereits am Tag nach der Ermordung Kabangus hatte Peter Arndt ein Heer wissenschaftlicher Mitarbeiter in seine Kellergruft entsandt. Eine Woche später hatte Louise an seinem Schreibtisch vor einer beschrifteten Schachtel gestanden, die »mit neunzigprozentiger Wahrscheinlichkeit« die Gebeine von Großvater Mabruk enthielt. *Falls Ihnen das nicht genügt, recherchieren wir weiter.*

Es genügt.

Dann bringen Sie ihn rasch nach Hause, Frau Bonì, seit Tagen höre ich seine Stimme, er ist mein schlechtes Gewissen, meine Erinnerung, mein Albtraum, wenn Sie erlauben, dass ich Sie zitiere.

Er kann ganz schön nerven, was?

Wenige Tage danach war die Leiche Kabangus freigegeben worden. Graeve hatte sie informiert. *Ihre Entscheidung,* hatte er gesagt.

Ich will zwei Wochen Urlaub.

Nehmen Sie vier.

Zwei. Anschließend lasse ich mich krankschreiben.

Rückzug in die Isolation. Schlafen, sich vom Morgenlicht oder den Katzen wecken lassen. Keine Menschen mehr, zumindest nicht mehr als ein halbes Dutzend lautloser Nonnen und Mönche. Keine Verantwortung mehr, keine Fehler, keine Schuld.

Nur sie und ihre Toten.

Vielleicht konnte sie im Kanzan-an ja endlich Frieden schließen mit ihnen. Mit sich, dem Job. Und mit neuer Kraft zurückkehren.

Graeve hatte sie inständig gebeten, nicht zu kapitulieren. Hatte versprochen, so lange an Türen zu klopfen, so oft zum Hörer zu greifen, bis Leif Enders' Versetzung rückgängig gemacht worden war und er wieder in seinem Büro im Elfer saß.

Falls das die Bedingung ist.

Eine von vielen, hatte sie erwidert.

Die anderen kann ich wohl nicht beeinflussen.

Jedenfalls nicht, ohne in meinem Kopf herumzupfuschen.

Ihr Kopf …

Ihr Kopf hatte sie wenige Tage zuvor ein weiteres Mal zu Walczak getrieben. Erzähl ihm, dass du zu spät gekommen bist, hatten die Stimmen in ihrem Kopf geflüstert. Erzähl ihm, wie Kabangu gestorben ist. Schrei ihm ins Gesicht, dass du Kabangu vielleicht hättest retten können, wenn er früher beschlossen hätte, den Mund aufzumachen. Sag ihm, dass er sich selbst nicht retten kann, indem er anderen hilft zu töten.

Sag ihm, was die Ermordung Kabangus für dich bedeutet.

Doch Walczak war verschwunden. Er hatte die Hütte zu Kleinholz geschlagen, die Hunde genommen und war fortgegangen, nach Frankreich offenbar. Eine Streife hatte nachts ein Rudel Hunde jenseits der unbewachten Grenze verschwinden gesehen.

Eine Flugbegleiterin kündigte den Landeanflug auf Kigali an. Louise hörte Großvater Mabruk ein paar Meter unter sich lachen und jubeln.

Kabangu hörte sie nicht. Kabangu lachte und jubelte nicht.

Vielleicht, wenn du ihn neben seine Frau in die Erde legst, sagte Großvater Mabruk. Vielleicht kommt er dann zur Ruhe, weil er aus der Einsamkeit errettet ist.

Ein schöner Gedanke, fand sie. Kabangu im Tod zu retten, wenn es ihr im Leben schon nicht gelungen war.

DANKSAGUNG

Ich danke allen, die mich bei der Arbeit an diesem Roman unterstützt haben, vor allem Kriminalhauptkommissar Karl-Heinz Schmid (Kriminalpolizeidirektion Freiburg), dem Dipl. Sozialwissenschaftler Heiko Wegmann (www.freiburg-postkolonial.de), Roland Braunwarth (Landeskriminalamt Baden-Württemberg, Kriminaltechnisches Institut) und all jenen, die nicht namentlich genannt werden wollen.